野
东西

W I L D T H I N G

[美]乔许·贝佐（Josh Bazell）著

郑峥 译

湖南文艺出版社
HUNAN LITERATURE AND ART PUBLISHING HOUSE

博集天卷
CS-BOOKY

图书在版编目（CIP）数据

野东西 /（美）贝佐（Bazell,J.）著；郑峥译 . —长沙：湖南文艺出版社，2014.5

书名原文：Wild thing

ISBN 978-7-5404-6613-8

Ⅰ.①野… Ⅱ.①贝… ②郑… Ⅲ.①长篇小说—美国—现代 Ⅳ.① I712.45

中国版本图书馆 CIP 数据核字（2014）第 030401 号

上架建议：外国文学

野东西

作　　者：（美）乔许·贝佐
译　　者：郑　峥
出版人：刘清华
责任编辑：薛　健　刘诗哲
监　制：蔡明菲　潘　良
特约编辑：温雅卿
版权支持：文赛峰
装帧设计：荆棘设计
出版发行：湖南文艺出版社
　　　　（长沙市雨花区东二环一段 508 号　邮编：410014）
网　　址：www.hnwy.net
印　　刷：北京京都六环印刷厂
经　　销：新华书店
开　　本：880mm×1270mm　1/32
字　　数：264 千字
印　　张：10
版　　次：2014 年 5 月第 1 版
印　　次：2014 年 5 月第 1 次印刷
书　　号：ISBN 978-7-5404-6613-8
定　　价：32.00 元
（若有质量问题，请致电质量监督电话：010-84409925）

献给特克赛尔

人的理解能力不仅仅由智力所决定，它还屈从于人的意志和情感，
人类广博知识的获取也是基于这个事实；
人们愿意相信的总是那些他们潜意识里希望成真的事物。

——弗朗西斯·培根《新工具论》（德莱顿译本）

但我想得到肯定的答案。

——奇普·泰勒《野东西》

目录
Contents

序曲

1号插曲

明尼苏达州，白湖
前年夏天

奥特姆·塞梅尔能够感觉到班吉·申耐克的指尖在她的大腿根部来回游走，并沿着她短裤的裤边向她的私处试探。她睁开眼低声骂道："别他妈胡闹了。"

"怎么了？"班吉回答。

她将头转向一边："梅根和莱恩就在那儿呢。"

奥特姆和班吉并排躺在白湖一侧的一小块湖心岛上，说是小岛，其实都是些树木的根部盘绕形成的陆地，这里将白湖与加纳湖分隔开来。梅根·高切尼克和莱恩·克里塞尔就在他们身后的加纳湖上。

班吉说："那又怎么了？这样才有情趣嘛。"

"别闹了，我可不想在这儿。"

奥特姆站了起来，将短裤的裤边向下拉了拉，朝身后望去。

梅根和莱恩正在离岸边二三十米的独木舟上。梅根的双腿张开着，莱恩俯在她的身上。大概因为水能够传导声波的缘故，奥特姆觉得梅根的呻吟格外清晰，仿佛就在她旁边，这让奥特姆感到一阵眩晕，于是她转过脸向白湖望去。

白湖和加纳湖虽然彼此相邻，但景色有天壤之别。加纳湖东西走向，呈卵形，湖面宽阔。白湖沿加纳湖的东侧向北延伸，倒映上方陡峭的山岩，湖水幽深冰冷，起伏不定。

大自然真是不可思议。奥特姆跳进了白湖。

在水里的她对周围的环境十分警觉。虽然看不见，但她能够清晰地感觉到胸腔、头皮和脚尖的位置所在。双臂划水时摩擦到乳房让她感到滑腻腻的，这或许是涂了防晒霜的缘故，又或许是由于水本身的润滑作用。总之，这让她感觉自己像是蹭在光滑的玛瑙石壁上。

游了几下，奥特姆感到班吉在后面搅动湖水，因为不愿被他弄个突然袭击，她游得更快了。她讨厌这种提心吊胆的感觉，于是趁着换气的工夫朝四周张望了一下。

冷风吹拂着她的面颊，周围掀起的层层细浪让她的神经稍微松弛了些，四周不见班吉的踪影。

想到这时候班吉可能会在水下突然抓住自己，一阵恐惧沿着奥特姆的右腿上升到她的胃部，她下意识地在水下弹了几下腿。

突然她有了主意，于是朝白湖的西岸游去。她看不到班吉，班吉也看不到她，如果班吉看不见她，就无法恶作剧了。

但奥特姆仍然感觉有东西跟在后面，于是隔一段时间，她就会不自觉地将腿朝上猛踢一下。

随着时间的流逝，奥特姆逐渐发现班吉并不在她身后，甚至不在这湖中，奥特姆一边思索着一边自顾自地向前游。或许这会儿班吉正躲在加纳湖边的树丛里，偷看梅根和莱恩上演的激情一幕呢。

这让奥特姆感到很沮丧，仿佛自己遭到了抛弃和戏弄，除此之外，或许还有其他原因：虽然她喜欢这里，但并不喜欢单独待在这里，这里到处散发着成年人的情欲气息，并不适合独处。

"班吉！"奥特姆大声喊道，"班吉！"湿漉漉的头发让她的额头和后背感到了丝丝寒意。

班吉依然不见踪影。

"班吉，别闹了！"

奥特姆正要向南岸游去，突然，班吉从水里探出了半个身子，随即吐出一口暗红黏稠的血。奥特姆被这突如其来的一幕惊呆了。

接着，水下像是有什么东西将班吉拉了下去。

班吉就这样消失不见了，血液流入水中并迅速扩散开来。奥特姆感觉刚刚的一幕是那么不真实。

然而她心里明白这并非幻觉，刚才的恐怖景象已经深深烙在她的大脑中，而她或许就是下一个遭此厄运的人。

想到这里，奥特姆奋力向山崖下方的一处岩石游去，恐惧让她变得手忙脚乱、呼吸困难。很明显，她现在只有两个选择，要么奋力游上岸，要么等待死亡。

突然她感觉腹部被猛击了一下，强烈的冲击力和疼痛让她无法前进，疼痛逐渐弥漫到全身。她感到眼前一黑，随后全身麻痹。

她努力想要弓起身来换口气，然而此时的身体只能左右摆动，水下有东西抓住了她。

接着那东西从后面撞过来，猛地击中了她的胸腔，只听见啪的一声，她的胸腔被击碎——奥特姆的生命就像那海绵中的水一样被慢慢地挤干了。

这就是人们对这一事件大致的描述。

第一种推测　骗局

WILD THING

1

伯利兹①以东100英里，加勒比海
7月19日，星期四

"以实玛利：给我回电话。"电报上只写了这一句话。这份电报是从门下塞进来的，当时我正挥动着钳子给一个倒霉鬼拔牙，因此稍后才看到它。

那个倒霉鬼是巴西亚马孙地区尼扬比夸拉部落的印第安人，一顶蘑菇头，俨然披头士乐队的崇拜者，与他那一身貌似洗衣部的洁白制服极不相称。

当然，在这里，不管哪个部门的制服都是白色的。

我用钳子敲了敲他的臼齿，问道："有感觉吗？"

"没有。"

"开始吧？"我努力装出巴西人说西班牙语时的腔调。

"好的。"他说道。

或许他说的是真话，从我掌握的牙医学知识来看——当然，这些都是我在 YouTube 上看了一个半小时的医学教程后所得来的——对上牙槽后神经注射利多卡因②后，三分之二的患者由第三颗槽牙向里会失去知觉，而剩下的三分之一

---

① 译注：中美洲北部，旧称英属洪都拉斯。
② 译注：一种局部麻醉剂。

患者仍然需要对上牙槽中支神经进行第二次麻醉，不然的话，手术中他们依然会有痛感。

我料想大多数牙医在手术时会直接进行两次麻醉，然而正是这种想法让我在最初一下子将船员医务室里的利多卡因消耗殆尽，并且将乘客医务室里能够拿到的利多卡因也全部搞到了手。因此现在每次检查时，我都会例行询问这个问题。但是大多数患者要么是想逞英雄，要么就是过于腼腆，即使麻醉剂量不够他们也不愿承认。

好吧，管他呢。还是将这药留给那些害怕得不敢撒谎的可怜虫吧。

我钳住了那颗臼齿，干净利落地将它拽了出来。那颗虫牙最终不堪折腾，碎裂开来，里面一摊黑色的污秽随即流出。我赶忙将牙碎片放在戴着手套的手掌上，免得弄脏那家伙的制服。

这让我突然想到应该在库房里给大家再做一次有关口腔卫生的讲座。上一次的讲座似乎收效甚微，不过至少后来我说话时大家不会在一旁自顾自地闹成一片了。

我将手套摘下扔进水槽，回头看了看，只见那家伙已经泪流满面。

40 号防火甲板是位于轮船两个烟囱之间的一块金属台面，据我所知，这是整艘船上人们可以涉足的最高点，鬼才知道这里究竟和防火有什么关系。

此时，太阳西沉，海风就像台鼓风机一样不停地抚弄着头发，海平面处一大块城墙般的云层与轮船保持着平行。云层里隐约泛出灰红色，整个云层看起来像是一团蠕动的大肠。

我对海充满了厌恶，这种厌恶主要来自于生理。海水的颠簸让我无法安睡，神经也变得异常脆弱，有时甚至会出现嗑药般的幻觉，然而这是一名驻船医师必须忍受的工作环境。我命该如此。

我别无选择。如果真的有人会在雇用医师时不去用放大镜查看他的学历证书到底是真是假——我虽说毕业于锡瓦塔内霍大学，但使用的名字是利昂内尔·阿奇莫斯——那么，我只能说我太过孤陋寡闻。即使如此，恐怕也没人愿意接纳一个与黑手党①有恩怨的医师。

伴随着尖厉的金属撞击声，位于一根烟囱旁的船舱门被人打开了，从里面走出一位黑人船员，长袖版（白色）制服代表着他甲板部见习船副的身份。

"阿奇莫斯医生。"他说道。

"尼杨德先生。"

尼杨德此时注视着我说："医生，你的衬衫扣开了。"

没错，我里面穿了一件白色背心，但是外面的短袖制服扣子解开了，这件制服上面装饰着金色的肩章，这让如此衣衫不整的我看起来像个醉酒的飞行员。

"我想没人会在意的。"我一边说着，一边低头朝船舷处看了看。

这艘游轮的长度是当年的"泰坦尼克"号的三倍，宽度是它的两倍。从我这里望去是一片白色的舱顶和电信设备，中间还能看见几件用来监测海盗的不中用的机器。所能看见的游客区，比如游轮尾部的室内外游泳池，现在都已经空空如也，因为一小时前，船上的五个主要餐厅都已经开始供应晚餐。

尼杨德先生并没有走过来和我一同欣赏周围的景色，这倒提醒了

---

① 从世界范围来看，黑手党是从 1977 年《爱之船》首映之后开始盯上游轮行业的，这显然并不合时宜。当时的联邦调查局正在对国际码头工人协会进行调查，并开始启用窃听装置和线人刺探情报。等到时局稍为好转，黑手党们已经无法再染指游轮行业。

我他有恐高症的事实，一想到他需要如此大费周章地跑到这儿来找我，我的心里顿时感到有些愧疚。要知道，一旦稍有骨折，碰巧又被人发现的话，他就可能被解雇并在下一个港口被遣送下船。显然，我情愿放倒个保安后，大摇大摆走进某位游客的房舱，假装喝得一塌糊涂，为的就是被游轮开除——但最终的结果很可能是这个倒霉的保安给我道歉。对于尼杨德而言，除非是驾驶着赞博尼磨冰机打磨溜冰场或者在执行其他任务，否则是不允许让任何客人看到他的，不论他的衬衫扣子扣得多么整齐。

想到磨冰机，我随口问了句："你的手臂怎么样了？"

"好极了，医生。"

事实看起来并非如此，尼杨德左前臂有一大块烫伤，那是在给磨冰机里添加动力转向液时，被灼热的发动机烫伤的，长袖制服就是为了掩盖伤情。我在船上一直都没找到破伤风疫苗，然而我也未曾见过几个破伤风患者，这使我对此类疾病一向不太重视。

"船上还有人腹泻吗？"尼杨德问道。

"比前些天减少了，记着别吃炖肉。"

"谢谢你，医生。下午病人多吗？"

"还可以招架。"

"有什么有趣的事？"

"没有。"

尼杨德先生无非是想从我这里打听一些船员的抱怨和牢骚，然后挑选些有价值的汇报给部门主管，在这个问题上我并非对他有意隐瞒。或许不一会儿，就会有比尼杨德级别还高的船副过来向我打听尼杨德是否来找过我，继而打听他是否带来了什么有趣的新闻。

这份工作虽然为我带来了许多优惠待遇，比如我可以拥有自己的豪华舱房，在船上任意餐厅就餐免费，同其他高级医师一样可以乘坐一号救生艇，换句话说，这艘船长救生艇上会为我预留一个座位。但我仍然认为这份工作苦不堪言，它无时无刻不在提醒我自己是个游轮上的打工仔。对于我的病人而言，他们中大多数或许都后悔当初离开破旧的贫民窟和村庄。在这艘游轮上，他们一年的收入是七千美元，其中一部分用来支付当初到达这里所花费的利息，一部分用来贿赂船上的主管以获得生活必需品，还有一部分则需要汇给家里并支付相应的电汇费用。如果上天眷顾，这笔汇款也许能够保证他们远在家乡的孩子今后不用再到游轮上辛苦卖命。不论我所做的是为了改善他们的生活，还是为他们漫长的航行提供些许帮助，在我看来都是一回事。[①]

"医生，请允许我离开一会儿。"

"请便，尼杨德先生，抱歉。"说话的工夫，他已是汗流浃背。

他走进船舱，舱门随即被关上。这时我想起刚刚在医务室地板上捡起的那份电报，于是将它拿了出来。

"以实玛利：给我回电话。"

生活突然变得有趣了。

"以实玛利"——这是我在联邦证人保护计划中的名字，而且只有马默赛特教授一个人这么叫我。当初是他帮助我加入了联邦证人保护计划，然后送我去医学院读书。后来我惹上了麻烦，他又帮助我离开了纽约市。

马默赛特不善言辞，甚至连对方的主动搭讪也很少回应。如果哪天他主动联系你，那么一定是有什么特别棘手的事情，那也就意味着

---

① 潜在的问题在于游轮并不受到劳动法、人权法、环境法以及医疗保健条例（或税收条例，诸如此类的）等法律的约束，因为大多数游轮都是在巴拿马、玻利维亚或是利比亚注册出航的，即便它们完全由美国港口管辖。克林顿执政期间曾试图改变这一现状，遗憾的是，当时的政府被各种贸易难题搞得无暇他顾，此事只得作罢。

你有工作要做了，或许依然是救死扶伤。

这次总该让我回到陆地上了吧?

电报上没有更多的信息，事实上根本不用过多考虑，我现在的工作已经够糟糕的了，不用再担心还有什么比这更糟糕的工作。

我的思绪开始随着游轮的摇摆渐渐弥漫开来，这不禁让我感到阵阵反胃。

很快就会知道发生了什么……

2

俄勒冈州，波特兰市
8月13日，星期一

一个留着贝蒂·佩吉刘海儿的女人举着"利昂内尔·阿奇莫斯医生"的牌子在波特兰机场的接机区徘徊，换成我是美国财富榜上排名第十四的富豪，我也一定会聘用这个女人。她长得就像某个杂志的封面女郎，让人想入非非。

"我对你没兴趣。"这是我走近她时，她对我说的第一句话。

"我就是利昂内尔·阿奇莫斯。"

"滚开。"

我并不介意，此时的我看起来一定像个对她有着非分企图的猛男。"我约好了和莱克·比尔①见面。"我接着说道。

她迟疑了片刻："你怎么不拖着行李走？"

"手柄不够长。"

她环视一下周围，再没有自称是阿奇莫斯的人出现。

"抱歉，"她说道，"我叫维奥莱特·赫斯特，莱克·比

---

① 他本人并不叫莱克·比尔，经常听人将他称作"隐居的亿万富豪"，从那时开始，我给他起了这个绰号。[译注，rec被译为莱克，也是"reclusive"（隐居者）前三个字母的拼写]。

尔那里的古生物学家①。"

oʌ|

"莱克·比尔为什么要雇用古生物学家？"当我们冒着大雨来到机场停车区时，我问了她这个问题，此时已是晚上八点。

"恕我不能回答这个问题，这是公司机密。"

"你们不会在克隆恐龙吧？就像《侏罗纪公园》里演的那样？"

"《侏罗纪公园》里那样的做法是无法克隆出恐龙的，DNA 四万年后就会发生衰变，即使是被封在琥珀里的蚊子。要获取六千万年前恐龙的 DNA，唯一可行的方法就是用现在那些由恐龙进化来的动物的 DNA 进行倒序制造。不过，我担心还没等掌握这项技术，人类就必须靠同类相食才能维持生存了。"

"会这样吗？为什么？"

"获取蛋白质，不管怎样，我并不研究古动物，我要说的仅此而已。"

我们走到一辆车前，这是一辆破旧的萨博轿车，车的底盘已经生锈，像在水里泡了很久才被捞上来一样。

"那你是研究什么的古生物学家？"我继续问道。

"灾难古生物学家，你可以这么叫我。"

"什么？"

"我为美国财富排名第十四的富翁工作，可你瞧瞧我的车的德行！"

我思考了一下她的回答。"可我连车都还没有呢。"我说道。

"别怪我没提醒你，为莱克·比尔工作，你可赚不了多少钱。"她

---

① 维奥莱特·赫斯特当然也不会称他为"莱克·比尔"。

一边说，一边打开车门，"他总是担心别人会利用他。"

"那么，他就选择先利用别人？"

"他会做一些他认为能够让他保持头脑清醒的事情，顺便说一句，别在他面前提起有关财富排名的事，他比较反感。"

"因为这将他的价值具体化，又或者因为他仅仅排名第十四？"

"也许两者都有。把行李放在后座上吧，后备厢打不开了。"

"那么，你认为我们距离人吃人的状况还有多久？"我又扯到了刚才的话题。

"你不会想知道答案的。"

车子在高速路上行驶着，雨水仿佛变成一层透明薄膜覆盖在风挡玻璃上。

"我想，我希望知道。"

我这么做只是不想让她保持沉默。事实上，对于这种随意的谈话我并不擅长，甚至同那些看似随和的人交谈，我也显得十分笨拙，我担心不经意间会流露出自己的真实想法。

"在美国这片地方吗？"她继续道，"不到一百年时间吧，或许三十年后就会成为那样。"

"真的吗？为什么？"

她看了我一眼，那眼神好像已经对这样的问题习以为常一样。

这让人感觉十分沮丧。

"人们迟早要冲破那条底线，"她解释说，"人口膨胀，食物短缺，十亿人已经在忍受饥饿，再加上气候变化，石油匮乏，这一切都会让情况变得更加糟糕。"

"石油短缺，我们可以不用汽车和农机设备。"

"石油短缺最严重的后果是庄稼将颗粒无收。现如今所有的化肥、杀虫剂和除草剂都是由碳氢化合物制成的。"

"你真的认为我们会山穷水尽？"

"不需要等到石油被消耗殆尽，"她继续道，"只要有一天制造一桶石油所消耗的能量和金钱超过一桶石油本身所创造的价值，我们就会触及那个底线。事实上，我们已经相当接近了，不过还不能轻易下结论，因为目前能源公司获得了政府的大量补贴，这样石油价格才不会高得离谱。如果你可以将一百七十万桶原油倾倒进墨西哥湾，然后对这次的污染事件埋单，那么很少有人会考虑成本效率。"

"难道最终没有其他可替代能源？"

"你指的是太阳能？或风能、地热？不太可能。古代微生物经过太阳光的作用，历经四百万年将二氧化碳转变为碳水化合物。我们目前根本无法制造出和石油类似的能源。即使制造出了，我们也无法设计出针对这种能源的高效存储设备。这就是石油的另一特点：石油本身就是一个存储和运输的媒介。"

"那么核能怎么样呢？"

"核能就是个骗局，即便不发生泄漏和爆炸，核电站建造和维护的费用也远远超过其所创造出的核电价值。所谓的清洁核能就是一边维持法国的清洁，一边污染着南美。好了，我这个科学狂人已经唠叨了一整晚，你也发表点看法？"

我笑了笑，接着说道："我可是一无所知，我想，这一切都和气候变化有关系吧。"

"让你发表看法可不是一句话打发我吧。"见我不说话，她又继续

说，"不管怎样，许多问题可能都和气候变化有关。石油危机会让地球
减少六百万人，这只是个保守数字。因为我们可能回到工业革命以前
的水平，地球的容纳能力也将骤减。气候变化最终会让我们一个不剩。
即便我们能够渡过石油危机，气候变化也会导致人类灭绝。我们现在
可以立刻停止使用碳氢化合物产品，任由其中六百万人死去，却依然
无法阻挡气候变化逐渐加快的步伐。我们已经触动了甲烷释放的扳机。"

"你指什么？"

"当地球温度升高到一定程度，北极冻土层中的甲烷水合物就会开
始融化，甲烷制造温室效应的能力是二氧化碳的二十倍，五千万年前
甲烷的释放曾经使整个天空都变成蓝色，这次它的影响将更加迅速。"
她再次转向我，"你知道吗，你现在一脸享受的表情。"

确实如此，但我不确定这是为什么。很显然，人类的毁灭让我感
觉十分滑稽。如果人类真的是因为人口膨胀和科技进步而走向了灭绝，
这绝对是一件十分讽刺的事，要知道这可是人类一直以来为之奋斗的目
标，而现在却成为自身毁灭的根本原因。这个女人的怀疑是正确的，坐
在她的身边让我感觉十分愉悦。有她在身边，还怕挖不到什么内幕吗？

这女人一定很寂寞，心情仿佛也有些低落。

"什么时候会到一发不可收拾的地步？"我问。

"别再想了，我好像已经将你引入了歧途。"

"这难道不正是灾难古生物学家所做的工作吗？研究世界的终结？"

"关于地球的终结有许多版本。有专门的古生物学家研究这个问题。"

"这就是你为莱克·比尔工作的内容？"

"我的工作内容保密，顺便告诉你，不是。"

"你至少可以告诉我，他找我到底是什么事吧。"

"不可以。"

"私下也不行？"

"抱歉，"她说道，"比尔想亲自告诉你，对于他，你可以完全信任。"

她在一个出口处打了转向："说到这儿，比尔要我在外面等着，等你们谈完再将你送回宾馆，但我不想这么做。对古生物学的狂热足以让我对着你这个陌生人喋喋不休地谈论一整晚。即便如此，我也更乐意一会儿去把自己灌醉假装无知。让莱克给你叫辆出租车，记着保留好账单。"

3

俄勒冈州，波特兰市
8月13日，星期一

　　莱克·比尔办公园区内矗立着一座主体建筑，这座大楼的第十二层是一个没有区域分割的宽阔空间，周围一片黑暗，只有接待台的上方有一处射灯灯光洒下，另一处射灯安装在客人等待区的上方，等待区一侧的落地玻璃上设计有许多条凹槽可以将雨水引到下方的盆栽里。雨水敲打着玻璃，让我很难捕捉到黑暗中的其他声音。

　　距离等待区不到二十码的地方有一间办公室，一个四周完全用玻璃封闭起来的正方形办公室慢慢亮了起来，它看起来就像是自然历史博物馆中的陈列柜。里面有个人慢慢地从办公桌前直起身来。

　　我立刻意识到自己太笨了，那个人其实一直置身于黑暗中，只是办公室周围的玻璃上或许安装有液晶膜，办公室外围由模糊变得透明才造成了这样的视觉效果。

　　接着一个人从办公室走出并朝我这边走来，更多的射灯照在他走过来的这条路上。他看起来年届五十，身材健硕，留着马尾辫。一件颜色鲜艳的衬衫没有束在裤子里面，名牌牛仔裤，夹脚懒汉鞋，外面罩着一件宽松的无尾礼服，这身不伦不类的打扮让我对他的情况无从判断。正思考着，比尔的脸在灯光下渐渐清晰起来，岁月在他的脸上留下了沧桑和历练的痕迹，使他显得十分坚毅。

他的脸上似乎闪过一丝笑容。"你怎么想？"他对我说道，"那是真是假？"

我不明白他在说什么。从刚刚被他派去接我的那位"女侠简恩①"，到现在这间诡异的办公室，或许比尔想用这种荒诞离奇的效果把我弄晕，正如米尔顿·艾瑞克森②所擅长的那样。接着，我注意到他正盯着我身后那面白色墙壁上的一幅油画。

这幅画很像凡·高创作的《星夜》，事实上，我看到下面的署名确实是文森特③。

"我不知道。"我回答。

"猜猜。"

"我能摸一下吗？"

"请便。"

我把手掌放在粗糙的油画表面："假的。"

"你怎么看出来的？"

"你允许我去摸它。"

"讲得好，"他赞许道，"即便它的价格和凡·高的真迹一样贵。"

接着，他盯着画似乎若有所思，终于我反问了一句："为什么？"

"这是由电脑制作，利用核磁共振成像技术还原作创作的顺序以及每一笔色彩的饱和度，但放在原作旁边，这幅画仍然一钱不值。我

---

① 译注：《女侠简恩》是美国的一部电影，里面的女主角简恩是一位性格豪爽、惩恶扬善却缺乏女人味的牛仔女孩。
② 译注：美国一位著名的催眠大师。
③ 凡·高全名为文森特·凡·高。

手下的一位材料学家认为，这是因为原作创作中有许多瑕疵和修改。"

"那么，下次挑个会画画的人的作品再复制吧。"

"哈哈，"他干笑了两声说，"我是莱克·比尔。"

"利昂内尔·阿奇莫斯。"

"我知道，进来我的办公室吧。"

"我想还是先给你放一段视频材料吧。"说着，他来到玻璃制成的办公桌前，桌子上放着一个精巧的粉金色烟灰缸，里面扔着一张背面朝上的名片，还有一个厚厚的白色信封，信封封口处被整齐地裁开。

"喝点什么？"他问道。

"不用，谢谢。"如果比尔想要收集我的指纹，大可以派个手下到我待过的那艘游轮上去。

或许他已经派人去了。

我不知道他到底想要干什么，因为我不清楚他是否知道我的底细。马默赛特教授绝不会告诉他我的身份，但我料想像他这样的富豪一定会先对我进行背景调查①。不过，"利昂内尔·阿奇莫斯"这个名字几乎没有任何背景可言。

"赫斯特博士都和你聊了些什么？"他问道。

"没聊什么。"

"很好，我想知道你对此有何看法。"

---

① 莱克·比尔的第一桶金，据我所知，来自于一个电脑软件。当初他花了一万美元从一位高中同学手中购得并申请了专利，现在每一台电脑的操作系统都需要安装这个软件。该软件使电脑用二进制计算时间，有别于我们日常计算时间所用的六十、二十四、七进制。

莱克·比尔拍了一下桌子上一个不显眼的按钮，一面墙顿时明亮起来，成了显示器。

接着，他又将周围的光线调暗了些。

视频刚开始没有声音，播放的都是些照片，大都是黑白的，有些像肯·伯恩斯导演的某部电影。树丛，湖泊，穿着皮裙的美国土著，一些留着络腮胡、穿着法兰绒衣服的人钻出矿井口，接着是一帧彩色画面，大概拍摄于二十世纪七十年代，是一家人泛舟湖面的情景，接着又是许多幅森林和湖泊的黑白照片。

接下来极富艺术性的一幕出现了：镜头中出现了湖面的一堵石墙，彩色画面，显然这个镜头是在水下拍摄。随着镜头逐渐拉近，从这个角度能很清楚地看清墙上的细节，那上面好像是一幅远古时期的图画。

画中一头驼鹿与一只更大的动物对峙着，这个庞然大物用身体盘绕着驼鹿，它看起来像是条巨蟒或是头体形庞大的海象。怪物的头上有两只角，长着宽大的鼻子。驼鹿的下颌张开的角度十分夸张，四周躺着许多好像已经死了的小动物，全部都是四脚朝上的姿势。

画面定格在那里，接着一个低沉、嘶哑的男性声音响起，像解说员在进行旁白："数个世纪以来，有关白湖中神秘动物出现的传闻从未中断。许多美国土著部落，其中包括奇佩瓦和奥吉布瓦[①]，很早以前就流传着关于这种神秘动物的传说。狗、牲畜以及其他动物的神秘失踪在过去的四百多年间有许多记载。"

---

① 译注：两者均为北美印第安人部落。

"而今这里如何呢？来到福特镇，这个距离白湖最近的一个城镇，许多居民向我们讲述了他们目睹湖中怪物的亲身经历。有许多人甚至说，他们曾多次目睹怪物出现。"

接着是一幕便携式摄像机录下的情景，许多人正背对着镜头站在一家便利店的门前。画面中又出现了那个解说员的声音，但听起来不太真切："你们谁见过那个怪物？"

大家都举起了手。"两次。"其中一个女人说道。

镜头里这时出现了一个穿着户外装、戴着蛤蟆太阳镜的十几岁女孩，她朝着远离镜头的方向走着，镜头掠过一棵棵树紧紧跟在那女孩身后，这组镜头让我想起某个血腥恐怖片中的场景。

旁白问道："小姑娘，你见过白湖中的怪物吗？"

"拜托，别拍我了。"

"只需回答是或不是。"

"是，行了吧？"

画面逐渐变暗，旁白又开始一本正经地说："有人曾试图把它拍下来。"

画面中开始出现彩色的乱码，接着图像出现，画面中一台破旧的电视机上正播放着录像。电视屏幕微微凸出，因此里面播放的图像在强光的照射下有些模糊不清，依稀可以辨认出图像下方有行字："麦奎林医生录制"。镜头慢慢地从电视屏幕的右上角向前推进，接着画面变成一片雪花。我正琢磨着现在竟然还有音像店租售这么劣质的录像带，这时图像再次出现：一只正在水中游泳的鸭子。

接着河里突然暴起一阵浪花，鸭子随即消失不见了。

看到这里，我打了个激灵。如此迅猛的攻击，再加上拍打水面的力度，我判断水下是条鲨鱼。

自从十一年前在水族馆度过了惊魂一夜，我就对鲨鱼有了阴影。

录像中突然出现了声音"在这里停一下"，接着那个电视里播放的画面被定格，后退，接着开始一帧一帧的慢镜头播放。

坐在一旁观看的我开始冒汗。

鸭子，水面，有个东西突然从水下出现，黑乎乎的，再加上溅起的浪花挡住了视线，鸭子被瞬间卷了进去，接着那东西消失不见，水面上空无一物，无法分辨出刚刚出现的到底是什么。

接着画面闪了一下，接下来又变成了高清摄像机拍摄出的画面，这次出现在镜头里的是一个站在码头前面色严峻的老人。

沉寂了许久的解说员的嘶哑声音再次出现："有人甚至声称他们曾经与这怪物正面相遇。"

"那是很多年前的事了。"老人开始了讲述。

接着他站在那儿眼神空洞地望向远方。

镜头外有人问了个问题，具体是什么听不太真切。

"哦，我记得，"他继续说，"那一幕就像发生在昨天。"

"好了，"莱克·比尔对我说，"看仔细了，从这里开始进入正题。"

2号插曲

明尼苏达州，加纳湖
十九年前[①]

上午九点，早已过了上班时间。查理·布里森一贯守时，但今天他来到森林中央这片该死的湖上。他可没有闲情逸致来此垂钓，这里是个吸毒的隐蔽场所，现在只有毒品能让他暂时忘却妻子和他的值班工长偷情带给他的耻辱，此时两人还不知在哪里逍遥快活。

毒品飘飘欲仙的感觉渐渐退去，布里森半醉半醒地走出帐篷，感到全身阵阵发冷。蚊子在他脸上留下一个个狂轰滥炸的痕迹，此时他满脑子想的都是丽莎和罗宾苟合的情景。

布里森脑海中不断跳出淫荡不堪的画面，他努力想要克制，可大脑里根本无法停止这种疯狂的想象。或许来这里之前他就应该想到这点，这样他就不会像现在这般傻子似的坐在这里。

---

① 我是怎么知道的：录像带送到莱克这里之后，他所进行的后续调查。

他无法接受这个事实，现在的丽莎已经不是以前他深爱的那个人了，过去那个善良的丽莎绝对不会这样对他。

布里森知道这一切都是假象，丽莎一开始就不是什么贞洁烈妇，可是，他妈的，他还是克制不住对她强烈的想念。

这个男人开始呜咽起来，那声音听起来又像是无奈的笑。

他的身子向前倾了倾，这样那该死的阳光就不会刺到他的眼睛。他坐在小船上将腿不断向前伸，小船的重心逐渐倾斜并开始在湖面上打转。

然后他注视着固定小船的缆绳，这让他的心情稍微平复了些。缆绳垂在那里一动不动，整个湖水仿佛都在嘲笑他的无能，布里森悲催的人生就像这湖面一样空荡荡的。

呜——呜——呜。

湖水里该死的太阳鱼和白眼鱼游来游去。当布里森发现丽莎和罗宾有一腿时，丽莎信誓旦旦地向他保证，她从未在布里森下井时和他的工长在值班室乱搞。

他们怎么会放过这样的好机会，没有什么地方能比矿区值班室更安全了。布里森在地下将近一百米的地方忙碌着，除非给值班室打电话要求升井，否则是不可能回到地面上的。

真他妈的对不起，打搅了你们俩的好事。

布里森又抽泣一会儿，然后用手捂住脸，脸上蚊子叮过的地方现在又痒又疼。

过了一会儿，布里森突然将头从手掌中抬起来，他发现刚刚握在手中的钓竿不见了。

他开始四处寻找，水面上一波波的阳光晃得人一阵阵眩晕。

钓竿不在船上，周围水面上也没有。布里森甚至不敢确定自己是否将它带到了船上，或是将它放在了营地。

　　突然，他发现船桨也不见了，这让他心里一惊，但慌乱中又看到它就在自己脚边。感谢上帝。布里森挥动船桨向岸边划去。回到岸上再他妈的喝上几杯。

⌒●(

　　布里森晕晕乎乎地回到露营地。

　　这他妈的不可能啊，他记得刚刚并没有把啤酒报销完。布里森习惯在饮完其他酒后喝些啤酒。当初没发现妻子是个荡妇时，他可不像现在这样天天烂醉如泥。好在还带来些威士忌。

　　周围散落着一些空啤酒瓶——前一晚的事情他说他记不得了，只能从现场的情况依稀回忆出一些细节——但这些空瓶子和他所带来的啤酒数目并不相符。不太可能是熊拿走了。布里森曾经见过棕熊用两只前脚抱住啤酒瓶喝酒，但他知道熊是不会有兴趣将铝罐也一并拿走的。

　　布里森查看了帐篷四周以及旁边的垃圾堆，然后返回船上寻找，或许刚刚钓鱼前将两提六罐装的啤酒拎到了船上，而自己没有在意。

　　然而船上也不见啤酒的踪影，突然布里森脑中灵光一现，他想起来自己到底将啤酒放在了哪里。

　　他把啤酒放进了白湖。

⌒●(

　　白湖并不是一个独立的湖，它与加纳湖相连通，两湖被一小块湖心岛分割开来。

　　尽管如此，白湖和加纳湖在布里森看来可谓泾渭分明。加纳湖面总是清澈明朗，而白湖经常水汽氤氲[①]。布里森从未听说过有孩子或动物在加纳湖里溺亡，然而白湖让他感觉处处弥漫死亡的气息。吉姆·拉斯卡迪斯家六岁的儿子就是在这湖里淹死的。上帝保佑，他家的那个兔崽子、倒霉蛋。

加纳湖温暖亲切，白湖冰冷恐怖。

不过，那里倒是个冰镇啤酒的好地方。

布里森划着船慢慢靠近白湖上的那个湖心岛。岛上到处都是高高低低盘根错节的树根，已经枯死的桦树根上到处是疙疙瘩瘩的树瘤，青苔使树根表面变得非常冰冷、潮湿、光滑，到处散发着树木腐败的味道。

然而布里森不得不踩着滑腻腻的树根，他将一根橡皮绳的一端绑在树根上，另一端系着一提啤酒垂进湖里。现在来看，下面好像有什么东西钩住了啤酒，橡皮绳被拽得紧紧的。他现在需要格外小心，免得被绑在末端的啤酒弹回砸伤脸。

他将一只脚小心翼翼地探进水里，真他妈的见鬼，湖水冰凉刺骨。布里森只穿着三角内裤，内裤现在已经被打湿，还沾了些淤泥，可能有的地方还被尖利的树根刮破了，不过他可不愿把内裤脱下来。裸着身子在这尖利的树根中来回走动，弄不好可是要出人命的。

他找了一块平整的地方坐下来，将双腿猛地伸进湖里，直到湖水没住膝盖，接着，他抬起双腿，感觉一丝丝凉意向他的腹股沟流去。

该死的，他挺起身来，把脸转过去面对岸的一侧，紧抓住橡皮绳

---

① 或许"白湖"正因此而得名。

然后像登山运动员一样慢慢向湖里移动。如果啤酒猛地弹回击中后脑勺怎么办？那或许会要了他的命。可想想这也并不算最糟糕的事。

布里森慢慢后退着走进湖里。靠近水面的树根已经被水冲刷得十分光滑，而水下的树根因为覆盖了一层厚厚的青苔变得更加滑腻，踩在上面就像站在擀面杖上一样完全无法平衡，现在布里森的双脚已经开始麻木。没走上几步，布里森一个趔趄，脸就直冲着岸边错综盘绕的根丛上栽过去。

剧烈的疼痛让他一下子跳起来，然后蜷缩在一旁，看起来这一跤摔得很实在，但至少现在他的双腿已经离开了冰冷的湖水。

布里森冻得牙齿打战，他低头看了看胸部和腹部，生怕身上被尖利的树根扎个窟窿。幸运的是，全身除了淤泥还有几处擦伤之外，没有大碍。接着，他把身上的泥巴擦掉查看伤情，血液和泥巴混在一起，伤口已经止血。布里森担心睾丸被刺穿，又慌忙检查下身。

完好无损。哦！现在好像不是关心这个问题的时候。

既然还活蹦乱跳地活在这个世上，布里森又开始考虑其他的方法。他像爬梯子那样小心翼翼地上到树根上，试着解开橡皮绳，没有成功，于是他返回露营地找到了他的戈博①救生刀，然后返回割断了系在树干上的绳子，接着向湖边走了几步使橡皮绳松弛下来。

这一招很管用，三提啤酒被橡皮绳缠绕着固定在一起，现在一并被打捞上来。由于向上拉得过猛，其中的三四罐啤酒从中散落下来，有的滚进了湖中，有的夹在树根之间。布里森只是暗骂了几句，并没有把它们拾起来。他将剩下的啤酒拿在手上，打开其中一罐喝了起来。这一次，他可以试一试用威士忌漱口。

一罐啤酒下肚，他坐在湖心岛的正中央，背靠着一棵树，左腿放

---

① 译注：美国知名刀具品牌。

在靠近白湖的一侧，右腿放在靠近加纳湖的一侧：或许是这条腿可以照到太阳的缘故，布里森感觉浑身暖洋洋的。此时他有些后悔坐下来之前没把威士忌带过来，或是趁着刚刚取刀子的工夫把酒带来就好了。

刀子去哪里了？他不知道，也不关心，现在他只想小睡一会儿。

一股强烈的想抽出左腿的欲望让布里森惊醒。空气中有股刺鼻的腐烂的鱼腥味，令人作呕。布里森环视了一下周围。

他的左腿一直到大腿根部已经被一条浮出白湖的黑色巨蟒吞了进去。

巨蟒坚硬的大脑袋足有馅饼那么大，两眼分布在三角形脑袋的两侧，看起来像鹰隼一般，瞳孔已经收缩成垂直的两条线。

这条巨蟒的牙齿和普通蛇的牙齿不太一样，它的牙齿上是密密麻麻的锯齿，锋利的牙齿已经紧紧地卡住了腿上的肉。

此时此刻，布里森已经吓得灵魂出窍，他剧烈地扭动着身体。巨蟒发出咝咝的声音，嘴上继续发力，布里森听到自己的大腿骨被咬得咯吱作响。此时他一门心思想离开白湖，于是身子不停地向加纳湖一侧挪动。

巨蟒此时也开始将他死命地往白湖里拖，更多的身躯从湖里探了出来。

这不是一条蛇，因为它竟然有肩部。

不管他妈的是什么，这东西开始缓慢地摇动巨大的脑袋，顺势想要将布里森再吞进去一些。暮色逼近，布里森朝加纳湖的一侧摔了过去。

之后什么都记不得了，醒来时，布里森发现自己躺在医院里。

不管怎么样，之前发生的一切都烙在了他的脑子里，每个细节他都记得格外清晰。

如果你不相信，他还有东西要向大家展示。

4

俄勒冈州，波特兰市
8月13日，星期一

　　镜头向下移动到那个老人的裤腿处，他的左腿连接的是假肢。视频到这里就结束了。

　　莱克·比尔重新打开灯。

　　"你怎么看？"他沉默了一会儿，问道。

　　我该死的皮肤上竟然不自觉地泛起一层鸡皮疙瘩。如果这个人是在说谎，那我只能赞叹他的演技太高明了，丝毫看不出伪装的痕迹，没人可以演得这么真实。如果他真在说谎，那么唯一能够解释的就是他一直生活在谎言世界，或者是个妄想症患者。

　　"关于哪方面？"我反问道。

　　"等等，你来读读这个。"莱克·比尔说。他把桌上厚厚的信封推向我这边。

　　我用手掌把信封按在桌面上滑动过来，这样可以很好地掩饰我颤抖的双手。我把信放在腿上仔细查看，上面没有盖邮戳。

　　我小心翼翼地抽出里面折好的信，尽可能避免留下我的指纹。

雷吉诺德·特拉格

CFS 户外运动

15 号公路与 6 号公路交叉口

福特镇，明尼苏达 57731

七月一日

（机密）

希望并请阁下务必对此事保密。

尊敬的比尔先生：

我希望借此机会邀请您加入一个激动人心的探险计划。

或许您曾听过白湖怪兽的传闻。如果没有，您不妨观看一下这盘录像带。这份视频是关于白湖传闻的原始材料，并马上要制作成纪录片公之于众（见信封内）。

9 月 15 日，周六，我将以个人名义组织一支探险队对白湖传闻进行探寻和调查。从最近发生的事情来看，我坚信这次探险将会取得重大收获。我将承担本次探险队去福特镇的一切费用，当然包括服装、向导和住宿（含一晚在 CFS 总部的住宿，以及路上 4 ~ 12 晚的住宿）。如果探险没有任何收获，或者所谓的怪兽并不像传闻中所说的是人类未曾发现的古代海洋动物的话（详见下面协议），阁下无须承担任何费用。

如果有关怪兽的传闻属实，那么按照下面协议，您需要为您本人支付一百万美元（$1 000 000）的费用，并且再为与您同来探险的伙伴支付一百万美元（$1 000 000），所有钱款需要在探险队出发前一天打到第三方账户上。

　　为了公平起见，避免大家对最终结果的判定出现分歧，我很荣幸地邀请了美国联邦政府的一位要员作为本次行动的仲裁人。出于个人隐私的考虑，他（她）的身份在此不便透露。在队伍出发前一天（9月14日，周五），他（她）本人会来到CFS总部住宿地点，此人并不是给您寄来信件的那个国会议员。届时阁下可以选择是否由此人担任仲裁，是否将钱打入第三方账户，或者放弃此次行动。不过，我百分之百确信您会同意由此人来担任仲裁。

　　湖怪本属于福特镇的稀缺自然资源，因此我们恳请阁下在本次行程中不要携带任何照相及录像设备，包括带有拍摄功能的手机。此外，白湖周围尚未开发（地图上对这一地区没有标注，即使有也被标注为另一个湖），因此您无须携带导航设备，包括任何形式的GPS（全球定位系统）。为了保护白湖怪兽以及其他参加人员的安全，不允许携带武器。白湖怪兽极有可能具有攻击性，负责带路的向导会准备武器以保证全队人员的安全。鉴于白湖怪兽不可预测的攻击性，各位参加人员需要签署免责协议，其间如果出现任何伤亡情况，不能向该行动的组织者提出赔偿。上述各条款如有违反，一切交由仲裁审议裁决，违反本条约者将自动丧失对第三方账户中注入钱款的所有权。

　　为了保证此次活动的私密性以及每位探险者的权益，本次活动的成员不得超过六或八人，以先后顺序为准。所有接到此封来信的人须对该信内容保密，以保证本次活动能够安全顺利地进行。

　　若阁下决定参加此次探险活动，我期待尽早与您会面。

你的：雷吉诺德·特拉格

CFS户外运动＆野营 首席执行官

信底部的署名用的是"雷吉 ①"，而非雷吉诺德。

"那么，"莱克·比尔说道，"你觉得这是真的吗？"

他表情严肃。

"你是认真的？"我问道。

"是的。"

我的意思是，那盘录像带确实在一开始唬住了我，但我突然认为这很可能是招摇撞骗。

"这就是你雇用古生物学家的原因？"

"不是的，"他回答，"两者没有任何关系。"

"那你找古生物学家来干什么？"

"这是个私人问题。"

管他是什么。"不可能，这件事绝不可能是真的。如果不是你在对我扯谎，那就是别人在胡说八道，或者想借此敲你一笔，甚至想绑架你。"

莱克·比尔笑了笑："我调查了雷吉·特拉格，没有案底，身家清白。"

"每个人都会迈出第一步。"

"即便他想要招摇撞骗，那也并不能证明白湖怪兽一定不存在。"

"根本无须证明，湖怪本来就不存在。"

"你怎么那么确定？"

这个问题问得好。

我的回答是，那些关于湖怪、鬼神、超自然现象以及 UFO（不明飞行物，也称飞碟）的传闻在一开始确实激发了我对科学世界的浓厚

_____

① 译注：雷吉是雷吉诺德的昵称，通常关系亲密的人之间这样称呼。

兴趣，相信这也是大多数科学家最初选择走上这条探索道路的原因。想想当初我还曾对这些话题痴迷不已，而今经历了现实的残酷洗礼之后必须面对两种选择：要么接受科学留给你的挑战，继续这条探索的道路，要么将这些尘封在儿时的美好回忆中，接受这冷冰冰、硬邦邦的现实世界，所谓的外星人、怪力乱神之类，就和爱情一样，在这个现实世界只是不切实际的幻象罢了[①]。

我回答比尔："理由太多了。假使那湖里真有怪物，它吃什么？别告诉我它吞吃狗和其他牲畜的鬼话，怎么总是会有岸上的动物送上门去供它吞食？即便总能找到食物，那这家伙不会凭空来到那湖里吧，先前为什么没有发现这种生物的遗骸？如果真有人看见这怪物，为什么没人把视频发到网上？用 Google（谷歌公司开发的互联网搜索引擎）地图为什么无法发现这个怪物？"

莱克·比尔一直含笑不语。

"你笑什么？"我问他。

"要知道明尼苏达州边界水域有 250 万英亩的湖泊是不允许船只进入的，甚至连飞机也不允许从上方飞过。而且大多数地方树木丛生，有许多野生动物出没，足够给这种大型的食肉动物提供食物来源。这片水域大约从 1910 年以来就被设立为保护区，据说是因为泰迪·罗斯福的一个朋友去度假，然后喜欢上了那里。最重要的一点是，这里有一个国家级森林公园和加拿大一个省级自然公园作为其天然屏障，并且与苏必利尔湖相邻。"

[①] 我曾经有一次亲眼看见过 UFO，在医学院读书那个时候，有一次我去内华达州的丝兰印第安人保留地游玩。一天晚上我来到一块台地的最高处，仰卧在那里（可不要轻易模仿我，那样做有些危险），突然我看到一个形状像茶托一样的物体迅速地从群星之间飞过。我立刻起身去追，这时我才发现那是一只鸟，翅膀是白色的，胸前有一条白线，由于视角问题我误将它当作了 UFO，这个结果让我十分失望。

"不管这片地方面积有多少，政府保护力度有多大，都不重要，"我辩驳说，"只要这里和苏必利尔湖相邻，就会有许多想要获得毛皮的猎人来这里。如果那里真的有怪兽，恐怕早就被做成毡帽了。"

"或许怪兽那时候并不在那里，或者还没有苏醒，或者藏了起来。许多人曾在尼斯湖上勘查，但如今不是还不确定那下面到底有什么。"

"当然确定，尼斯湖底每寸地方都已经用声呐勘查过了，根本没有什么所谓的湖怪。"

"那可不包括湖底的洞穴和暗沟。"

"有没有还是个问题，要知道尼斯湖底属于玄武岩结构，地势比较平坦。甚至那底下有多少个高尔夫球，我们现在都一清二楚①。你应该和你的那位古生物学家探讨一下这个问题。如果你交给她的工作不算太多的话。"

他不置可否，继续问道："那么，刚刚视频里的那个老人呢？"

我现在并不想讨论那个老人的问题："我承认他讲的故事很精彩，可那也并不意味着在周围没有人进行止血处理的情况下，他被咬断一条腿还能活下来。"

"或许他自己给自己止血，刚才他不是提到旁边有一条橡皮绳吗？"

"是的，是有一条，或许可以用作止血带。或许他的腿伤得太严重以至于腘动脉和股动脉形成闭合，不过这种情况几乎不可能发生。许多未经训练的人在对肢体进行止血时并不能有效地阻止动脉出血，而只是阻止了近表皮处的静脉血流动，这只会让情况更加糟糕，我说的这些，大多数人还是在意识清醒的情况下。"我环视一下四周，想要找个钟表看看时间，但没有找到，"真不敢相信，我们会对这个问题讨论这么久。"

---

① 共有 10 万个。

"我们是在讨论吗？看起来，你对我的看法根本不认同。"

"是这样的。"

"不仅如此，事实上，你看起来相当愤怒。"

说对了。我他妈的现在确实要爆发了。

我时常会有些不理智，这也让我不胜烦恼，但是这次想要让我理智地对待莱克·比尔？ No（不）！一个身家万贯的富翁却在这种常识性的问题面前笨得有些离谱，某天他突发奇想召见了我，而我竟然放下一切兴冲冲地来见他，以为我会从这个蠢货这儿得到一份工作！

但问题在于：这一切并不是莱克·比尔的错，自始至终泼凉水的那个人并不是他。

"我说，"我继续，"你的癌症进入恢复期多长时间了？"

这句话让他很震惊："马默赛特教授告诉你的？"

"不，他绝不会对我说这些。"

"我是个医生 ①。胃癌还是直肠癌？"

"直肠癌，"莱克·比尔回答，"癌症三期 C，进入恢复期已经六年了。"

"这么说，你可以算是彻底战胜了癌症。"

"目前来说是这样。"他一边说话一边敲击着玻璃制的办公桌面。

"不过你好像也已经看透了，每个人都会有死的一天，除非真的有魔力能打破这一自然规律。"

一丝傲慢从他脸上闪过："我可不会这么快就下结论。"

---

① 我看见他脖子后面还有黑棘皮症留下的一些痕迹，这种皮肤病的发病原因不明，是一些腹部癌症的并发症。我应该明确地告诉他这一点，不管是出于医生的职业道德还是因为这或许能在将来为我省去许多麻烦。显然，当时我正在生这个傻瓜的气，除此之外，我也并不想卖弄我的医学知识。

"你是不是也加入了奇点运动？"①

"是的。"

"那就没错了。"

"你这话是什么意思，'那就没错了'？"

我回答道："探寻真理的界限无可厚非，但这不包括像什么白湖怪兽之类的胡说八道。物质世界有许多法则，当中存在的物体都必须遵循这些法则。感情和经验可以超脱这些法则之外，你相信魔力的存在，那么可以尝试冥想训练，或者成立一家儿童医院。"

"你不认为你对我说话的口气有些狂妄吗？"

"正如我所说的，我是个医生。如果你希望找寻什么珍稀物种，那不妨去北极看看北极熊，或者和斯德哥尔摩人约会。"

"我年轻时在那儿待过。"

"那么去北达科他州试试看，我的意见就是，别做这件傻事。"

他向后倚在办公椅的靠背上，笑着说："我没打算去，我会派其他人先过去。如果情况属实，我再过去。"

"这样也行不通，有人会蠢到相信这鬼话而接受这项任务吗？"

莱克·比尔指了指我："好吧，瞧，你似乎还不太明白，马默赛特教授是对的，你对这样的工作应该比较擅长。"

"我？"我答道，"让我参加这次蠢到家的探险？"

"没错。"

"你是说，马默赛特推荐我参加这次见鬼的行动？"

---

① 奇点运动是一少部分富有的电脑专业人士发起的运动，他们认为如果电脑能够具备感情，它就可能自发地帮助这些富有的电脑人士延长寿命，对此观点感兴趣的人一定不是像你我这样为琐事操心的凡夫俗子。

"我并没有告诉他细节，"莱克·比尔说，"我只是让他给我推荐个机灵点儿的，对科学探索又比较感兴趣，并且吃苦耐劳，可以应付一些危险局面。"

"你是什么意思，什么叫'应付一些危险局面'？"

如果莱克·比尔敢告诉我这就是他找上我的原因，说白了，就是有人胆敢在这件事背后使坏就派我去教训他，那么我会告诉他，让他滚到一边去。不过，考虑到他还需要花钱找辆出租车把我送到机场，这么做有点不太明智，起码等我的双脚从他办公室迈出去再说。

"别让人因此受到伤害。"他说道。

他妈的，一下子就戳到了我的软肋。

"听着，"他说，"我只想你替我参加这次探险，看看这件事到底是不是真的。"

"根本就不是真的，因此你付出的努力越大，结果就只会越失望，谢谢你考虑我。"

"我知道这件事可能性不大。不可轻信别人，这点我明白。如果这次探险归来你告诉我整件事是个骗局，那么我会接受这个事实，再说，这对你也没什么损害，不是吗？"

"你的意思是除了浪费我的时间之外，虽然现在还没搞清楚，但我可以向你保证事情绝不是那么简单。六个人，或许是八个，管它多少呢，每人要交一百万美金，这不是一笔小数目。这个活动的主办者不可能不对这笔钱动心。"

"不是还有仲裁吗？"

"那就是个摆设。信上说什么来着，'联邦政府的高官'，你真的觉得这世上有人是不会被收买的，况且他面对的可是花花绿绿的六百万美元？对于这些人，给他们后院修个游泳池，就管保让他们对你的话言听计从。你想想，让一个国会议员以自己的名义发出封信能花多少钱？"

"五百美元，"莱克·比尔说，"照你那么说，应该就是这么多。不过，如果这个仲裁真的如你所说的那样形同虚设，到那时候我们还可以退出。"

"我想到时会更麻烦，想想他们为什么不允许携带枪支和通信工具？"

莱克·比尔双手扬了起来，说道："因为他们是一群想趁机敲我一笔的恶棍，而我是个没有一点防备心的傻瓜。对于这一点我已经考虑过了，我现在想知道的是，要多少钱你才愿意去明尼苏达帮我找出真相？"

这突如其来的问题让我不知该如何回答。

我试探地说道："我出的价钱你可承受不住。"

"你怎么知道？"

"好吧，八万五千美元。"

"八万五？"

这个数目虽然是我随口说出的，但绝非漫天要价。一方面，想要摆脱西西里岛和俄罗斯黑手党的纠缠，我就必须有一大笔钱①；另一方面，这几周我一直听到关于莱克·比尔吝啬的种种，当然并不仅维奥莱特·赫斯特一个人这么评价他，我想这笔钱足以让他知难而退。

---

① 这里要说明的是，大卫·卢卡诺从前是为西西里和俄罗斯黑帮工作的律师，他要那帮浑蛋把我找出来干掉，否则他就不会出庭做他们的见证人，为此他甚至会在科罗拉多州佛罗伦萨市联邦最高监狱度过余生。是我将他送进去的，但这并不是他对我如此恨之入骨的原因。他认为是我杀了他那个浑蛋透顶的儿子，三年前我确实把他解决了，而且现在再让我选择一次，我依然会那样做。

我之所以现在还活得好好的，只是那些俄罗斯人和西西里人的权宜之计。因为如果他们把我杀了，卢卡诺就不会再在法庭上保持沉默，而如果卢卡诺发现他们并没有尽力杀我，那他就会倒戈，然后等出狱后亲自找我算账。

对我来说，唯一可行的出路就是让那帮黑手党下定决心把卢卡诺在监狱里解决掉。或许联邦法院也意识到了这一点，他们已经将卢卡诺保护了起来。如果这是真的，西西里和俄罗斯的那帮亡命徒一定会想办法留住我的命，作为日后和他谈判的筹码。之前卢卡诺的儿子也曾用过这样的法子，现在这个烂摊子都是因为他当时的浑蛋行为所导致的。

　　为了强调一下，我又接着说："这可不是谈判，要么你接受，要么我走人，这笔钱还不包括我途中的花销，因此全部费用应该再加一倍。"

　　莱克·比尔一脸惊愕的表情："这一路上怎么可能会花八万五千美元？"

　　"现在可说不准。"

　　"这就是去露营，而且只有一周时间。"

　　"即便如此，"我说，"这一周可是决定着你是否能拿到前期支付的一百万美元。要知道，这笔钱可是包括回来后我的生活费用。离开游轮那么长时间，回来说不定就被炒鱿鱼了①。如果你付不起，也可以和奇点运动的那些人共同筹钱。"

　　莱克·比尔小声嘟囔了一句，我没听清楚，于是让他重复一遍。

　　"我说可以，"他一副大病初愈的样子说道，"八万五，再加上八万五的沿途开销，但你要出示花销账单。"

　　"什么？"我吃了一惊。

　　"需要我再重复一次吗？"

　　"你在开玩笑！"

　　"我没有。"

　　"太扯淡了。"

　　他看起来很不安地说："我和你都太扯了。"

　　我的心情变得十分糟糕。

　　"靠，"我又暗骂了一句，"那么，至少别派维奥莱特·赫斯特和我一起去。"

　　莱克·比尔看起来有些意外："我就是要派她去，她一个人我不放心，所以才会找你。"

---

① 我巴不得早点离开那里。

第二种推测 谋杀

WILD THING

5

明尼苏达州，5 号公路
9 月 13 日，星期四

"你认为我们会上床吗？"维奥莱特突然说，"我可不是对你暗示什么，只是询问你是否有这种可能性。"

我一边开着车，一边回答："你喝醉了。"

她抬起头，目光向上瞟，绕过太阳镜盯着我说："不，我没醉，谢谢关心，医生。"

或许她没醉。我们此时刚经过德卢斯市，道路两侧随处可见一些新建的而且稍具规模的造纸厂，每家工厂的烟囱里都在不停地冒着大团大团云朵状的浓烟。我们刚刚在一家奶品皇后店门前停下，准备吃午餐。维奥莱特在隔壁的加油站买了两瓶啤酒，我不想喝，于是她就把两瓶都报销了，不过那是一个小时前的事了。

或许有人就喜欢这样的说话方式，感觉很潇洒。

"好吧，或许吧。"我说。

"胆子还挺大，为什么？"

"我们互不相识，在一个人生地不熟的地方一起待上几天。'也许过了这周你就再也见不到我了'，像这样充满暗示的话听起来很合时宜。"

"在游轮上工作后发现的？"

"不，在那之前就明白了。"

"滥交的经验。"

"我更喜欢'阅女无数'的表达。"

"听起来不错，不过没有刚才你说的那句'过了这周就再也见不到我'听起来更有挑逗性，但依然很性感。"

"你不相信我这是经验之谈？"

"我认为，人与人之间的交往呈 U 形曲线。有些人刚见面时，你会被他们的神秘气质所吸引，想要和他们上床，一段时间后你就厌倦了，那种性冲动随之消失；接着，你又想要得到他们，因为那时你已对他们足够了解。"

"听起来挺有道理。"

"当然这也不是我的亲身经历。经验告诉我，不论你和怎样的人交往，最终都会发现这个人是个十足的蠢货，但你仍然渴望和他交往下去。"

我应该尽量避免这样的话题，因为我不想让维奥莱特·赫斯特知道关于我的任何事情，那么我就不应该再向她发问。可是和一个性感又充满野性的女人同在一辆车上，而且对方现在醉话连篇，这种情况我之前很少遇到。

或许我应该专心致志地开车。

"是最近才发生的？"我问道。

"准确地说，比最近还要近些。"她回答。

"还在继续？"

或者我应该自问自答，不给对方回答的机会。

"我不知道。男人是怎么想的，我不太好说：一见钟情，然后大献殷勤，很快又开始厌倦。好吧，现在你一定以为我是个轻佻的女人，一厢情愿地卖弄风情，却还不知道对方的心意。"

"你认为我会对你评头品足吗？"

她转向我："你实际上要比看起来聪明些。"

"就像你所说的 U 形曲线。五分钟后，我看起来可能就是一副蠢相了。"①

"哈，反正我不是个水性杨花的女人，至少还没到那种程度。我只是不愿承认这个事实，对方其实对我根本没有感觉。"

是的，我还知道什么时候该适可而止，竟然有个傻瓜如此幸运，这样的机会是我和许多人——甭管是否还活着，都不曾体会到的，或许也是出于这种嫉妒，我打断了这样的谈话。

我永远都不知道自己为什么会这样做。

"我没法儿了解，不过一般广播上都是怎么说的。"

"你知道吗，你不说话的时候要有趣多了。"

我笑了笑。

"笑就是承认了，对了，谈谈你的感情经历吧。"

看吧，和人聊天真是大错特错。

"已经结束了。"

"什么时候的事情？"

"很长时间了。"

"因为什么？"

"我想继续保持那种神秘的感觉。"

"嗬，保持神秘和刻意回避可是两码事。"

"啊，到底谁是为莱克·比尔执行神秘任务的古生物学家？"

---

① 和许多深受美国电影感染的人一样，我不善于表达感情，而装无赖是强项。

"这件事例外。"

"说得好。"

"多谢夸奖,在游轮工作以前,你是做什么的?"

"在医学院学习,很好笑,是吧?"

"在墨西哥,我上网搜索过你,为什么选择那儿?"

"美国的医学院不接收,可我总想学医。"

"你是个不良少年?"

"哪方面都不算良。"

"在那里学习怎么样?"

"还不错。"

她轻叹了口气:"和你说话,感觉像在拔牙。"

"我有时会干这种活,在游轮上。"

"真的?"

"属于工作范围内的。"

现在闲侃一下我的工作倒可以把刚刚的话题岔开。

"你是哪里人。"我问道。

"不要转移话题。"

"什么话题?"

"关于你的。"

现在,我们都感觉没有了刚才谈话的兴致,这正是我所擅长的。

"我的老天。"维奥莱特惊叫道。

几个小时后,我们来到福特镇的主干道上,和上一个通往 CFS 户外运动的高速路出口的景象完全不同（至于这条路我们决定明天过去一探究竟），标有福特城区的这个出口看起来就像《启示录》的促销现场，屋舍、老兵俱乐部、公路沿线的便利商店、低矮的砖砌行政楼，所有的建筑都用栅栏围起，破败不堪，杂草丛生。零星有几个穿着羽绒马甲、戴着棒球帽的人，一看到我们过来就立刻将烟头扔在地上，如同孤魂野鬼般地四散而去。

我和在城市生活的许多美国人一样对这些乡巴佬抱有偏见[①]，但这个地方的糟糕程度依然超出了我的想象。一个骑自行车的二十多岁的小伙子风风火火地从我们身边经过，我们差点把他当成了赛车爱好者，直到发现后座上弹起的那个两升装的百事可乐瓶，我们才意识到是个运送毒品的毒贩子。

"这简直太无法无天了。"维奥莱特叫道。

"我以为你是堪萨斯人。"

"去你的，我是劳伦斯人，和这里可一点都不一样。"

"我倒想见识一下。"

"别打岔了。这个地方不应该是这样子的，鲍勃·迪伦就是这里的人。"

"很早以前的事了。"

"他们这里有个叫什么艾尔·弗兰肯的参议员。"

"还有个米歇尔·巴赫曼。"

"这里的人和米歇尔·巴赫曼可完全挨不着边儿，她的选区还要靠南。"

至少那个带便利店的加油站还开着。我认出了这里就是莱克·比尔有关文件中提到的那家便利店，这里依然张贴着一张百威啤酒的亮

---

① 这些人通常都是容易上当受骗的种族主义者，会将选票投向任何为基督教唱赞歌的财阀。保守分子说他们穷酸，激进分子说他们没文化。

橙色海报，上面是一只驼鹿，站在十字瞄准区域内。两个街区开外的地方有一家名叫黛比的小餐馆，门前停着一辆车。

我向那里走去，或许这家饭馆也在营业。

我和维奥莱特推开餐馆门，这扇门上的玻璃之前被打碎过，后来又用胶合板补了上去，因此一有晃动就传来哐当哐当的声音。餐馆里没有一个人，日光灯开着，窗户上也挂着"营业中"的牌子。

"有人吗？"维奥莱特喊了一句。

屋子的另一头，一个穿着白色 T 恤的金发女人从厨房里探出半个身子，她看上去四十五岁上下。

"你们需要点什么？"

"呃……这里有吃的吧？"维奥莱特问道。

这个女人盯着我们看了好久，弄得我们相当不自在。"这是餐馆，宝贝儿。随便坐，我一会儿就来，菜单在桌子上。"

维奥莱特和我坐在靠门的长桌旁，一路上都是和她并肩坐着，现在面对她坐着的感觉挺奇怪。

"怎么了？"她问道，"我的脸上有什么东西吗？"

"没有。"

她还是拿镜子照了照。我想要转移目光，于是拿起菜单。菜单油腻腻的感觉黏手，上面像是喷了一层糖浆。

我们听到厨房里传来金属撞击的声音。接着听见一个女人，或许就是刚刚露面的那个大声喊道："总他妈的忘了把牌子翻过来。"

"呃，"维奥莱特沉吟道，"你觉不觉得我们应该离开？"

"或许应该，不过我不介意再等上一分钟。"

她睁大眼睛盯着我，半开玩笑半激动地说："这也算是调查的一部分？"

此时，厨房的门"砰"的一声被打开了，真怀疑门上的玻璃能否禁得住这么大的力道，或许大门的玻璃就是这样坏掉的。刚才的那个女人气势汹汹地走到我们桌旁，那感觉就好像下一秒她就会拿凳子朝我们砸过来。

"决定了吗？孩子们？"她问道。

"这里现在是在营业吗？"维奥莱特问道。

"牌子挂着呢。"

"好吧，但我们也可以……"

那个女人冷冷地笑了一下："宝贝儿，到底想要些什么？"

"法式吐司，谢谢。"维奥莱特回答道。

"汉堡和巧克力奶昔。"我说。

"这儿没有奶昔。"女人答道。

"你多大了，还没断奶？"维奥莱特对我一顿讽刺，接着她向服务员问道，"有啤酒吗？"

"蓝带和米狮龙淡啤酒。蓝带可能已经卖完了。"

"那么就来两瓶米狮龙吧。"

"你还要汉堡吗？"

"当然，谢谢。"我说。

"嗨，你就是黛比吗？"维奥莱特问道。

"自己是谁自己可做不了主。"

她走向厨房，在墙边的一台冷柜前停了下来，接着拿出一块玻璃纸包着的法式吐司，维奥莱特并没有看到这一幕。

这有些滑稽，以前我也曾去过一些糟糕的餐馆，大多数集中在布鲁克林区 65 号大街以南，或是皇后区东部的跨湾大道上，而且这些地方通常都不只是餐饮这么简单①。这家餐馆或许和我之前去过的那些地方不同，我当然知道有许多粗鄙不堪却口碑极佳的路边小店，但这家餐馆怎么瞧都有些古怪。

"瞧那里。"维奥莱特说。

我顺着她的目光看到墙上挂着的一块牌子："继续悲叹吧，灯光熄灭，我依然清楚方向所在。"

维奥莱特小声说："这鬼地方哪里不对劲？"

---

① 过去我常去的奥松公园里的扎格特酒吧就是这样的地方，那里是个枪支交易的黑市，从肯尼迪机场走私的枪支卖给了那些反社会者。你绝不会在这里点东西吃，很可能转投旁边的炸鸡店，饭前也绝不会忘了用消毒水洗干净双手。

3 号插曲

明尼苏达州，福特镇
黛比餐馆
9 月 13 日[1]，星期四

黛比·申耐克回到厨房时重重地摔了一下门，她在想老天是不是在故意耍她。先是迪伦和马特把温尼伯的生意搞砸了，竟然还嗑了药晕晕乎乎地回来了，接着那群男孩又忘了将"营业中"的牌子翻过来，以至这两个该死的警察误打误撞地进了餐馆。

她迅速将三千片伪麻黄碱[2]撮起来，洗了洗，然后和刹车清洁剂混合在一起，盛在台面上的锥形烧瓶中。

整个厨房现在是一团糟。今天的特价菜干脆叫弗兰肯斯坦[3]好了。想想现在她竟然在给该死的警察做汉堡。

厨房里有扇纱门，通向餐馆的后面。黛比站在那看

---

[1] 该插曲以及后面的 9 号插曲，均来自个人采访、证词，以及陪审团在检察官代表明尼苏达州人民起诉申耐克等人一案（CJ69-C-CASP-7076）的最终报告公共修订本中的相关记录。

[2] 译注：伪麻黄碱是制造冰毒的原料。

[3] 译注：该人是英国女作家 Mary W. Shelly（玛丽·W.雪莱）所著同名小说中的主角，这个医学研究者最后被自己创造的怪物毁灭。

见一群男孩坐在外面的板条箱和垃圾桶上。她知道他们没看见她，不然，他们就不会像现在这样无所事事。

"他妈的！"她隔着纱门骂了一句，那群男孩立刻四散而去。

黛比不知道现在打开煤气炉是否稳妥，或许其中掺了丙烷的燃气还不至于像一战时的毒气那样致命①。是不是这样，鬼才知道。

于是她做出了决定：不打开煤气炉，这帮该死的警察，她可以用微波炉来为那个男警察热汉堡。不管怎样，这两个人看起来更像是联邦调查局的探员或是药品管理局的人，对于警察而言，这两个人长得未免太引人注目了。黛比猜想，这两个人是否是跑到这里偷情来的，不知他们的老婆或丈夫是否知道他们的勾当。

哦，天哪，还他妈的行不通。即使可以用微波炉加热，那个该死的面包圈该怎么办？还有那个女警察点的法式吐司？真他妈的见鬼！

黛比的怒气突然爆发，她猛地拉开冷柜门：马特·沃格姆和迪伦·艾恩茨嘴上贴着胶带，反捆在里面。两人已经冻得脸色乌青、奄奄一息，现在几乎连发抖的力气都没有了，这又让她多了一件烦心事。

"该死的！"黛比怒气冲冲地嚷嚷着，然后重重地将门关上。他们是自作自受，黛比无法理解当初自己怎么会信任他们。

这些浑蛋怎么不懂得回报？供他们吃喝，和他们鬼混，任由他们胡闹，他们还需要什么？黛比暗骂：真是得寸进尺！

她曾经告诫这些孩子记住一件事：**千万别碰这该死的毒品。**

马特·沃格姆在她看来是无药可救了。尽管他和格雷格·比埃纳一同去温尼伯进过几次货，但他竟然口口声声说，之前从未发现格雷

---

① 事实上，已经达到了使人中毒的程度。

格吸毒。就凭这一点，黛比就可以将她和格雷格一起解决掉，只是那么做就没有人能担此重任了，那时看来留着马特算是比较明智的决定。

真是大错特错。还有迪伦，他上过高中，性格内向。这个她认为最老实、最值得信任的孩子，竟然和马特一起把这次的交易搞得一团糟。他竟然还和马特一起编了个蠢到极点的故事，说什么瓦吉德那个该死的也门人没法儿按时从他老表的药店那里拿到货。他老表现在已经怀疑了，而且他马上要参加一个什么宗教集会，所以不愿让马特和迪伦在店里逗留。

把问题推给那些该死的也门人，他们只有牵涉什么黎巴嫩真主党的问题时才会甘愿蹚浑水。

当然，马特和迪伦那时曾去泡过酒吧。在那里，他们遇到几个加拿大的混混儿询问他俩身上有没有带毒品。马特说因为那时他恰好带着些可卡因①，于是就让迪伦吸了一些，这样那群混混儿就不会怀疑马特给的毒品是蒙汗药。

老实说，马特必须这么做。在这一行混得久了，黛比绝不会轻易从任何人手上接受可疑的白粉，更何况那个人是马特·沃格姆。

不管在加拿大那里发生了什么情况，黛比现在已经找不到人再去那里为她进货了。她现在只剩下捣碎的那三千片药，除非她留下迪伦，这个念头让她觉得很不甘，但还有其他办法吗？难不成去和那些锡那罗亚②的人打交道吗？

这种想法让黛比有种想大喊一声的冲动，然后把手放在烤箱门上使劲夹几下。

黛比讨厌那些墨西哥浑蛋，他们经常会派几个镶着金牙的侏儒来

①译注：一种毒品。
②译注：墨西哥的一个贩毒集团。

这儿闲逛一下，"老板娘，朱现在替我们干。"这种话无非是想让她将自制好的成品毒品卖到墨西哥，并将利润降至原来的四分之一。

目前黛比对这些浑蛋还能应付过来，不过如果这些毒贩不再相互厮杀，而是联合起来，那么他们就会成为她的一个大麻烦。他们以圣詹姆斯的一家肉制品加工厂作为掩护，从事贩毒勾当，也就是说，这些人经常和屠刀打交道。为了给自己壮胆，黛比给自己的手下也添置了几把新枪。

黛比从一卷锡纸上撕下一片，盖在盛土豆泥的大口酒杯上，然后把杯子放进冰箱，他妈的现在竟然还有心情摆弄这些。

打开电烤箱，拧开燃气阀门，她心中还思索着芥子气①的问题——允许我在这里略作发挥。

趁着这工夫，她还可以吸上一根烟。黛比最近的烟瘾很大，有劳提醒，不过现在喘气的唯一用处就是能吸完一支烟了。

黛比狠狠地吸了一口烟，然后将面包圈和吐司放进烤箱，将汉堡放进微波炉。去你妈的，就让燃气那么点着吧。黛比重重地将厨房的后门砸开。

那群男孩现在聚集在停车场低矮的围墙边和几辆车之间，此时他们停止了交谈，个个脸上都是阴郁、惊恐的表情。

"等一会儿警察走了，把迪伦·艾恩茨带出去好好教训一下，"她吩咐道，"至于马特·沃格姆，我还没想好。"

年纪稍大些的，也就是那群孩子中说话有分量的男孩已经明白了黛比的意思。

至于迪伦，意思是再给他一次机会。

至于马特，意思是最好现在给他挖个洞。

①译注：二氯二乙硫醚的俗称，是一种无色油状液体，有毒，一战时被用于战争。

6

明尼苏达州，福特镇，
9月13日，星期四

　　黛比，姑且认为她叫这个名字，把盘子放在我们面前。盘子里有我点的汉堡，给维奥莱特的是刚刚从冰箱里拿出的法式吐司，除此之外，盘子里别无他物。

　　没有任何装饰的摆盘不禁令人想到那句话：失去之后才懂得珍惜。

　　不管怎么说，汉堡看起来还不错，起码两片面包是热的，这至少能给你些许安慰。"你们还需要什么吗？"黛比问道。

　　维奥莱特说："你能给我们讲讲有关白湖的事吗？"

　　黛比瞬间变得歇斯底里，速度之快真可以和科幻电影里的狼人变身相媲美。

　　"什么？他妈的什么？"

　　"呃……"维奥莱特迟疑着。

　　"你刚刚说什么？你们这两个家伙冒充警察跑到这里，你们是什么人？记者吗？"

　　"不是的，"维奥莱特解释说，"我们是科学家。"

　　"你他妈的当然是，进了这家店，然后盘问我的身份，接着询问见鬼的白湖怪物，还真是碰巧啊！"

我几乎从椅子上跳了起来，立刻打断她："你刚刚说……"

"我他妈的什么都没说。我一个字都不会告诉你们这些人。"

"可是……"

"你们立刻滚出我的饭店，滚！"

"你能不能……"

她抓起我面前的盘子砸在桌上摔个粉碎："他妈的立刻从我的饭馆滚蛋！"

盘子里的汉堡滚到地上，我立刻把维奥莱特从座位上拽起来，然后查看她是否把钱包落在那里，还好没有。维奥莱特·赫斯特是我见过的女人中少有的穿工装裤的，她一般都会把东西装在裤子的口袋里。

到了门口，我转过身来试图再尝试一次："你能……"

"你想找那怪物？去雷吉·特拉格那儿吧！"黛比对着我们大叫着，接着又一个盘子朝我的头招呼过来。

在盘子砸中门板的一瞬间，我果断地把门关上了。

"靠！"在我们返回车上的时候，维奥莱特暗骂了一声。我猜，我们租的这辆结实的房车大概出自五年前停产的通用公司的某家子工厂。"这他妈的到底是怎么一回事？"

"像你这样的女人可能不像科学家。"我回答道。

"胡扯。真不走运，那个法式吐司看起来还不赖。"

"那是冷冻过的。"

"真的？那个婊子！你怎么知道？"

"我看着她从冰箱里拿出来的。"

正准备拉开车门的维奥莱特停了下来："你为什么当时不告诉我？"

"如果不告诉你的话，我想你的心情会好一些。"

"想看我的笑话，对吧？"

还算幸运。正在这时，黛比餐馆的后面传来一阵声音，有人在敲打垃圾箱，中间还夹杂着痛苦的喊叫声。

我把车钥匙沿着车顶滑向维奥莱特，并交代她说："把车发动，在里面等我。"

"靠。"

"照我的话去做。三分钟内我回不来，就叫警察来。"

我往回走去，只见几个十几岁的男孩正围着一个好像也是个十几岁的男孩猛踹——这个男孩躺在地上，被紧紧地围在中间，满脸都是血，很难看出他的模样。这群少年打人似乎不得要领，只是凭着力气大。

我不理会那群男孩，径直走进人群，跪在被打的那个孩子身旁并护着他。他已经昏了过去，不过还有呼吸，一只眼旁有一处深得露出骨头的伤口。除此之外，脸上和头上还有大大小小不算太严重的划伤，但身体凉得有些不正常。

男孩的眼皮开始剧烈地跳动。"别动。"我制止了他。

他仰面躺在那里，摸了摸脸，瞅到了手上的血："啊，该死。"

我简单地对他进行了颈椎检查，并趁他不注意，捡起他被打落在地上的沾满血污的犬牙放进我的上衣口袋里。"别动，告诉我这里疼吗？"

"疼！"

"等下我帮你处理。"

"哎！"有人对我大喝，"这位！"

我抬起头，即便我想无视他们的存在，这些男孩也未必愿意被当作透明人。

这群孩子年龄参差不齐，有的稚气未脱，至多只有十二三岁，有的十七八，胡茬儿已经冒了出来。尽管年龄悬殊，他们的服装却相当统一：宽大的外衣和布袋一样的裤子，这身打扮让他们看起来很像《银翼杀手》①中出现在洛杉矶闹市区的复制人。不过，至少他们比我在游轮上见到的那些肥胖笨拙且总喜欢敷衍祖父母的富家少爷健康得多，或许是这群孩子经常在外面锻炼的缘故，只是这种锻炼常常是把别人踢得屁滚尿流。

麻烦来了，许多孩子正拿枪对着我。

大多是霰弹枪和猎枪，不过，也有一些大点的孩子手中拿着好一点的手枪。这群人中间站着一个似乎是最年长的孩子，手中竟然拿着一把擦得锃亮的柯尔特牌左轮手枪。

"嘿，你，"这个孩子说，"你这个蠢货。"

我一时不知该如何应付。

用非暴力的方式制伏一群暴徒是武术中最难的地方，指望在健身房打几次沙袋就想做到这一点是不可能的，你需要强健身体的各处关节和腿部力量，诸如此类。此外，还有些方面甚至我都从未注意到，比如，你至少有信心能够近距离解除对方的武装，同时不让人受伤。

没人受伤——这点对我十分重要。龙焰大师曾经说过，"制伏而无伤害，伤害而不致残，伤残不致杀生，杀生以保全性命"。我面对这群暴徒时难道不应该谨遵这个原则，我难道不应该挺身而出保护一个孩子免遭伤害吗？

———————————
① 译注：该电影是美国20世纪80年代拍摄的一部科幻片。

我决定先虚张声势。"蠢货医生在这里向你们致敬。"我一边说着，一边将受伤的那个男孩搀扶起来。

那个领头的孩子挡住了我的路："我想医生都应该比较识相。"

我绕到他的身旁："这是大家的普遍看法。"

"这里没你的事！"他咬牙切齿地对我恐吓道。

"你现在让我不得不管管这事。"

我边说边移动到他的前面，大致来说，我已经越过了这群孩子的包围。而领头的那个男孩又一次挡在了我的前面，这次他将左轮手枪抵住了我的左侧颈部。

这一步十分愚蠢，让我放下对方是孩子的顾虑。对方手上有许多枪，我盘算着先将这个领头的男孩摔翻在地，将他拿枪的那只手抬过头顶，并踩他的左脚，然后向外侧猛踢他的右膝，接着猛击喉部，然后抓住脖子不放。不过，我只是对着他的胸部来了一拳，他后退了一步，他的枪还有咽喉部位随即脱离了我能控制的范围。对于这一招，我回来还要向龙焰大师继续讨教。

我心中闪过的那一瞬间的想法比眼前这把冷冰冰的枪还让我感到不安。左轮手枪是单发的，领头的这个孩子忘了先把击锤扳到击发位置。我从他身边走过去时耸了耸肩，他慌忙从受伤的男孩前面闪开。

我几乎要走到那座房子的拐角时，维奥莱特·赫斯特从另一侧出现了，她高举着手机大喊道："都别动，你们这群浑蛋，我已经打电话叫警察来了。"

"竟然能打通？"我身后的一个男孩问道，他的语气中充满了难以置信。

我听到拿左轮手枪的那个男孩骂了句"妈的！"，然后是扣动扳机的声音。我猛地朝维奥莱特扑过去，拽着受伤的孩子和维奥莱特退到拐角。这时一声枪响，身旁的一块墙皮应声脱落，溅得我们全身都是石灰粉末。

维奥莱特还真能给我惹事，她站起来，转过身跑了出去。我们从黛比面前经过时，看见她站在饭馆大门前，一只手罩在双眼上方，大声嚷着："别打着饭店，你们这群蠢货。"

"把钥匙给我。"我对维奥莱特说。

"在车上插着。"

正如我说的：惹麻烦的家伙。我把那个男孩扔到车后座上，发动车子，踩下油门。车子冲过停车场前的路缘带，一转弯离开了这里。

飙车总能让我想到亚当·卢卡诺，在我十五岁到二十四岁这段时间里，他是我最好的朋友，相信大多数飞车党都出自于那个年龄段，除非他是个职业赛车手，或者是个笨蛋。我和亚当都属于笨蛋行列，我们崇拜他的父亲。

不过，我们租的这辆车真不适合竞速。我把油门踩到底，并不断调高挡位，可一会儿那车就像个哮喘发作的病人一样又回到低挡位。第一个右转时我拉上手刹，可这似乎对车的制动没有多大影响。

在第二个右转处，我从后视镜看到一辆小货车跟了上来，从窗户里探出一根棍子，我认出那是枪管。

第三个转弯处，维奥莱特问我："我们要去哪里？"

我们从公路上转下来，重新回到了黛比餐馆。"把后面那群浑蛋甩掉。"

在黛比餐馆前我突然来个转弯，斜穿过停车场，回到了三分钟前走过的那条街。

　　我从后视镜里看到，那辆小货车在饭馆正门来了个急刹车。不管出于什么原因，我们又转回到他们的老窝这里，那么他们一定会留下来防卫，或者至少得有一部分人留下来守在这里。

　　"嗨，"我对后座上的那个男孩说，"醒了没？"

　　"嗯。"

　　"最近的医院在哪里？"

　　"我不需要去医院。"

　　"回答我的问题，在哪里？"

　　"伊利镇。不过，我认识个医生在这儿附近。"

　　"算了吧，除非他那里有 CT 扫描仪，不然他还是会把你转去医院。"

　　"他那儿有 CT 扫描仪。"

　　"不太可能。"

　　"老兄，我知道什么是 CT 扫描仪。"男孩说，"它会发出一排 X 光束扫描，然后显出横截面。我同父异母的哥哥不知道用了多少次了。"

　　"为什么？"

　　"他长了脑瘤。"

　　"他也在那里做检查？"

　　"没错。"

　　我想了想。我和维奥莱特本打算今晚在伊利镇找个地方过夜，沿着 53 号公路去那里大概还有半个小时的车程。

　　"好吧，"我说道，"你认识的那个医生在哪儿？"

　　男孩稍微直起身子，朝窗外看了看："现在向左转。"

　　"抓紧了，"我说道，"下次转向提前告诉我。"转弯时我又把手刹拉了起来，但似乎仍然没有什么效果。

　　"只管朝前走，到头了再往右转。"男孩说，"这是一条断头路。"

"这个砖房还要往前？"

"是的。"

"我们还是应该叫警察过来。"维奥莱特说。

"哦，省省吧，小姐。"男孩嚷嚷着。

我也正有此意。"你不想让我叫警察吗？"我故意问道。

"他妈的当然了。"

"我想我们应该尊重这孩子的想法。当初如果我不插手，后来还真不知道会发生些什么。"

"他们一定会把他打死。"

"不一定，看样子那帮孩子也快打完了。"我从后视镜发现那孩子一脸怀疑地盯着我。

"他们朝我们开枪了。"维奥莱特说。

"是朝我们身边开枪，对了，黛比餐馆旁的那栋楼是干什么的？"

"那是一个旧煤矿工厂。"男孩回答道。

我还是不清楚那是用来干什么的，我对那栋楼印象很深：红砖和铁建造，上面长满了杂草。

"你叫什么名字，"我问道。

"迪伦。"

"迪伦，今天是星期几？"

"见鬼，我怎么记得？"

"星期三，记着，一会儿我会再问你，好吗？"

"好吧。"

"现在感觉怎么样？"

"还行，刚才他们快把我的肠子踢断了。"

"除此之外呢？"

"没了。"

"你真的认为我们不需要叫警察来吗？"维奥莱特问。

"迪伦，你怎么想？"

"说真的，千万不要，他们只会把事情变得更复杂。"

我看看维奥莱特，然后耸了耸肩，问了问迪伦之前有没有服过什么药。

"没有。"

即便坐在前排，我也可以闻到他流动的血液里散发出的氨水 ① 的味道，这大概可以解释他为什么对警察这么反感。

我说道："你看，在我家那边，吸毒的人总会找不吸毒人的麻烦，可是你恰恰相反。"

"或许我应该去你家那里。"

"或许吧，你吸毒多长时间了？"

"我不是瘾君子，我只沾过两次。一次是昨晚，一次是几个小时前。"

"这就是那群家伙痛扁你的原因吗？"

"老兄，我可没学过读心术。"

"那我就当是因为这个吧，有没有过敏反应？"

"是的，对刚刚的那顿海扁有些过敏。"

"我想，我会慢慢弄清到底发生了什么。"

"利昂内尔！"维奥莱特突然插进来，"迪伦，我叫维奥莱特，这是利昂内尔。我想，你应该考虑让警察来。"

"你叫利昂内尔？"男孩问道。

"有什么特别的？"

"没什么。"

---

① 译注：氨水是制造麻黄碱的原料之一。

"好吧，那么，现在转弯还是直走？"

"直走，经过那一排蓝色油帆布顶包铝边的房子，不是现在正经过的一排。"

"迪伦，黛比餐馆的那个女服务员到底是怎么回事？"

"我怎么知道。"

"她和雷吉·特拉格有什么关系？"

"我可不认识你说的这个人。"

"还准备回去受点皮肉之苦？"

"嗨，我可没求着你救我。"

"没错。我们这就回去把你交给他们。"

"利昂内尔！"维奥莱特说，"他没有恶意。"她对迪伦说道。

路左侧的地势很低，我可以看到有河水从一侧的绿化林流出溢到路面上。"那里就是白湖吗？"

"开什么玩笑？"迪伦说。

"没有啊，我的话很可笑吗？"

"那不是白湖，是福特湖，我想你们不是附近的。"

"是的，我们不是。"

迪伦继续道："这条路本来朝右拐，不过我们现在走的是左边的泥土路。"

"就是这个路口？"

"是的。"

车子转了个弯，我们沿着这条断头路一直来到了湖边。沿着湖边有许多大别墅，这些房子沿地势向上错落而建，确保每处房子都能观赏到湖景。

　　这里显然是整个城镇最值钱的地段，大多数房子外观看起来和福特镇其他地区的房子一样已经许久没人住过。不过，临湖的几幢房子前的草坪和树木被打理得井井有条，窗户也都完好无损，其中有一处房子门前的庭院里还竖立着美国国旗。

　　"绿色的那幢。"迪伦说。

　　我将车反向停在房前的道路上，不过没关系，整条路只有我们这一辆车。或许这里的车都停在车库里，也或许附近根本就没有人。

　　"老兄，我还可以走。"我想把迪伦扶下车时，他这样对我说道。

　　"你确定？"

　　"走着瞧。"他一路蹒跚着走到门前，上了几级台阶，脸上的肌肉因为疼痛而不停地抽搐。

　　门廊处两扇包钢的大门紧锁，其中一扇上挂着门牌：麦奎林医学博士。我按下门铃。

　　这个名字我好像在哪里听过，维奥莱特比我先想起来，她小声对我说了句："麦奎林医生的录像带。"

　　没错。莱克·比尔那盘录像带里鸭子被水里的不明生物突然吞噬的那一幕，现在回想起来依然令人不寒而栗。

　　"利昂内尔。"迪伦说。

　　"怎么了？"

　　"今天是周四。"

7

明尼苏达州，福特镇
9 月 13 日，星期四

"迪伦·艾恩茨。"麦奎林医生站在门口说，"你都干了些什么？"

麦奎林医生是个身材高大、肩膀瘦削的老人，他的头微微后仰打量着我们，这大概是平时总戴双光眼镜养成的习惯。"别介意，我对血的味道比较敏感，跟我进来，小心别把血蹭到墙上。"

他在一旁观察着迪伦走路的姿态，借以判断他的神经是否有损伤，接着他从衣架上取下工作服罩在身上的开衫外面。他的手很大。"发生了什么事？"他并没有转身，显然想让我和维奥莱特做出解释。

"他在一家餐馆前被一群孩子围攻。"维奥莱特说道。

"黛比餐馆。"麦奎林说。

"你知道那个地方？"

"那里是整个福特镇唯一还在营业的饭馆。不过我怀疑在那里是否能找到吃的。"他接着对迪伦说，"年轻人，到里面的治疗室等着去，桌子下面有件长袍，先换上。"

"他说你这里有 CT 机？"我说。

麦奎林医生第一次抬起头看了看我们："你们是什么人？"

"利昂内尔·阿奇莫斯，外科医生，这位是我的同事，维奥莱特·赫斯特。"

"也是医生？"

"不是。"维奥莱特回答。

"那可太糟糕了，我这里本打算找个帮手，希望你不是个药品销售代表。"

"不是，我是古生物学家。"

"至少比销售代表中用一些。"

维奥莱特笑着说："我一定会把这句话讲给我父母听。"

"十分荣幸，"麦奎林医生回答道，接着他对我说，"我这里的确有CT扫描仪，那是州政府通过财产转让的二手仪器，还是单排螺旋扫描。谢谢你们把迪伦送过来。晚安。"

为了缓和谈话的气氛，我把迪伦被打落的那颗断牙递到他面前说："我们待在这儿应该不会妨碍你吧？"

麦奎林医生接过来，耸了耸肩："可以，不过我恐怕你那位迷人的'同事'需要在候诊室待着。"

"迪伦，眼睛跟着我的手指。"麦奎林医生把小手电放进白大褂的口袋里，又掏出一个音叉，在桌子上叩了一下，接着拿起来说道，"能听到吗？"

"能。"

"这样声音大吗？"他把音叉的手柄贴在迪伦的前额上，接着又把音叉向后移动到迪伦的耳朵附近，"还是这样声音大？"

"刚刚那样。"迪伦回答。

迪伦穿的病号服是后开口式的，可以看见他里面只穿着条内裤。他坐在病床上，两脚悬在半空来回晃荡，看起来就像是一个被意外拉到拳击场比赛的孩子，我和麦奎林医生俨然是他的助手。我用喷湿的纱布和剪刀慢慢擦去他脑后已经结痂的血块。

"能看到吗？眼睛看这里，14 乘以 14 等于多少？"

"呃……"

麦奎林拉住迪伦被打得错位的鼻子，扭了扭，然后"啪"地一下将它复位。

"啊，靠！"迪伦痛得大声喊。还没等他的嘴巴闭上，麦奎林将那颗断牙塞进他的下牙槽，然后把他的嘴合上。[①]

现在迪伦疼得只能哼哼。

"闭着嘴待几分钟，让它适应一下。"麦奎林戴上了听诊器，"嘘，我得仔细听一下。"他把听诊器放在迪伦的后背上，接着又听了一下迪伦的胸部和腹部，同时用另一只手去触摸检查他的肝和胰腺。摘下听诊器，他又用反射锤在迪伦的四肢上反复忙活着。

我站在一边看着觉得很有趣，这样的例行检查会让你情不自禁地反思自己是否在哪方面也有擅长。

麦奎林按压迪伦的脊柱和肾脏部位："有两三个地方需要缝针，不管怎样，你的运气真是不错。"他捏住迪伦其中的一条三头肌[②]，迪伦忍

---

① 人们认为想要增加牙齿重植成功的成功率，应该尽量缩短断牙停留在体外的时间，将断牙存放于合适的媒介中（最好是冰牛奶，其次是本人的唾液），在清理断牙上的污物时尽量避免牙根受损。
② 三头肌（triceps）这个单词本身是单数，因为"triceps"的本意就是三头，指的是一条在末端分成三叉的肌肉。哦，该死，我又跑题了。

不住尖声叫了起来。

"用 CT 扫描仪检查怎么样？"我问道。

"干什么？"麦奎林医生说。

"你不准备给他检查一下吗？"

"我认为不需要，他的下颌完好，颧骨也没问题——至少大致可以排除外科手术的必要了，也看不出骨折或者视神经受损的迹象。我们刚刚也给他做了嗅觉缺失检查，这足以证明没有出现脑脊液外漏，也就说明他的脑部没有损伤。至于脑内血肿的问题，相信这家伙的脑袋很硬。"他又对迪伦说，"现在感觉哪里疼？"

"鼻子。"迪伦从牙缝里艰难地挤出两个字。

"好了，至于肾损伤，我们还需要再观察，不过我这儿有台很棒的显微镜。你看，有很多办法可以让病患不用接受射线照射就能判断出病情。十九世纪的那些妇科大夫可是不借助任何仪器进行手术的。"

"我想，那之后医疗的精密程度应该已经有了很大提升。"

麦奎林医生笑了笑："自作聪明的家伙可不大受欢迎。"

"没错，利昂内尔。"迪伦附和道。

"至于你，"麦奎林转向迪伦，"继续吸食脱氧麻黄碱，过不了多久就会变成个傻子，那离你丢掉性命也就不远了。"

"我再也不吸了。"

"是不会吸了，下次可以注射。你走之前，我可以给你一些干净的针管，省得下次吸毒不小心染上丙肝死掉。我七十八岁了，如果你能比我活得时间长一些，我会很高兴。"

迪伦翻了翻白眼。

"有没有颈椎损伤？"我问道。

"不必担心。"麦奎林医生说，在刚刚长篇大论之后，他的回答变得十分简练。

"至少需要拍个片子吧。"

"怎么感觉你更像我的病人，难道年轻时你没有像他那样放纵过？"

"和他不全相同。"

"我对此并不奇怪。人并不仅仅是肉体的存在，你知道严重的脑损伤导致蛛网膜下出血的概率是多大吗？"

"不知道。"

"百分之五到十，而且是极为严重的脑损伤。急性硬膜脑下血肿会在接下来的两个小时内迅速显示出症状，而慢性的即使用 CT 也检查不出来。"

"如果在这儿发病了，你又能怎么办？难不成在他脑袋上钻个洞？"

"事实上，确实需要这样，"他回答，"不用担心，迪伦，这种事不会发生。医生，你也无须担心。真要发生了，对你我也没有损害，应该也没人会起诉我们。"

我望着迪伦的脸说："迪伦，麦奎林医生觉得你待在这里不会有事，而我的建议是带你立刻去伊利镇进行急诊。"

迪伦依然牙关紧咬，他费力地说："老兄，你的话我很明白……"

"很好，我要说，"麦奎林医生说，"艾恩茨先生在他出生前九个月就已经是我的病人了，现在他的医生也依然只有一个。"他接着对迪伦说，"当然所有这些还要取决于你是否愿意继续待在这里接受观察，你认为没有毒品你能挺过两个小时吗？"

"我只吸过一次。"迪伦立刻辩解。

"那么吸了两次会怎样？"我问道。

"非常感谢你，利昂内尔，"迪伦说，"不过，我现在想吸根烟。"

"烟也不能吸，"麦奎林医生说，"成不成交？"

"成交。"迪伦说。

麦奎林医生接着对我说道:"我现在去做尿液分析,你介意帮迪伦做一下缝合吗?我猜,你们医学院应该不怎么教学生使用显微镜。"

他猜得没错。"当然。"我回答。

"迪伦,你应该知道卫生间在哪里,量杯就在旁边的药柜里。"

"钻头在哪里?"我问道,"你不在的时候以防万一。"

"下面的第二层抽屉,史丹利百得牌的。开玩笑的,迪伦,别在意!我是说真的。"他走过来轻轻对我说了最后一句。

"老兄,他的医术真不是我胡吹的。"迪伦依然没有张开嘴巴,含混不清地对我说,而我正在用镊子将他的皮肤拉到一起,准备对他前额的伤口进行缝合。

"等我们钻你脑袋的时候,你再说这句话吧。"

"医生,你还真是个怪胎。"

"嗯哼!"我这个怪胎现在正打算向他打听一些消息。我来不及考虑这个问题是否略显拙劣,直截了当地问道:"刚刚我们经过的不是白湖,那白湖在哪里?"

"不在这儿附近。"

"我想,福特镇应该是离那里最近的城镇吧。"

"是的,不过白湖位于本州的边界水域区域。"

"具体在边界水域的哪里?"

"穿过边界水域,至少还有几天的路程,主要看你划船的速度有多快。"

"怎么过去?"

"你指什么?"

"我和维奥莱特想到那里去。"

"可别去。"

"为什么?"

"那里真是糟透了。"

"到什么程度?"

我可能对那个地方表现出了过多的兴趣,迪伦此时陷入了沉默。

"迪伦?"

"我不知道,把我说过的话都忘了吧!"

"你根本什么都没说。"

他突然变得焦躁不安,我不得不停下手中的针线。

"怎么了?"我问。

"老兄,如果你是警察,能不能等外面那个真正的医生过来帮我缝合?"

"我不是警察。"

"胡扯。"

"那个被杀的人,你就是想让我对你提起这件事,对吗?"

"什么被杀的人,真他妈的不知道你在说什么。"

"是你提起来的。"

"根本没有什么人被杀。"

我退后几步死死盯住他,而他的眼神一直在躲避我。

"我不认识他们,他们比我年龄大。"他说道。

"发生了什么事?"

"哦,别问了,老兄,我真的不知道。"

"那么，你估计到底发生了什么？"

"他们被吃掉了，行了吧？"

"被吃了？"

"他们是被不明生物用牙撕碎吃了。"

"谢了。那么，到底是什么东西把他们吃了？"

他还没来得及回答——或者拒绝这个回答——麦奎林医生就从外面走了进来。"医生，如果你现在没在忙着做缝合，我想单独和你说几句话。"

他的语气让我隐隐有些担心他是否检查出迪伦的尿液有异常，然而当我们穿过走廊来到观察室——那个房间空荡荡的，甚至连一张桌子都没有——我才发现他是一副怒气冲冲的样子。

"医生，如果你想继续犯傻的话，我希望你不要当着我病人的面。"

我松了口气，同时感觉比较尴尬。

"你在问迪伦有关白湖怪兽的事。"他说道。

"算是吧。"

"为什么？"

"我曾听说白湖有怪兽，而刚刚迪伦也提到了。"

"从谁那儿听说的？"

"一个名叫雷吉·特拉格的人。"

"他是在哪里告诉你的？"

我觉得没必要撒谎："他将那盘关于白湖怪兽的录像带送到了那个雇我来调查事实真相的人手中。"

麦奎林医生的神情稍稍缓和，他倚在门框上说："唉，上帝啊，这次别再那样了。"

"你这话是什么意思？"

"这次的活动是雷吉·特拉格发起的？"

"他组织了一些富豪前来一睹怪兽阵容。你刚刚说什么，'别再那样了'？难道之前也有过类似的活动？"

麦奎林医生斜着眼看了看我，眼周的皮肤被牵动着显现出愠怒的神情："几年前，有些人在福特镇企图打着怪兽的幌子招摇撞骗。据我所知，上次没有组织任何活动，只是散布了一些关于白湖怪兽的传闻。他们选择了白湖，是因为那里人迹罕至，甚至地图上也很难确定它的位置，这是整个计划的高明之处。"

"他们这么做有什么目的？"

"福特镇这里有煤矿，2006 年，那个好像叫诺维尔·罗杰斯·福特九世的，管他叫什么的，卖掉了煤矿然后在北佛罗里达州购买房产。从他那里买下煤矿的公司立刻将工厂关闭了，这是他们的保值措施，等待有朝一日高赤铁矿石能卖大价钱，或许这一天永远都不会到来，中国人现在已经能够从泥土中提取矿砂，那么花钱在明尼苏达州开采这种纯度高的铁矿显然就是多此一举。

"福特镇处于边界水域的范围内，这里虽然不能建造码头——当然雷吉的厂子从他祖父那一代就有了——不过将铁矿厂的经营许可进行调整，即便不调整经营，这里地域广大，镇子也可以发展旅游，于是有人认为编造这个谎言是值得一试的。"

"于是雷吉就成了其中的一个策划者？"

"尽管镇子里许多人都参与其中，但我从没听说他曾经涉足。我可以告诉你，我从未听说雷吉发起了那个组织富豪到这里寻找怪兽的活动，如果真有此事一定会传出些风声，我也从未看见有男孩在白湖那里划船。"

"那么究竟发生了什么？为什么关于白湖怪兽的传闻从未停止？"

"有很多蠢材正费尽心思让人们相信这个传言是真的。不过，在他们准备将这个谣言大肆传播时，有两个年轻人在白湖游船时死了。我不知道他们是否会将那次事件当作上天的惩罚，或是他们认为当时立刻散布这个传闻显得太不近人情。总之那时人们有所醒悟，那个计划就此搁置下来。"

"雷吉关于白湖怪兽的资料还没有整理好，其中有一盘叫'麦奎林医生录像带'的东西……"

他摇了摇头："这盘东西的确存在，如果你已经看过的话，就应该注意到画面里的是一条大眼狮鲈在猎捕一只潜鸟，那可说明不了任何问题。那盘录像带是我拍的，但我可从来没允许那群白痴使用，更别说打着我的旗号了！"

"还有一个人……"

"——那个号称自己的一条腿被怪兽咬下来的那个人。没错，我也看过这些，那些资料是两年前为了散布谣言的需要拍摄的，雷吉可能连里面的内容都没有做改动。"

"那么……这个家伙是怎么回事？"

"他的那条腿吗？如果你真的相信了他的话，那我建议你立刻向《新英格兰医学杂志》投稿，那你绝对是第一人。"

"你认识这个家伙吗？"

"如果我认识的话，那么他就是我的病人，我不能随意评论我的病人。但我想说的是：我从来没有治疗过任何被湖怪咬伤的病人。现在我想问你个问题，那个以科考名义组织这次活动的科学狂人到底是怎么想的？我知道你无法回答这个问题。而你一再引导迪伦·艾恩茨揣测两年前他朋友的死因，到底是出于什么目的？"

当然，这个问题我也无法回答。

麦奎林医生说："如果你能克制一下自己的好奇心，我将不胜感激。我现在需要接个电话。如果你还想到其他一些荒唐的问题，那么一定来找我；如果你还是没法儿克制自己，我将设法解答你的疑惑。另外，我现在想请你离开这里，我自己一个人可以为艾恩茨先生缝合。"

"迪伦，那个见习医生要走了。"麦奎林医生一边说，一边领着我走出治疗室。

"再见了，老兄。"迪伦下巴紧绷着对我说道。

"照顾好自己，迪伦。"我说。接着，我转向麦奎林医生说："他的尿液怎么样？"

"没有感染。"

我们来到候诊室门前，停了下来。

周围的灯都关着，只有接待台上的台灯还亮着。

维奥莱特不知所终。

4 号插曲

明尼苏达州，福特镇
9 月 13 日，星期四早些时候

　　维奥莱特在麦奎林医生的候诊室里来回走动着，读完了一本六个月前的《时代》和一本不知是哪位病人随手丢弃一旁的《田园与小溪》^①，她感到更加无聊。她并非不理解猎人的屠杀行为，人们需要假装对地球日渐匮乏的动物资源视而不见，这样才能心安理得地利用杀戮的聚会宣泄心中的狂怒。正如她明白人们渴望南北战争重演，这样他们或许能够改变那个结局，只可惜今天的两派在利益上已经有太多的重合。

　　维奥莱特很肯定地记得从黛比餐馆向前走一段路有一家酒吧，麦奎林医生刚刚却说整个镇子只有一家餐馆。她自信自己能找出一条比刚刚阿奇莫斯来时更便捷的道路，同时还能避开黛比餐馆，于是她决定出去走一走。

---

① *Field & Stream*，美国一本有名的休闲杂志，里面有许多狩猎方面的内容。

她在接待台上找到一张黄色的处方笺，在上面写了几句话后，她把便条用车钥匙压着放在桌上，然后将屋子的灯关掉，只留下桌上的台灯亮着，这样阿奇莫斯就不会看不见那张便条。

外面的天色已经暗了下来，银色的月亮在湖面上方升起，湖周围的陆地被衬托得更加黑暗，只有零星几点路灯。树林里清冷的空气和木料燃烧的味道让她想起家乡劳伦斯的万圣节快到了，她看到空气中出现了她呼出的阵阵白气。

维奥莱特估测此时的气温大概是五十华氏度，想到这里，她突然有些懊恼，她从来无法熟练地使用摄氏温度来计量，这是习惯使然，小时候的度量衡教育在她看来就像给马的脑袋上安了个笨重的嚼子。

关于国际度量衡的换算是：一毫升的水的体积是一立方厘米，质量是一克，要将其温度升高一摄氏度需要一卡路里的能量，这一摄氏度是冰点和沸点之间温度差的百分之一，一克氧气中正好有一摩尔的原子。

而对于美国的换算系统，假使你问"将一加仑室温下的水煮沸需要多少能量"，回答你的可能是"你去死吧"，因为你无法直接将这一数值直接换算出来。

维奥莱特的手表的表盘并不冰凉，周围还有蟋蟀的叫声，这帮助她判断出当前的摄氏温度。

蟋蟀的叫声说明室外温度大概是十摄氏度，换算过来是五十华氏度。

她从诊所的台阶上下来，出去走走总好过在这里胡思乱想。

当然外面也蛰伏着令人恐惧的事物。

昏暗的街道，维奥莱特大约走出三个街区的距离，路灯突然熄灭了。周围的房子许多也没有亮灯，许多房子的窗户上不知什么原因用纸贴上了，道路上横七竖八地躺着几只小船，用蓝色的油帆布和铁链裹得严严实实，铁链一头用钢钉固定在水泥石礅上，俨然一具具木乃伊。每一个上面都挂着"待售"的牌子。

在维奥莱特看来，这些船放在路的中间一点也不显得突兀，路的两旁没有人行道，只是用沙石垫出一块紧急停车的区域，况且周围一辆车都没有。

不过，她还是小心地绕过路旁好像在吸烟的人，他们像是下一刻就会满足地昂起头来，然后朝着她的方向吞云吐雾。

那家酒吧似乎距离黛比餐厅四个街区，名叫雪莉酒吧。维奥莱特猜想很可能一进门，一个名叫雪莉的女人就会拿着一把斧子尾随在她身后，不过她依然决定进去瞧瞧。

酒吧里像一片狭长纵深的森林，墙上还悬挂着圣诞彩灯，里面只有四把椅子、两个人，一个是酒保，最左边坐着一个客人。

这两个人都是男性、三十岁上下，在波特兰市这些人或许被认为是追赶潮流的大男孩。他们是一群发型老土、无所事事的成年人，维奥莱特总感觉酒保脸上的表情仿佛一个刚被执行完电刑的囚犯。坐在凳子上的酒吧客人身子微微向后倾，双肩下垂，像是一只狗熊。两个人都是大块头，但好在没有看出他们有什么敌意。

维奥莱特喜欢强壮的男人，那些身材瘦小的男人看她的眼神总是充满欲望和怨毒，这就是为什么她看到利昂内尔·阿奇莫斯医生健硕的双臂，听到他粗犷得甚至像切割垃圾的笑声时，总是情不自禁地想要扯掉自己的胸罩。

但或许这并不是主要原因。

维奥莱特选择了最右边的椅子坐下来，然后问道："有啤酒吗？"

"啤酒至少还有点意思。"坐在另一把椅子上的家伙说道。

维奥莱特深以为是。啤酒或许能够为人类解决人口爆炸的难题提供绝佳的方案，想想最初数量庞大的微生物被放置在密闭的容器内，给予它们充足的糖类，最后竟然被自己产生的以二氧化碳和酒精形式存在的排泄物杀死，这样你就可以畅快淋漓地喝到醇美的啤酒了。

"你是说酵母麦啤还是什么？"酒保问道。

"最好别是那种黑啤。"

"我只是打个比方。"他把手伸向吧台下面的冰箱里，"样子看起来不好，不是本地人的话可以尝尝麦星①，还不错。"

坐在左边的那个男人举起了他的酒杯，这更增加了他身上的复古味道。

"听上去不赖。"

"麦星这个名字确实不错。"酒保说道。

"话说回来，你怎么知道我不是这里的？"

两个男人都笑起来："是在《米其林指南》②里发现这里的，对吧？"

"没错，"维奥莱特说道，"在'福特镇酒吧'一栏找到的。"

---

① 译注：一种本地产的啤酒名。
② 译注：法国出版的一本旅游饮食指南。

酒保将两个印有圣保利女孩啤酒标志的杯垫扔到吧台上，然后拿出一只品脱杯和一瓶啤酒，分别放在垫子上。酒瓶打开后，有啤酒溢了出来。"这儿没有圣保利女孩，我盘下这个店时，这些杯垫就在这里了，我觉得这些东西还可以再用一段时间。"

"那么祝你的生意好到让你添置些新杯垫，酒保先生，我敬你一杯。"

"谢谢，不过我只喝健怡可乐。"酒保举起他的杯子在维奥莱特面前晃了晃，维奥莱特和左边的那个客人于是拿起酒杯在各自面前的酒瓶上碰了一下，维奥莱特现在越来越喜欢这里了。

"不错。"维奥莱特一口气喝完一杯后赞叹道。不过，也不算特别出众。麦星口感发甜、味道清淡，透着些金属光泽。维奥莱特，认为这啤酒并没有不俗到让你完全置身于世外，只寄情于饮酒作乐。

看起来不太可能，除非此时阿奇莫斯出现在她面前，将她带到某个旅馆，然后从背后将她的长发绾起来。

维奥莱特现在没工夫想这些，她打着酒嗝问道："这里他妈的到底是怎么回事？"

酒保和左边的男人对视了一下。"苏丹①那里还有几家不错的酒吧，你可以去试试。"酒保说。

"我不是说酒吧，"维奥莱特说，"酒吧很好，我是说这个镇子是怎么回事。"

"哦，你是说镇子啊。"

"是的，福特镇。"左边坐着的那个客人插进来。

"没错，"维奥莱特说，"就是福特镇。"

男人接着说道："从我个人来看，我觉得这一切都是镇长造成的。"

①译注：苏丹是位于明尼苏达州的一个小镇。

"许多人都是这么认为的。"酒保附和说。

"为什么，他做了些什么？"

"他是个蠢货。"左边的男人说。

"还和一群更蠢的人厮混在一起。"酒保抢着说。

"这样他看起来还聪明些。"

"他激起人们的仇恨。"

"或许他正希望如此。"

"这话什么意思？"维奥莱特问。

"我们和你开玩笑呢，"左边的男人说道，他把头向酒保那边偏了偏，"他就是镇长。"

"他经营着迅捷连锁超市和一家酒品商店。恭喜你，见到了本镇的二号和三号政府雇员。"

"很高兴见到你们，那么谁是一号雇员？"

"不管怎么看，CFS 都是排名第一位的。"

"黛比那里能使唤的人手都比你我要多，"左边的那个男人说，"除非你所说的'人手'是需要花钱雇的。"

"嗨，只是现在这样罢了。"

"你们说的黛比是那个神经病一样的女服务员吗？"

"你见过黛比？"左边的那个男人问道。

"是的，她到底是怎么回事？"

那个男人正准备回答，酒保插了进来："你不会是检察官什么的吧？"

"不是。"

"别介意，只是你看起来很像是电视剧里的某类人。"

"哦，别废话了，我再说一遍：我不是检察官，现实生活中不是，电视剧里也不是。"

　　她看得出，这两个人正琢磨着如何询问她的职业又不显得太失礼。"我是古生物学家。"

　　那个坐着的男人转向她："就像《侏罗纪公园》里的那些人吗？"

　　"就是那样的。"

　　不过，维奥莱特认为那部影片唯一比较合情合理的地方就是：每个人都会称那位男性科学家为"格兰特博士"，而那个女科学家则被称为"艾莉"。其实她并不介意称呼。不管是小说原著还是那部电影，对她后来选择这个职业都起到了一些推波助澜的作用，至少人们一提到古生物学时，总会将这份工作和那部电影联系起来。

　　"你是在逗我们吧？"酒保说道。

　　"我可以给你们看我的徽章。"维奥莱特说。

　　"真的？"

　　"是的，每一位古生物学家都会得到一枚徽章。黛比到底是怎么回事？"

　　两个男人对视了一下。"好吧……她比较不幸。"酒保说道。

　　"没错。"坐在一旁的男人附和道。

　　"发生了什么事？"

　　"她的孩子几年前死了。"酒保说。

　　"见鬼。"维奥莱特说。

　　"这或许并不能成为她后来堕落的借口，但她现在这个样子或许真的是因为这个。"

　　"应该就是因为这个。"坐在一旁的男人表示同意。

　　"她的饭店后面聚集着一群男孩。"维奥莱特说。

　　酒保摇了摇头："那些孩子为她工作，但都不是她的儿子，他的儿子只有一个，名叫班吉。"

"他出了什么事？"

两个男人再次交换了下眼神。

"怎么了？"维奥莱特问道。

坐在一旁的男人耸了耸肩说："这个……不太清楚。"

"你这话是什么意思？"

酒保停顿了一下，说道："班吉和他的女朋友在白湖裸泳时死了。"

维奥莱特差点被啤酒呛到。

"你听说过这件事？"酒保问道。

"是的，他们是怎么死的？"

"警察最终的结论是，他们是被船的螺旋桨打死的。"

"但是你们并不这么认为，对吗？"

"这是警方的结论。"

维奥莱特仔细审视了两人："你们又在跟我开玩笑，是不是想引导我相信白湖里真的有怪物存在？"

"你也知道威廉？"坐在一旁的男人问道。

"威廉？"

"威廉，就是那个白湖怪物。"

"好吧，"维奥莱特说，"第一，我现在明白你们是在耍我，我知道那有个怪物，却从未听说它叫威廉，也没听说过它曾伤过人。"

他们一定在耍她，如果真的有人在白湖出事，雷吉·特拉格的信里一定会提到，并对这件事大做文章。

她把空啤酒瓶推向酒保："第二，再给我来瓶啤酒。"

"你可以打开冰箱自己拿。"坐在一旁的男人说。

"你们两个真是浑蛋。"维奥莱特说。

"好吧，"酒保一边回答一边将手伸进冰箱，"既是也不是。"

伦恩将一件 T 恤展开铺在吧台上，伦恩就是那个酒保。坐在一旁的男人叫布莱恩，伦恩去仓库拿 T 恤之前，他们简单地做了个自我介绍。

T 恤上面画着一个卡通版的怪物，有些像雷龙，又有些像蛇颈龙，一只眼朝上看，脸上还带着可爱的微笑。图画的下面有一行字：明尼苏达州，福特镇。怪物的旁边还有一串气泡形的对话框，上面写着："我是比利夫①。"

"送给你吧，"伦恩说，"这里还有好几件这样的 T 恤，或许我应该把这 T 恤用作杯托。不过别穿着它在福特镇上乱晃，否则就要引起骚乱了。"

"为什么？"

"这里的人认为正是因为当初自己对白湖怪物谎言的默许才导致了所有的悲剧。"

"什么意思，什么叫'所有的悲剧'？"

稍微停顿了一下，布莱恩回答道："呃，事实上，还有两个人也死了。"

"也在白湖那里？"

"哦，不是，"伦恩说道，一副难以言表的表情，"小克里斯和波多米尼克神父被人用枪打死了，就在这儿附近。"

"那件事和谣言有什么关系？我今天也差点被打死，福特镇可一点也不太平，镇长先生。"

"我会将你的关切转达给我的警局局长。"

---

① 译注：此处是个双关，原文是 "I am BILLiever!" BILLiever 和英文单词 "believer" 的发音相同，意思为相信的人。

"说正经的，这两件事到底有什么联系？"

布莱恩说："两个被杀的人——小克里斯和波多米尼克神父——其实就是这个谣言最初的策划者，那两个孩子出事的五天后他们就被人杀了。"

维奥莱特说："一个牧师竟然编造谣言？"

雷吉·特拉格没有提起这件丑事或许有他的打算，或许正是因为这个谣言会和牧师扯上关系，这件事看来有更多不为人知的内幕。

"还有一点，小克里斯是奥特姆·塞梅尔的父亲。"

"等等，你说什么？"

维奥莱特已经微醺，这是关于维奥莱特·赫斯特的一个笑话：她的体重偏轻，一部分是因为她服用的抗抑郁药，即便这药没有任何效果——单凭这一点她也得继续服用。不过，她怀疑现在即便自己处于清醒状态，恐怕也已经搞不清状况了。

布莱恩说："奥特姆和班吉死了，随后波多米尼克神父和奥特姆的父亲也被人杀了，两件事好像真的有某种联系。"

"是的，我能理解你的这种猜测。"

"不过，你必须明白，"伦恩说，"整件事刚开始只是人们开的一个玩笑，我的意思是说，瞧瞧这件 T 恤。"他手中原本拿着的健怡可乐现在已经换成了啤酒。维奥莱特并没有注意到。

"不过关于那两个被枪打死的人，"她继续道，"如果黛比认为他们应该对这个谣言负责，而她的儿子的死有一部分要归咎于这个谣言，那么为什么大家不认为是黛比把他们杀了呢？或者是她指使那帮男孩干的？"

布莱恩轻轻敲着一侧的鼻翼，伦恩在一旁看了他一眼，说道："唉，算了，这些也都只是道听途说。"

"但也不能说是一点都不可靠。"布莱恩说。

"也不能说就是真的。"

"是吗？"维奥莱特反问。

伦恩没有回答。

布莱恩说："别问我了，我不好再说什么，现在保持沉默。"

"我并不认为是她干的，"伦恩终于发话了，"她当然不会指使那帮孩子去做这件事，出事的时候，她身边还没有这些人。至少在我来看，我很难将这件事和黛比联系在一起。还有，如果谁真的要对这个谣言负责的话，应该是雷吉·特拉格，但据我所知，她可从来没打算要杀了他。"

"为什么是雷吉·特拉格？"

"谁知道呢？我不太肯定他是否参与其中，事实上整个镇子都参与其中。我参加过许多次有关这个谣言的集会，但都没见过他。还有一件事：也没有人想要我的命。"

"我的灵魂早就死了。"布莱恩说。

"还有，"伦恩继续道，"或许波多米尼克神父和小克里斯的死与奥特姆和班吉的死根本毫无关系，或许有人错把在白湖旁边出现的两人当成了野鹿。没人知道，因为没人知道这到底是谁干的。除此之外，大家对这件事都感到很愧疚，觉得好像因为谣言怪兽才会出现。"

最后一句话在维奥莱特的脑袋里一直重复着："你刚才说那个怪兽出现了？"

两个人似乎突然对酒吧里的木质装饰画有了兴趣。

"哎呀，好了，我并不是想要对你说的话断章取义。"

"不管班吉和奥特姆到底遇到了什么，"布莱恩很平静地说，"他们绝对不是被船上的螺旋桨打死的。"

"你怎么知道？"

"还有两个孩子当时和他们在一起。都是不错的孩子，镇子里的人都知道，他们说当时那里并没有机动船，但好像有些其他的东西。"

"快说。"

"他们看得并不清楚。"

"他们觉得那是什么？你们认为那会是什么？"

"有许多版本。"伦恩说着，依然没有看维奥莱特。

"快点说啊。"

"你瞧，有些版本听起来十分荒诞。"

"可以理解。"

"你知道的，比如类似恐龙之类的……或者是……"他突然抬起头看着她，"嘿，你就是为了这事才来这里的吗？"

"这只是一部分原因，"维奥莱特回答，"那其他的版本呢？"

"好吧，什么来自外太空的神秘东西，奥吉布瓦^①人将它称为'温迪戈^②'。人们之前曾见过。"

"那到底是什么？"

"应该是类似大脚怪之类的野人。"

布莱恩说："我想，把我的这种猜想告诉她是否合适？"

伦恩说："别在这儿胡扯了。"

"我觉得这东西应该是从那个煤矿里出来的，你可能不相信，不过自大煤矿关闭之后，政府曾派出一队科学家下到那里考察。这可不是我胡编的，他们曾在这个镇子待过，也来过我这里几次。我想他们是想抓住那家伙，不过没能成功，最后只好卷铺盖走人了。或许他们把那家伙弄醒了，我不认为它是外星人，或是恐龙、雪人之类的东西。不过，我想在出现在白湖之前，它一定在矿井里待了很长时间。或许之前它在那里能抓到许多动物供它填饱肚子。"

①见第17页注释①。
②译注：美国土著人所说的"雪怪"。

就在这时，酒吧后门"砰"的一声开了，所有人都吓了一跳。

是利昂内尔·阿奇莫斯，他就像个保龄球一样，沿着酒吧中间的过道气势汹汹地走了过来，布莱恩和伦恩在一旁惊疑不定。

维奥莱特站起来打招呼："亲爱的，你来了！"

她用双臂环住阿奇莫斯的腰，接着倒在了他的身上——我向上帝发誓，这绝对不是有意的，那感觉就像一根通信电线杆突然砸了下来。

"我们刚刚在聊天，"她说，"他们了解关于威廉的一些事。"

"嗯——呃，该回家了，宝贝。"

维奥莱特在他身上贴得更近，她在阿奇莫斯耳边说了句"白湖怪物叫威廉"。温润的呼吸让他的下身情不自禁地硬了起来，不知道是因为这句话的信息，还是因为她的嘴唇不经意中触碰到了他的皮肤。

布莱恩和伦恩看起来还是有些紧张。"别理他，"维奥莱特对他俩说，"这个家伙虽然块头大，不过是个医生，看到我喝酒他有些不高兴。"

"你们两个知道白湖怪物？"阿奇莫斯问道，"关于那个谣言？"

"呃……"伦恩沉吟着。阿奇莫斯瞟见了吧台上的那件 T 恤。

维奥莱特盘算着单独和布莱恩和伦恩待一会儿以继续刚才的话题，于是说道："到车上等我，过会儿再说。"

"不会让她开车吧？"伦恩说。

"不会的，"维奥莱特说，"我不开车，我是走过来的。"

阿奇莫斯说："好吧，不过有一件事，那盘录像带里自称被怪物咬掉腿的家伙叫什么名字？"

伦恩和布莱恩互相看了看。

"查理·布里森。"伦恩回答。

"谢了，"阿奇莫斯说道，"多少钱？"

"今晚我请客。"伦恩说。他接着对维奥莱特说："别忘了拿走你的 T 恤。"

8

明尼苏达州，伊利镇
9 月 13 日，星期四

我把维奥莱特拖进伊利湖边的一家旅馆，那样子就好像要把她捆绑到铁轨上，同时我思索着到底体重达到多少才会看起来像炮弹一样。①

等到回到福特镇，我让她把从进入酒吧到我们开车离去与那两个蠢货的谈话原原本本地讲给我听。她醒来时，我真担心她什么都不记得了。

旅馆前台的妙龄女孩帮我们办理完入住手续后说："看起来玩得很开心啊。"但愿她说的是酒醉不醒的维奥莱特，而不是我会趁着她人事不省进入她的身体。

我把衣衫整齐的维奥莱特放在她房间的床上，然后走下楼来到旅馆的酒吧里。酒吧回廊正对着湖水，向远处望去，那一片漆黑得如同原始森林般的地方就是边界水域。

酒吧里的侍应女郎终于出现了，一头金发，三十五岁左右，她倚在我旁边的围栏上，她的笑好像能让人松弛下来，

---

① 作为医生，运送尸体的工作当然不需要我亲力亲为。不过我一直无法理解，为什么挪动一个熟睡的人（当然他的平衡系统依然在发挥作用）远比搬动死人要轻松得多。尸体重得像一块厚重的蒲团。

我对她的印象还不错。"介意我吸烟吗？"她问道。

我想了想，香烟这东西实在糟糕，你的尿液因此会含有致癌物质，大脑也会因此无法调节氧气的吸入量。作为医生，我当然有义务借此机会宣讲一番，不过我不知该如何开始，可以完全戒烟的药物恐怕很难买到，通过沟通能够改变人行为的恐怕就只有广告了。

"对你我不介意，"我一边回答，一边想着该怎样更好地措辞，"我是不是耽误你下班了？"

她点上烟，轻轻吐了口气说："还没到时间。"

很好。

我和各种酒吧女郎都相处得很愉快，游轮上也有酒吧女郎——"玩完"就走，游轮恐怕因此而得名吧——不过，如果你贪慕虚荣，酒吧侍应这份职业还算不错。不为工作所累，但是大多数时间得隔着一道吧台应付各色人物。

我应该带着这个女人回到房间，然后第二天早晨再对着维奥莱特吹嘘一下；或许更高明一点的，带她回房，然后把动静搞得连隔着一堵墙的另一个房间也能听得清清楚楚，掐灭我和维奥莱特之间的任何可能性。

自从十一年前玛格德里娜·尼耶莫洛娃因我而死，之后我就为自己定下这样的规矩：如果一个女人对我无微不至到能够记住我的生日，我就绝不会和她再有接触，这样子我就不会把危险带给别人。这么做还有个好处，很多时候，甚至连我自己都记不清楚利昂内尔·阿奇莫斯这个人名登记的生日到底是什么时间，我可不希望哪一天莫名其妙地成为惊喜派对的主角。

我和维奥莱特还没到那种程度，不过我为她已经编了太多谎话，有些连哄带骗的成分。如果现在不找个陌生人做爱来终止一切，相信我们俩很快就会上床。

我一定要终止我们之间的这种可能性，尽管我的努力看起来有些缺乏成效。

"我不会占用你太多时间，"我对这个酒吧女郎说，"我和我妻子明早就离开了。"

不知怎的，她的神情立刻放松下来，这样，一夜情似乎来得更加容易些。

"去哪里？"

"我们是来这里旅游的。"我说道。我想这样的描述确实是事实。在这个文明社会——即便这里的文明并非以高雅的面目示人——福特镇以及有关那里的纷扰仿佛都已在千里之外。"我们应该去哪里转转？"

"你们打算乘坐独木舟吗？"

"或许吧。"

边界水域的方向突然传来一阵狼人般的号叫，苍劲的声音仿佛在湖面扯出一道口子，直奔这里而来。

女郎看了看我的脸，笑着说："那是潜鸟的叫声。"我不禁暗叹，明尼苏达州北部的这片地域到底还有多少神秘尚未解开，说不定哪天就像只潜鸟般赫然出现在人们面前。"还是别抱太大希望。"

9

明尼苏达州，伊利镇
比尔·罗姆公共图书馆
9 月 14 日，星期五

　　"详细情况我真的不记得了，"图书馆的管理员一边说着，一边拿起电话，"不过我知道是谁干的，你稍等。"

　　维奥莱特戴着墨镜靠在接待台旁边正在列着什么清单。不是和大家开玩笑，我一早把她叫醒，然后就拽着她来到伊利镇的这个叫作巧克力慕斯的地方。

　　伊利镇和福特镇真是天壤之别，这个镇子的中心大街建造得仿佛某个滑雪胜地，琳琅满目的礼品商店和有机食品店。两个街区外的一个十字路口两旁分别矗立着一栋大理石结构的公共项目管理署的办公楼，公共图书馆就设在其中一栋楼上。

　　目前为止，我们在图书馆一无所获。我们还在图书馆的电脑上查阅了伊利镇本地两份周报的相关报道，两份报纸在提到福特镇时都十分谨慎。不知道他们到底是觉得福特镇距离遥远根本不值一提，还是那里所发生的事同报纸上其他一些诸如婚礼通告、校园足球比赛报道以及读者来信之类的内容放在一起不太协调。不管怎样，福特镇这个名字很少被提及。

我们试着通过报纸证实在酒吧里听到的故事是真的：奥特姆·塞梅尔和班吉·申耐克于两年前的六月死于"船只事故"，而小克里斯·塞梅尔和南森·波多米尼克神父在那五天之后则由于"极有可能的打猎疏忽"而丧命。

有意思的是，我们在查阅报纸时发现原来明尼苏达州立大学曾经有段时间考虑在已经关闭的福特煤矿的矿井底部建立一个高能物理实验室，这也就解释了为什么当时有那么多其他地方的科学家在这里出入。不过明州大学还算明智，后来将这个实验室建在了苏丹煤矿的底部。

先不说这个了，或许我们应该问一问图书馆的管理人员。

"卡罗尔？"她对着电话说道，"我是芭芭拉，警长在吗？这里有人想了解一些有关白湖的情况。"

"这可真的没有必要。"我快速地说了一句。

那个工作人员盖住话筒说："别担心，他们这会儿不忙。"

"不是，真的……"

她没等我说完，就对着电话那端点了点头说道："嗯，啊，嗯。"接着她又盖住话筒，"卡罗尔说让你们现在过去，你们的名字是？"

"维奥莱特·赫斯特和利昂内尔·阿奇莫斯。"维奥莱特答道。

"他们的名字是维奥莱特·赫斯特和利昂内尔·阿奇莫斯，"芭芭拉说道，"我现在就带他们过去。"

"是雷吉·特拉格组织的这次探险活动？"阿尔宾警长问道。

阿尔宾三十出头，脑袋很小，头顶不太平整，说话比较慢，或许是经常使用那些见鬼的操作复杂的侦测软件的缘故。很明显，自从卡罗尔把我们领到他的办公桌前一直到现在，他没有做任何事，除了对我们盘问一些琐碎的问题，还记下了我俩的名字。

"难道雷吉看起来不像是做这种事的人吗？"我问道。我努力想在阿尔宾面前低调一些，这样他就不会在我们离开时，刻意抬头看我一眼。

他微微耸了耸肩："谁是你们的老板？"

"我们不便透露，"维奥莱特说，一脸的大义凛然，"是一个私人所有的规模较大的慈善机构。"

据我所知，维奥莱特所说的是真的，不过我清楚地记得，给我的那张支票的公司名称中带了"科技"二字。

阿尔宾沉思了一下，决定不再纠缠下去："你们的老板和雷吉·特拉格有过金钱交易吗？"

"没有，至少目前没有。"维奥莱特说。

可以看出，阿尔宾正在考虑是否用《反诈骗腐败组织集团犯罪法》的规定对雷吉提前进行起诉。如果真是这样的话，阿尔宾就有义务将这个案件移送到明尼苏达州的地检署。当然，我猜，他不会因为此事而感激我们。

"那么，他有没有明确说出在白湖可能会发现什么样的生物？"

"没有。"维奥莱特说。

"不过，你们的老板依然派了一位古生物学家。"

"因为我是他的私人助手中唯一研究生命科学的，"维奥莱特说，"我想，我之所以来到这里更多的是因为这一点。"

阿尔宾将目光转向我。

"我不搞研究。"我回答。这是真话。

接着他又看向自己的笔记："那封信用的是 CFS 公司的信纸，这次的'旅行'需要多长时间？"

"六到十二天。"维奥莱特回答。

"六到十二天？"

"有什么问题吗？"

"即便对那些不会划独木舟的人来说，这个时间也太长了。"

"我认为，大部分时间我们都是在陆上行走的。"维奥莱特说。

"雷吉这么说过吗？"

"没有……"

"那么，我对你的猜测就非常怀疑了，你知道白湖到底在哪里吗？"

"不知道。"

阿尔宾站起来走到一个盛放手枪的小匣子旁边，打开，里面不是手枪而是一张地图，这还真滑稽。他拿出了地图，然后摊在桌子上。

这是一张费舍尔海拔地图，黄色代表陆地，蓝色代表湖泊，我的上一份工作经常用到这种地图。

在这份地图上，蓝色几乎占据了它的全部，这让画面看起来像是海绵上一个个被放大的孔洞。

"这里是加纳湖，"他说着指向一处东西走向的椭圆形蓝色区域，"这里就是白湖。"

白湖与加纳湖东北角相接呈闪电状。二者合起来就像是一个音符，虽然符干有些弯弯曲曲。

"白湖原来这么窄。"维奥莱特说。

"那是因为加纳湖很大。"阿尔宾说。

"白湖和加纳湖相接的地方最宽只有一百码，向北宽度逐渐增加。"阿尔宾指着地图的西南角说，"还有，福特镇在三张地图之外的这个位置。"

"路上一般需要多长时间?"

"或许两天,或许一周,"阿尔宾说,"看你选择哪种运送路线。"

"运送路线?"

"运送路线,"阿尔宾重复了一遍,只是这次改变了单词的重音①,"一样的意思,只是美式发音和法式发音的区别。"

"我不是……"维奥莱特说着看向了我。

"不明白。"我说。

阿尔宾警长稍稍有些不耐烦地低下头想了一会儿:"好吧,我就给你们讲讲什么是运送路线,也就是通过边界水域的路线。"

---

① 译注:原文中 portages 来源于法语 portahges,二者意思相同但发音方式略有区别。

5 号插曲

达科他州，疾星湖 ①
1076 年 4 月 2 日，星期六 ②

　　双子现在坐进了独木舟，他能听到斧子呼呼地从后面飞过来的声音，不过他的头脑异常清醒。他在想，后面追来的绝不会是独木舟，如果真是，这么大一把斧子扔过来，恐怕他的船早已失去平衡翻掉了。很明显，后面追过来的是达科他战船 ③。

　　这种战船上通常会坐六名达科他食脸族人，船身用一根巨大的红松树干打造而成。将这样一根树干从中间掏空，需要许多人在一起花上几个月的时间才能完成，这还算快的，如果情况不顺利，则需要几年的时间。此时，双子驾的这只独木舟轻快灵巧，划桨时船身吃水很深，继而又跃出水面。这一点一定要告诉那个无所不知

① 现在是明尼苏达州的布特湖。
② 这些都是从湖区警长马克·阿尔宾那里打听到的。
③ 是惠特尼曾提到的苏族蒂顿人的一支。

的浣熊，当然，前提是自己能在接下来的几分钟时间里保住命。

双子急忙低头躲避，斧子贴着他的左侧头皮飞出去。他在思考，为什么？只是为了向我显示你那艘该死的大船有多稳，从船的两旁扔出去也不怕船翻吗？斧子向右画出道弧线，在水面上打了个水漂后重重地落进水里。片刻后，双子已从斧子落水的那一点划过，那个聪明的浣熊设计的这种由树皮制成的轻便单人独木舟真的能在水里前进。

这个该死的浣熊，或许是因为双子一直偷偷地出去猎山鸡。不过浣熊也不会因为这件事向酋长告密，可是除此之外，他真的想不出其他的理由。驾着浣熊的新船出去偷打几只山鸡就要被打死，这未免也太荒唐了。双子曾和酋长的三个女儿还有他的两个妻子都有一腿，但和她们乱搞的可不止他一人。

或许这件事真的和酋长的女儿及妻子有关。一个黑影飞过来，双子本能地低下了头，斧子的头部落下直直地插入他前方的独木舟的底部。

你知道的，这可是个大问题，要是那个聪明的浣熊在就好了。

独木舟的底部立刻开始有水渗进来，不过比双子预想得要好。他挥动胳膊奋力划桨，船桨上下翻动像极了鸟儿的翅膀。

独木舟触到了石头。该是他显身手的时候了，他都不敢相信这么快就能划到岸边，接着他跳出独木舟，像浣熊之前曾经教过他的那样把独木舟的前端高举过头顶，整个独木舟就这样扣在了他的身上，这样逃跑时就有个能抵挡攻击的东西。

他回头看了看，瞥见了那个死神。达科他战舰船身的一侧转过来和河岸平行，这样方便上边的人轻松地跳上岸继续追赶，下面他们可能就会向他投掷石块了。

双子觉得他们马上就会发现他了，于是不断提醒自己：指望头上这只树皮做成的独木舟来保护自己的后背简直就是白日做梦。他把独木舟高高举过头顶，踩着几块鹅卵石慢慢走上岸，来到疾星湖和流时湖①之间的这片森林。没问题，现在的独木舟是真正举在空中，还真是一点都感觉不到它的重量。

不过，最好不要让对方发现，如果能把独木舟挂在树枝上或是挖个洞埋起来，那么这些食脸族的家伙就再也找不到自己了。他朝脚下看了看，到处都是灌木丛，在这里每走一步，草丛里都会跑出几只受惊的动物。双子一辈子都没弄出过这么大的动静，他认出这些四散而逃的动物中有食鱼貂、紫崖燕、鼬獾，还有狼獾。

突然一把斧子从他的右侧"砰"地飞了过去，差一寸就砍在他身上。很显然，达科他战船上的人已经上岸了。

透过树枝，双子看到了前方的湖面。

现在他已经来到了流时湖边，直觉告诉他应该将独木舟扔进湖里，你猜怎么着，他就是这么做的。独木舟几乎是垂直地被扔了进去，随着水从刚刚被斧子砍穿的船底的切口不断渗进去，独木舟迅速地恢复了平衡。

双子蹚着水走到独木舟旁，用浣熊教他的方法小心翼翼地坐进船里，对他来说可不能有一点闪失：他把手搭在船帮两侧，先把一只脚迈进去踩在船底中央，另一只脚接着收进去两腿并空，现在他准备开始划水。正在这时，他听到后面树林里传来窸窸窣窣的声音，那帮家伙马上要追到这里了。

双子环视了下四周，发现他的船桨不见了。他记得自己并没有把桨放下来，不过很明显，刚刚在树林里时船桨就已经不在了，因为他

---

① 现在称为康纳斯湖。什么，你想去那里？

的双手一直抓着独木舟。

他妈的!

他弓起身子，开始用手划水，一次只能够到一侧的水，而且无法把手插进去很深，整个船只是在原地转圈。

于是他更频繁地变换位置两侧划水，河岸渐渐开始远离他的视线，湖水越来越深。不过，他不清楚为什么那些食脸族还没有赶过来抓住他或是把他砍死，直到现在船来到湖中央时，他看见那几个家伙依然站在距离他大约 60 弗隆^① 的岸边。

他们正盯着独木舟，一脸严肃地低声交谈着。

岸边越来越多双子的族人聚集过来，这个岸是达科他族和奥吉布瓦族^②领地的界线，双子看到浣熊也在其中。他皱着眉，使出全力发出一声狼一般的吼叫，似乎在用"他妈的"这样的字眼招呼那帮追赶双子的家伙。

没错，是"他妈的"。双子一边思索，一边顺势倒在满是积水的船底，此时的他已经筋疲力尽。

这里所有的人，去他妈的。

---

① 译注：长度单位，1 弗隆等于 1/8 英里或 201.17 米。
② 即白人社会所说的奇佩瓦族。

10

明尼苏达州，伊利镇
9月14日，星期五

"携带独木舟从一个湖区到另一个湖区称为运送路线。"阿尔宾警长说，"你所选择的线路就是运送线路。"

"嗯。"我表示理解。

刚刚我有一搭没一搭地听他讲故事，感觉那简直就是扯淡，尤其是达科他族人以人脸为食这一段，这让我想起那群黑帮用的古龙水的名字就叫独木舟，或许现在他们还用这种香水。

此外，我也不禁好奇阿尔宾警长为什么会花这么长时间给我们讲这个故事。他现在要做的是赶快调查雷吉·特拉格，他现在要做的是收集雷吉的潜在犯罪证据，而不是拿着地图给我们讲一些毫无用处的印第安人奇闻。

"运送线路让人难以掌握，"他继续道，"随着河岸线的变化，运送线路也会发生变化，路标以及一切参考系都难以发挥作用，即使地图上显示是这条路，在水上你也很难对其准确定位。即使能找来一辆45磅的凯夫拉①小货车，在那种

---
① 译注：凯夫拉是一种质地牢固、重量较轻的合成纤维。

地方带着220磅的四人座铝质游览船和所有装备几乎是不可能的事，因为有时需要向上走一直翻过悬崖，负重前行的线路太长了。"

"所以从一个湖区到一个湖区，可能有不同的运送线路，这要看你的负重和向导的本领了。找出那条最佳路线，这就像鼓捣密码锁一样烦琐而又充满未知。"

我的天哪，这已经够受的了。

"你认为班吉·申耐克和奥特姆·塞梅尔是怎么死的？"维奥莱特问道。

阿尔宾的脸黑下来："雷吉·特拉格就是利用这件事来兜售他的探险计划的吗？"

"他没有这么做。我们在福特听到了一些传闻，然后在这里的图书馆寻找一些线索。"

"你说的是真的？"

"是的。"

他的表情稍稍缓和了一些。

"你认为到底发生了什么事？"我问道，我宁愿阿尔宾因此对我起疑继而翻出我的老底，也不愿在继续装傻下去。

"这超出了我的权限。"

"你难道不负责福特镇的治安吗？"

"有很多案件是会牵扯到，不过福特镇不在湖泊区的范围内，但他们和我们之间有合同，我们给他们寄去账单却从来没拿到钱。不过我们还会在那里巡逻，防患于未然，免得以后再给我们自己找麻烦。但是边界水域那里只设立公园娱乐管理局，全州杀人的重案，除了特温城的以外，都会被送到伯米吉市的明尼苏达州刑事反恐局。"

"所以，你当时并没有接到报案。"

在我看来，他完全可以不必理会我的问题。

"我当时接到了报案。"

"你有没有找另外两个当时在现场的孩子问过话？"

"问过几次。后来两家人都搬走了，这完全是偶然，别再去找他们。"

"我们不会的，你见过那几个人的尸体吗？"

维奥莱特瞪了我一眼。不过，阿尔宾并没有发火。

"见过。"

此时，我突然明白了阿尔宾为什么会这样对待我们。

阿尔宾很可能会认为我和维奥莱特不是骗子就是傻子，要么认为我们是两个想骗人的傻子，不过让两个自称是医生和古生物学家的人找上门来，并对两年前一宗和吃人湖怪有关的悬案问东问西，这对他来说恐怕还是头一次碰到。

"你认为这到底是怎么回事？"我想我至少是第五次问这个问题了。

"明尼苏达州刑事反恐局的报告中写的是船只事故。"

"我想，机动船出入边界水域应该是非法的。"

"是的，不过这并不意味着一定没人开船进去，这里许多湖都处于边界水域的边缘位置，进出的路线不同，进来合法而出去时就属于非法，这条规定本来就有漏洞。几周前天气比现在暖和些，人们会在福特湖里滑水，而按照规定，只有在靠近镇子三分之一的湖面区域活动才算是合法的。"

我脑海里浮现出人们在福特湖里滑水的情景，我也曾经滑过一次水，那是二十世纪九十年代初和卢卡诺父子一起去的。我们三个人——人渣三人组——驾着机动船来到一片澄净的水域，之前这片水域是作为饮用水源的，每人三分钟时间，那种激烈而又无法无天的感觉足以让你把自己当作统治这个世界的王者。

维奥莱特问道："但是白湖距离那么远，人们怎么会把船开到那儿？而且你刚才也说，湖区之间有那么多纵横分布的运送线路。"

"边界水域有机动船的运送线路，不过这也是非法的，这些线路几十年前就已经存在，现在许多线路还在运送船只。那些线路有人会定期进行疏浚，不过有的已经横上了铁索，公园娱乐管理局一旦发现这些线路就会立刻用铁链进行封锁。但是因为区域太大，很多时候都是直升机进行空中巡逻。"

"白湖那里发现机动船了吗？"她继续发问。

"没有，奥特姆和班吉出事时，附近的那两个人说他们四个人是乘两只独木舟来到这里的，后来两个孩子乘着其中一只回到了福特镇。不过现在都无从考证了。我赶到那里时，现场确实有一只 CFS 牌子的独木舟，但是如果孩子们是开着一艘偷来的或是借来的机动船，他们大可以将一只独木舟拴在船的后面。"

"CFS 户外？"我追问。

"户外运动和野营公司，没错。"阿尔宾答道。

"雷吉·特拉格的公司？"

"是的，不过那时候这家公司属于奥特姆的父亲，他死了以后雷吉才接手了这家公司。"

"等等，"我说，"这家公司之前属于小克里斯·塞梅尔？"

阿尔宾眯起眼睛，似乎在考虑是否把这件事告诉我们。

"是的。"他最后说道。

"奥特姆和小克里斯死后，雷吉·特拉格继承了这家公司，两个人死亡时间相距不过五天？"

"是的，本来应该小克里斯的妻子继承，不过她不是本地人，而且很明显也不愿意再继续待在这里。老克里斯将公司交给小克里斯时就说过，如果塞梅尔家的人不愿意或是没有能力继续经营这家公司的话，就由雷吉·特拉格负责打理。"

或许正是因为这一点，特拉格在他的邀请信中对这件事只字未提。"有人指控是特拉格谋杀了小克里斯和波多米尼克神父吗？"我问道。

"没有。"

"为什么？"

"没有证据证明是他干的，而且有三个人为他做证，证明发生枪击事件时他和他们三人在一起。虽然他有十分充分的作案动机，但雷吉一直将 CFS 公司 85% 的盈利都交给了小克里斯的遗孀。"

"或者出于同情，也或者因为他必须这么做。"

"遗嘱里是这么写的，从金钱方面来看，他应该收获不大，只不过现在公司是他说了算。"

"或者当时公司正打算解雇他。"

"可从没人这么说过，包括小克里斯的妻子，何况她对雷吉·特拉格并无好感。"

"她因为什么讨厌他？"

"她觉得他和整件事有关。"

"理由是什么？"

"都是一些无法让陪审团信服的事。"

"那些事是否也让你无法信服？"

"很明显，如果没有证据证明这个人犯罪，我就不会对他进行起诉。不过，如果你问我是否相信是雷吉干的，我的答案是不。我不能说很了解他，而且我也知道在某些原因驱使下，很多人能做出令人意想不到的事，但是我没有发现有什么原因驱使他非要做这件事。"

"那你觉得会是谁干的？"

他摇了摇头："我不知道，在这个经济情况不算发达的小镇，小克里斯和波多米尼克神父的生活都算富足，不过这一点也不足以让人们对他们恨之入骨，而且也没有人因为他们的死而获益。"

"你认为杀死小克里斯和波多米尼克神父的与杀死奥特姆和班吉的是同一人吗？"

阿尔宾看着我，晃了几下椅子。

"我不这么认为。"

"为什么？"

"犯罪手法不同。谋杀时使用猎枪这一点我可以理解，这样在杀死小克里斯和波多米尼克神父时可以不留一点痕迹，与奥特姆和班吉的案子完全没有相同之处。"

"白湖附近有没有搜查有人乘坐机动船进入？"维奥莱特问。

"搜查过，但没有发现机动船，在加纳湖也没有发现，那里的面积要大得多，所以搜索难度比较大，或许机动船藏在那里我们没有发现。"

这个问题问得好，不过我认为，维奥莱特对阿尔宾的回答并没有完全信服。"我们能看看奥特姆和班吉的尸检报告吗？"我说。

"不可以，这样做不合法。"

"我也不知道这样做是否合法。①"我尝试问道，"你可以给我们些建议保证我们的安全吗？"

我不知道作为一个地方警长关于保护当地居民的宣誓内容具体是什么，但我知道他们确实需要进行这样的宣誓，或许这是规定。阿尔宾为了践行他曾经的诺言，就必须向我们吐露一些信息，否则他就会

①现在我依然不知道。美国各州的尸检报告保密法各不相同，再加上1996年美国联邦政府出台的《健康保险流通与责任法案》（HIPAA）强调病人在世时要永远对其病情保密，情况变得更加复杂。这在我看来好像应该包括对导致病人死亡的原因保密。那些被弓箭射死的受害者通常也是些拿着弓箭狩猎的怪人。

违背法律和道德。

　　至少，我认为他应该已经意识到了这一点。

　　"最好的办法是，现在就离开这里，"他说，"看看这儿，这件事继续查下去对你们没有一点好处。如果你们坚持这么做，不要让雷吉·特拉格因为你们的调查而获益，因为我认为那件事跟他无关。不过，我不是大法官。除了 CFS，尽量别在福特镇的其他地方活动，这个镇子不太安全。不管发生什么事，一定记得通知我。我的意思不是你可以选择这么做，我把我的专线号码和我的邮箱地址给你，如果我发现你们所从事的调查已经越过了法律的界限，我发誓一定会让你们对自己的所作所为感到后悔。你们听明白了吗？"

　　我们点了点头。维奥莱特说了句："明白了，长官。"

　　"最后一件事，如果你们到了白湖，千万别下水。"

11

明尼苏达州，福特镇
9 月 14 日，星期五

"他真的认为水下有怪物。"维奥莱特说。

"我同意他的建议。"我们沿着 53 号公路向福特镇方向开去，这次我们的目标是调查 CFS 度假区。维奥莱特开着车。"我们需要探讨一下吗？"

"探讨什么？"维奥莱特说，"关于湖泊区警长认为水怪的传闻是真的这件事，还是水怪可能是真的这件事。"

"关于那个警长。"

"哇。刚刚我还担心你要和我就生物学方面的问题论战一番。"

"你找错了对象。"

"不过我还是想知道，为什么像阿尔宾警长这样看似精明的人也认为这个传闻是真的。"

"是的，"我接道，"没错。"

我们在经过福特镇的下一个出口下了高速，CFS 户外运动 & 野营公司还要再走一段距离。绕过 CFS 公司巨大的广告牌，我们将车驶进一家商店的停车场。这是一幢三层的金字塔形的建筑，前后玻璃上杂乱无章地贴着一些例如乐斯菲斯 ① 的广告，这里的路标指示着由停车场进入 CFS 度假区的路线。

路口处放置着锥形路障。一个二十出头、高高瘦瘦、戴着草帽、皮肤晒得黝黑的男孩夹着个记事本走到车旁边。"有啥能帮的？"他问道。维奥莱特随即摇下车窗。

"我们是来参加雷吉·特拉格组织的探险活动的。"

"请报下你们的名字。"

"维奥莱特·赫斯特和利昂内尔·阿奇莫斯。"

那个男孩在记事本上对照了一下，我奇怪这次活动应该只有六到八个人参加，为什么还要大费周章地记在本子上。不过，有时候记事本像手枪一样，随身带着总能找到用武之地。

"医生，医生，"那个孩子喊道，"我叫戴维·休格尔。我是你们此次行程的向导，欢迎来到 CFS。"

他的表情看起来很迫切，不像是要带领我们去探寻什么肮脏丑陋的湖怪，我觉得有必要再和他确认一下。我趴在维奥莱特腿上，探过身去问他："你怎么看？白湖怪物到底存在不存在？"

---

① 译注：North Face，美国一著名户外品牌。

男孩灿烂地笑了笑，然后回身移开了路障："我必须说，我对此事尚无结论。不过这是次很棒的旅行，不是吗？"

这条路一直通向山顶，不经意向下看时，我们猛地发现福特湖已经在我们脚下，湖面闪烁的阳光像是在整个湖周围扎上了一圈金色的栅栏，就连福特煤矿废弃已久的围墙，从这个角度看去也是美不胜收，麦奎林医生的诊所应该就藏匿于围墙外的某处地方。

度假区是一片田园景色：坐落于湖边的小屋被刷成蓝精灵妹妹头发一样金黄的颜色，周围种植着密实而又柔软的草甸，旁边有个 E 形入口通向浮动船坞，船坞里并排停靠着几只被油毡布覆盖的小船。

船坞旁边建有一个泥土路的停车场，绿树成荫，地上有许多车辙印。停车场里停着三辆小货车，其中一辆后面还带着印有承包人标志的集装箱，还有几辆外表有剐蹭的小汽车，以及一辆崭新的黑色越野车，上面挂着明尼苏达州的牌照。

我们偷偷将一泡屎放在那辆车的车座上，为将来万一需要逃跑做个准备。

当我们到达登记处所在的小屋时，两个穿着翻领衫和画家裤的人也朝这边走来。这个小屋的后墙种着一排向日葵，花丛中高高竖起一块木制指示牌，上面写着"鹿望营……登记处"之类的单词。

木牌曾经被火烧过，所以有些字迹不太清楚，我们正是循着这块牌子来到这里的。走过来的那两个人中，一个是个白人，满头白发，大约六十岁，戴着一副无框眼镜，另一个是西班牙裔，三十岁上下，留着小胡子。

"晚上好。"那位长者说道。

"你们两个中间哪位是雷吉·特拉格？"维奥莱特问道。

"见鬼，我们都不是。"他转过身去喊了一声，"雷吉！你有客人！"接着便和身旁的年轻人一起朝那辆载着集装箱的小货车走去。

维奥莱特和我面朝湖站在木屋的前面。草坪上一个男人正在用无绳电话通话，他手中拿着一杯啤酒，扭动身子躲避着一只在他身边跳来跳去的黑色拉布拉多犬。

这时，他一边举起手和我们打招呼，一边对着电话说："不，翠西，我得挂了。我知道，我很抱歉。你也是，你也是。好的，我待会儿再打给你。"他稍微带一些南方口音，我不敢确定，或许来自阿肯色州或亚拉巴马州，也可能是其他地方。

这个男人神采奕奕，双臂健壮结实，浓密的黑发剃成平头，穿着一条任何六十岁以下的男人都羞于尝试的灯芯绒短裤，露出了左腿外侧一道很长的暗红色的伤疤。挂电话时，他歪着嘴对我们笑了笑："不好意思，是我的母亲。"

那条狗似乎刚刚注意到我们，立刻朝我们这边跳过来，然后在维奥莱特和我的腿上分别蹭了一番，最后选择靠在我身边并不停晃动着它那粗大的尾巴。

"巴克。"那个男人对它喊道。不过它并不叫。[1] 接着他对我们说：

---

[1] 译注：这只狗的名字巴克（Bark）在英语中也有"吠叫"的意思。

"是赫斯特博士和阿奇莫斯医生吗？"

"是的。"维奥莱特说。

"我是雷吉·特拉格。"

"很高兴见到你，"维奥莱特说，"我们能把你的狗带走吗？"

很有趣的开场，我不否认那只狗的确很滑稽。

"它不是我的，不过你可以带走，"雷吉说道，"带它回家吧，它的名字叫巴克·辛普森。""哦，巴克。"维奥莱特亲切地叫着，这只狗立马甩下我回到她的脚边。

我无所谓。雷吉走过来要同我们握手。

走近看，那个男人和刚刚远看的样子并不太相同。他的左边脸上有一个渔网状的伤疤，和腿上的烧伤不一样，是很细小的撕裂伤，像是被弹片或是飞溅的玻璃划伤的。

之所以歪着嘴笑是因为他的左脸面瘫，左边的眼睛睁得比右眼大一些，几乎是圆睁着眼睛。

奇怪的是，这张脸并没有显得很难看，相反，一侧僵硬的脸让他像极了漫画里的人物，这倒和他年轻的面相极为协调。

"你们见过戴尔和米格尔了吗？"他问道。

一听到两人的名字，旁边的那条狗立刻站起来，一副怅然若失的表情，它在附近转了几下，然后朝停车场跑去。

雷吉摇了摇头说："连它都知道戴尔走了。巴克，别跑到高速路上了！"

"他们就是刚刚上了小货车的那两个人？"我问道。

"是的。"

"我们也是刚刚和他们见了一面，他们是什么人？"

"我们一起工作，他们对我来说就像刺青对洛克先生一样①，或许你们这个年龄的人是无法理解的。"他用他那并不灵动的眼睛冲我眨了眨，"进来，我给你们介绍几位客人。"

---

① 译注：洛克先生和刺青是二十世纪七八十年代风靡美国的系列电影《神秘岛》中的人物，侏儒刺青是洛克先生的仆人。

12

明尼苏达州，福特湖
CFS 度假区
9 月 14 日，星期五

登记处的小木屋里还有四个亚洲人，其中两个站着，穿着运动服、戴着太阳镜，看到我们走过来显得十分警惕，显然他们是保镖。

另外两个亚洲人坐在对面的沙发上，很难看出他们的身份，他们其中一个一身时髦的朋克打扮，戴着硕大而又拉风的太阳镜，外面穿一件发光面料的西装，里面的衬衫看起来也价格不菲。他的年龄在四十岁左右，头发染成了棕色，正在读着手中的指南手册。另一个和他年纪相仿，不过身材较胖，嘴唇湿润，外形看起来比较粗犷，胡须刮得很潦草，牛仔裤，T 恤，T 恤上面印着"只有可乐"的字样，这个男人正在用手机玩游戏。

穿着时髦的那个男人看见我们后便站起来，他身旁的保镖立刻向他身旁靠过来。

雷吉给我们相互介绍认识了一下，这个男人名叫韦恩·邓，那个外貌粗鄙的男人是他的哥哥斯图亚特。据邓的介绍，他的两个保镖都叫李。

"抱歉，"邓说道，"我哥哥和我们的随从都不会说英语。"

"只要你会说就行了。"维奥莱特说道。

"我的英语很糟。"

"不像你说的那么糟。"

"谢谢，你是医生？"

"他是医生，我是古生物学家。"

"就像《侏罗纪公园》里的那帮人？"

"差不多吧。"

邓给他的哥哥和保镖们大致翻译了我们的对话，我听出了里面有"侏罗纪公园"这样的字眼。此时，他哥哥的脸上流露出仰慕的表情。

我跟着雷吉来到前台。"就是这些人了吗？这次探险活动的成员？"加上邓带来的保镖，还有我们两个，总共六人。

雷吉拿出几张表格："还不确定，我们还收到了另外五份肯定答复。"

"那人数不是太多了吗？"

"你们两个还没确定是否会去，所以现在不能说人数是否超出预期。不过如果真的出现那样的情况确实会让我比较头疼，我预感最后会有人打退堂鼓。"

"为什么？难道湖怪的传闻是假的？"

他对我眨了眨眼："见鬼，我可不希望那是假的。"说着他将两把钥匙放在桌上，"十号房间。"

"我们两个一间？"

"你的意思是？"

"我们每人需要一个房间。"

"每个人？真糟糕，让我想想。"他咬着指甲沉思着，"问题是，和仲裁人一同来的还有好几个人。"

"谁是仲裁人？"

"我现在不能向你透露，他稍后会和大家见面。"

"稍后是什么时候？"

"很快。我想想：戴尔和米格尔在一个房间……"他抬头看向我，半边脸抽动着说，"你现在住的房间可以放两张床，你看这样行吗？"

"很好，"维奥莱特说着走到我身后，"只是一晚，我想阿奇莫斯医生可以对付。"

十号房间的布置令人感到很舒适，只是空气中有些发霉的味道，屋里的气氛有些暧昧。于是我和维奥莱特决定去吉兆湖转一转，录像带中说到的石画就在那儿附近。

戴维，那个手里拿着记事板的孩子，给我们找来一只独木舟。

绿色凯夫拉材质的小舟看起来就像是一块外面涂了树胶的帆布，整只船轻飘飘的：船体中部由一个横穿过去的支架固定，这让整条船看起来像是个马桶座圈。人要想将独木舟底朝上地抬在肩膀上，就必须将脑袋从那个支架钻过去，这样一来你什么都看不见了，这会儿或许被人掐断脖子也不知道。如果你不愿意这么做，也可以用双手将整只船举过头顶。

维奥莱特教我一些划桨动作，我们通过狭窄的水道，行驶在福特湖西面的一条运送路线上，穿过了几个湖，我们最终驶入了吉兆湖。

吉兆湖看起来却不是那么吉祥，整个湖呈哑铃状，中间最窄的区域两侧上方相对矗立着两座橘红色的悬崖，石画和象形文字就是在悬崖那里发现的。湖水很清，你甚至能看到河床上的鹅卵石，山崖上的树木已经开始变色，为了减少红外线的吸收，纯净的绿色变得驳杂①。

维奥莱特将船划到悬崖的一侧，然后她站起来抓住崖壁的岩石。

"向左边用力，这样才能保持平衡。"她对我们说。

"你在干什么？"

说话间她已经迅速地荡到悬崖上，小船打着旋向着湖中央漂了过去，我赶紧用桨划水。等船渐渐稳定下来，我看见维奥莱特已经站在离我十英尺的岸边。

"你会攀岩？"我惊奇道。

"古生物学家都会这个，这儿的石头真棒，大概有四十亿年历史了。"

我索性身子向后仰着看维奥莱特在岸上忙活，这里的风景还不算太糟糕。

好景不长，只一下子整个湖面的情况就变得十分诡异，感觉就像触动了某个陷阱的机关。先是光线一瞬间变得很强，阳光似乎从维奥莱特的后面和下面射出，接下来，湖面开始躁动起来，不怀好意地酝酿着下一刻的动作，一阵阵带有咸味的腐败气息从水下翻腾出来；原本拍打着独木舟的细碎朗声逐渐变成勘探钻头的轰鸣，好像水下有只猛兽正在发出饥饿的怒吼。

我正在四周查看到底发生了什么事，一片云遮住了太阳，我感觉独木舟里一道冰冷的水流渗了进来。周围没有任何动静，只有无尽的黑暗，我刚刚出的一身汗，现在瞬间被激了回去。

我曾告诉那些因为游轮上空虚的生活和繁重的工作罹患创伤后精神紧张性障碍的病人：所有的恐惧都是器质性的而非心理性的。大脑

---

① 有黄色、橙色和红色，我想叶片颜色的变化大概是为了减少红外线吸收量，并反射更多的红外线，这样在叶片完全干枯时也不容易着火。

中出现的所有恐惧都是由身体的神经系统传递而出，它们将保存的奇怪记忆传递出去引起心理的变化，这样才会出现害怕的感觉。也就是说，手心出汗、呼吸急促的身体征兆出现后，恐惧才会产生，而非人们所认为的先感到害怕，才会手心出汗、呼吸急促。

了解了这一点，人们或许会感到宽慰，至少不会因为无法控制自己的情绪而产生挫败感，这算得上合情合理。然而在这吉兆湖上，在这样一个曾经被人无数次游览拍照的地方，这点医学知识对我毫无帮助。我依然无法控制眩晕的感觉和不断流下的冷汗，除了恐惧，我还感到一种原始的愤怒正在努力挣脱我的控制。

十一年了？

所有的一切是否都是因为十一年前鲨鱼水箱那一晚的经历？

玛格德里娜第二天就死了，我的灵魂的一部分也随着她离去了。可是你知道吗？找寻刺激的方法并不能将她带回我身边。

签下合同加入这十二天的探险是否是明智之举？我看未必。

重新回到游轮工作怎么样？

他妈的，还是别想了。

“利昂内尔！”

刚刚那一刻令人毛骨悚然的景象如同水汽般蒸发了，好像和我捉迷藏一样通通躲了起来。维奥莱特从悬崖壁上下来，小船已经漂出河岸十英尺远。我用那种被称为 J 形划水的方式重新把船划到岸边。

维奥莱特坐进船里，半侧着身子看着我说：“你还好吧？”

“是的，很好。”

“你的脸色看起来不好，出了什么事？”

“没事。我很好。那些石画怎么样。”

"和当初预想的差不多。"

我们并没有过多地设想过什么。关于这片石画最早的英文记载要回溯到 1768 年，但奥吉布瓦部落的记载以及碳 14 测量法都表明，这里的石画的年龄应该比那些记载的历史还要漫长一倍。当然也不完全排除这些石画都是伪造的，奥吉布瓦人或许在 1767 年用两百岁的鱼身上取下的鱼油在石头上画出了那些画，当然这件事不太可能是雷吉·特拉格策划的。

维奥莱特依然盯着我："你确定没有什么想要对我说的吗？"

"没有。"我一边说着，一边用桨的末端点了一下旁边的石壁，小船离开了岸边。

这句回答至少是真的。

回到营地后，我们的注意力很快就被转移了。首先，那个叫戴尔的人，不管他是雷吉的搭档还是手下，在码头那里找到了我们并告诉我们，雷吉想要我们和大家一起去登记处，他有事要宣布。接着，当我们来到登记的小木屋时，除了韦恩·邓一行几个人和几个看似是营地工作人员的人之外，还有五位新到的客人。其中一个是大名鼎鼎的泰森·葛罗迪。

葛罗迪应该是二十五六岁，他曾经是一个男孩乐团的成员，现在是个劲歌热舞型歌手。出租车上以及一些外国人经常光顾的酒吧里所播放的流行歌曲，大多是眼前这位年轻的黑人所唱。

葛罗迪本人身材瘦小，眼球外突，脸上一副笑容却掩饰不住内心的紧张。好在他还带着两个黑人，那两个人模样凶狠，他们注意到了邓氏兄弟身边的保镖，四只超黑墨镜的对峙让你不禁期待超级街霸四[1]的格斗场面即将出现。

另外两个新来的是一对夫妻，将近六十岁的年纪，面色严峻。他们两人手上都戴着劳力士，头发和皮肤的颜色及他们身上所穿的狩猎装都十分相近，两个人的下嘴唇都有些外噘。

“大家注意，我有个坏消息要宣布。”雷吉站在最前面说。

所有人都安静下来，他继续说道：“仲裁没能按时赶到，估计到明天下午才能赶到，所以我们明天早上没法儿动身。仲裁到达之后我们也可以立刻出发，不过那样意义不大，因为去白湖需要一天的路程，如果明天下午出发，晚上就要在野外露营一晚。所以，我决定将出发时间推迟一天，周日早上再出发。”

“如果这对哪位客人造成困扰而决定退出的话，我表示理解。对于那些想要继续留下来的客人，我们可以将行程缩短一天，按照原定计划返回，也可以保持原行程不变，推迟一天回来。不管你们怎么打算，我们都会为大家免除这两晚的住宿和其他休闲活动的费用，你们可以在这儿划船、钓鱼。不管你们最后是否加入本次旅行，我都希望大家今晚能够和我、戴尔以及米格尔共进晚餐。”雷吉说着看了看墙上的挂钟，“现在差不多快开始了。”

“你至少应该告诉我们仲裁到底是什么人吧？”维奥莱特说。

雷吉摇了摇头：“你知道，我刚才就这个问题也询问过，得到的答复是继续保密，很抱歉没能按时告诉大家仲裁的身份。不论从法律还是个人角度，我都必须遵守约定。再次对大家表示歉意。”

雷吉看起来有些疲倦，或许是因为失望，但并没有特别焦虑。我

① 译注：一款经典的格斗类游戏。

在想到底有没有什么仲裁。或许雷吉最初谈妥的人在最后一刻打了退堂鼓，又或许整件事就是场赌局，对于雷吉的叫价，总有些贪婪的赌徒乐于跟进。话说回来，谁又会去理会人迹罕至的森林深处会有怎样疯狂的事情发生呢。

如果真是赌博，我能看出，雷吉或许希望再来一晚的任逍遥 ①。

"我们对此次旅行依然有兴趣。"韦恩·邓说。

泰森·葛罗迪说："等一等也不错。"

雷吉看了看我和维奥莱特。"我们要和老板商量一下。"维奥莱特说。

"谢谢，"雷吉说，"谢谢大家。"他面瘫一侧的眼球转动了一下，仿佛一副感动的模样。

---

① 译注：扑克牌的一种玩法。

13

明尼苏达州，福特湖
CFS 度假区
9 月 14 日，星期五

　　"这就是我想知道的，"菲克——那个穿着狩猎装、面色严峻的男人说道，接着他转向维奥莱特，尽管当时她在吃着东西，好像有些心不在焉，"为什么进化论会和《圣经》相左？"

　　坐在桌子一端的雷吉的伙伴戴尔和米格尔抬起头。刚刚菲克自称是个"商人"，而他的妻子"菲克夫人"是个"家庭主妇"。米格尔说："不错，我和戴尔也负责做家务。"说完，戴尔、维奥莱特和我都不约而同地笑了，甚至菲克夫人的脸上也挤出了些笑容，但菲克先生仍然是一副不苟言笑的冰冷模样。

　　坐在我们旁边的邓氏兄弟其中的一个保镖也没有笑，或许像邓先生说过的那样因为不懂英语，或许因为他假装不懂，还有一个没笑的是那个拿记事板的戴维——我们那位充满活力的年轻导游。

　　戴维的妻子名叫简，也是雷吉本次行程的导游，她的身材和她丈夫一样又干又瘦。简坐在桌子的另一端，挨着泰森·葛罗迪，戴维此时的表情十分紧张。

我也很紧张，虽然葛罗迪称不上有魅力，但他精力充沛又油腔滑调。我和维奥莱特初见他时，我向上帝发誓，他在介绍他的两个保镖时称他们是"乌梅先生"，但两个人好像并没有生气，或者是没法儿对他发脾气。

"小姐，"菲克先生喊，"小姐？"

"您和我说话吗？"维奥莱特终于有了回应。

"当然。"

"可以把玉米递给我吗？"维奥莱特对米格尔说。

这正是我所想的。长大后，我好像再也没吃过奶油玉米，尤其是把烤煳的玉米粒压碎和奶油拌在一起，那味道好得简直没话说。

米格尔递了过来。菲克重复了刚才的问题："为什么进化论会和《圣经》相左？"

维奥莱特脱口而出："我不知道，是不一样吗？"

"这并非我的观点。"

"好吧。"

"我想说的是，有许多笃信《圣经》的人依然会对科学家怀有尊敬，而科学家大多对信仰《圣经》的人不屑一顾，这是为什么呢？"

"我也不知道。"维奥莱特回答。

"你相信《圣经》吗？"

维奥莱特看着他："你是在询问我的宗教信仰吗？"

"怎么，难道你是无神论者？依我的经验来看，许多科学家都是。"

"我不知道这世界上是否存在真正的无神论者，"维奥莱特继续说，"每个人都会迷信一些不理智的事情，例如他们总认为自己换了辆好车就会过得更快乐一些。"她接着转向我，"别问我关于我的车的事情，我可以回答任何问题，除了这个。"

"你认为信仰《圣经》是不理智的事？"菲克问道。

维奥莱特看看周围。戴尔和米格尔都点了点头，示意她继续回答。我只管吃东西，但耳朵也在等着。对于有些人提出的我不感兴趣的话题，我从来都懒得争辩。

"越来越多的人恐怕都已经认识到确实如此。"

"所以真相最终屈从于民主？"

"不是的，除非真有证据表明两者背道而驰，否则人们的这种认识可以说是个良好的开始。"

"有证据可以证明两者确实背道而驰。《圣经》说人的形成和地球的形成是在同一周完成的。耶稣说信徒的生命终结，地球也会终结。你尽管可以从语义上对这两句话进行曲解，从而使它和你研究的科学达成一致，但这无关理性，只是信仰问题。"

"我认为有信仰并不是件坏事。"

维奥莱特看着菲克："我流露过反对的意思吗？"

"没有。"

"很好，我从未说信仰是个负面东西，但信仰并非总能带给人满足，否则你就不会千方百计地想强迫像我这类的人同意你的观点了。"

"嗬，精辟。"戴尔惊呼。

"我们最好还是保持恭敬的心吧。"菲克先生说道。

"为什么？"维奥莱特说，"我就是不明白，从什么时候开始宗教的教义不再是'人们有权信仰'，而变成了'其他一些人必须去尊敬，哪怕是那些已经被论证为荒谬的思想？'互不干涉也挺好，很明显，你也不需要对理性显示什么尊重。"

"或许我真的看不出接受进化论是什么理性的行为。从达尔文开始人们试图去证明进化论是正确的，可到如今依然不能称其为理论。"他环视四周微笑着说，"这就是我所谓的信仰。"

维奥莱特盯着他问："你真的这么认为？"

"哦，当然。"

"从毕达哥拉斯哲学角度讲，进化论就是一个理论，即一种在现实世界中适用于许多情况的普遍规则。不能说这种理论从未被证实过，进化论无时无刻不被印证着。每次你感冒康复就证明你经历了一次进化。"她又接着转向我说："就像我说的，可以随时问我任何问题。"

"这是什么，鲑鱼吗？"

"我也这么认为。"

"我也完全同意。"我说道。

"所以或许你能回答我心中的一个疑问。"菲克对我说。

"也或许不能。"

"进化的繁盛基于生物对生存所做出的努力，对吗？"

"可以这么说。"

"但是这种感觉——生存下去的意志，是如何进化出来的？"

"你把我难住了。"

维奥莱特重重地踩了我一脚。

"或许赫斯特博士能够解答。"我说。

维奥莱特拿起手中的叉子，同时摇了摇头："进化的发生并不依赖于生存的意志，只需生存的趋势即可。一堆不同的分子中总会出现一对对任意的组合，接着分子变成分子组合，接着这些分子组合再进行任意的组合形成复杂化合物，于是接下来就会出现微生物。生存的意志或许只是动物的专利，但它只是进化的产物，而不是进化产生的原因。是海葵的生存欲望大一些，还是海洛因渴望被瘾君子注射入体内的主动性大一些？两者都是当时的形势所趋。"

"那么热力学第二定律呢[①]？"菲克问。

"我也正想问这个问题。"米格尔说。

"我也是。"戴尔附和道。

"两者有什么关系？"

"好吧，"菲克说，"你刚刚给我们详细介绍道：一堆化学物质通过随机的方式最后形成人类。而热力学第二定律告诉我们，物质趋向于熵和解体，而并非复合物或是组合体。那么，你的意思是进化论刚好是个例外？"

维奥莱特脸上显出厌恶的表情："热力学第二定律是说孤立的系统之间趋向于熵。地球并不算是孤立的系统，整个地球和宇宙空间时刻进行着物质和能量交换，光从太阳持续获得的能量就有一百二十千兆瓦[②]，但大多数能量又反馈到宇宙空间中。进化并非一定趋近于熵，因为进化所产生的太阳系本身作为一个整体熵是最大量的，物理学方面的问题你并没有完全弄懂。"

"你知道吗？"维奥莱特情绪变得更加激愤，继续说道，"我认为这或许就是问题所在。你想去印证所有人不明白的道理要么是错误的，要么就是对任何人来说不可知的。你不明白物理学，所以说物理学是错的。你不懂生物学，就说生物学是错的。任何你难以理解的事物最后总要和那个长着胡子、浑身发光的男人扯在一起，因为至少那样是你能够想象出的。既然你对领悟新知识毫无兴趣，所以'浑身发光的胡子男人'就成为你对这些事的解释。在你看来，我也应该对他保持'恭敬之心'，可他到底有哪里是值得尊敬的呢？"

---

① 译注：热力学基本定律之一，内容为热量可以自发地从较热的物体传递到较冷的物体，但不可以自发地从较冷的物体传递到较热的物体。

② 显然这是一个很大的数值。

菲克的情绪也开始激动起来："哦,少来了,现在……"

"我也来问你个问题。"维奥莱特说。

"除非……"

"你相信上帝吗?"

"是的,"菲克回答得很小心翼翼,"我相信。"

"那么,你认为上帝对自己是否怀有信仰?或者说,上帝是否会信仰比上帝更高级的神灵?"

"不会,"菲克回答道,"当然不会。"

"为什么不会呢?"

"他为什么要去信仰呢?"

"那么,你为什么要去信仰呢?"

"因为这是《圣经》要求的。"菲克说。

"如果上帝有本书说有种比上帝更加高级的力量,那么他会去信仰吗?"

米格尔打断这场争论:"哦,该死,这太离谱了。"

戴尔接道:"简直无法估计!"

米格尔说:"这位女科学家已经把我弄晕了!"

"如果这本书真的是由一个更高级的存在所编写,那么上帝一定会信仰。"菲克说。

"如果根本就没有证据证明它是由更高级的存在所编写,而大多数人又告诉上帝这真的是由一个更高级的存在所写的,那又该怎么办呢?"

"荒谬至极。"

"你说得对,"维奥莱特说,"确实很荒谬,上帝依照你的思维行事,可你没有说他愚蠢。"

米格尔发出抽鞭子一样咂舌的声音。

"你这是表示对我的欣赏，还是嘲笑某人太软蛋①？"

"如果你能在我妻子面前不再提这个字眼，我将对此表示感谢。"

"哪个字眼，"维奥莱特问道，"'软蛋'②还是'进化'？"

"哦，酷！"泰森·葛罗迪在我们身后发出一声惊叹。

菲克起身说道："就到这里吧，我们要离开了。"

"可别怨到我头上。"维奥莱特说。

"那么，你认为我们离开应该算在谁的头上？"

人们都想弄明白到底是谁的责任，因而餐桌一片尴尬的沉默。

"你看，"维奥莱特说，"如果有冒犯你的地方，我道歉。"

"你确实冒犯了我，所以你应该道歉。"

"好吧，我们说好以后再也不谈宗教，或者科学啊、耶稣基督什么的了。"

菲克转向雷吉说道："我们今晚住在伊利镇，明天回不回来还不一定。"

"我希望你们能够回来。"雷吉说。

"我也希望。"维奥莱特的语气缓和下来。

菲克夫妇离开了，将身后的纱门重重地关上。

"真抱歉。"维奥莱特对着大家说。

"是他先挑起话题的。"米格尔说。

"是的，不过也不能因此就将他的信仰批判得一文不值。"

"我认为事实本来就是如此。"

"谢谢，但我认为我的做法欠妥。如果你的狗抱住你的腿，这可以理解，但如果你抱住狗腿，这就是个问题了。"

---

① 译注：原文 pussy-whip 意指男性过于惧内，此处暗示维奥莱特有些咄咄逼人。
② 译注：pussy-whip 中的 pussy 一词有阴道的意思。

"狗或许有问题,"戴尔说,"我没有。"

米格尔接着说:"戴尔,我说老兄,不一定所有人都喜欢听你在这儿胡搅蛮缠。"

一直趴在地上的巴克此时突然抬起头来,好像很开心的样子,像是知道大家在议论它。

"是的,比方说我和巴克性交,"戴尔说,"性交和做爱,那是两码事。"

"没错,"米格尔说,"我已经看过录像带了。"

"妈的,"维奥莱特说,"我希望你们两个家伙别打算当着菲克太太的面说这些,如果菲克还能和他妻子回来的话。雷吉,我很抱歉。"

雷吉摆了摆手:"不管他们回来还是不回来,我们都能接受。"

"我可以问你个问题吗,医生①?"韦恩·邓说。

我把脸转向桌子另一边,但很显然他问的是维奥莱特,而不是我。

"当然。"维奥莱特回答。

"你相信运气吗?"

"运气?"

"我的人生可以说非常非常幸运。我不能不把这看作某种暗示。"

泰森·葛罗迪亲了亲一只手的手背:"我相信。"

"我也是。"米格尔说道。

"如果我说我不相信运气这种说法,"维奥莱特说,"我是不是应该建议大家现在就去奥吉布瓦保留区的赌场试验一下?"

"请认真回答我的问题。"邓说。

"我是认真的,我们是应该去奥吉布瓦保留区的赌场试一试。"

① 英语中 doctor 既可以指医生也可以指博士。

邓笑了起来："好吧，我接受这个建议，就现在。我的车上还有位子。"

"我也要去。"葛罗迪说。

"你也来吧，"维奥莱特对我说，"这时候你不帮我解围或许我永远都不会原谅你，不过你永远都不会发现。"

"是的，很抱歉。我本打算说些话打消他们的念头，但最后一刻我还是决定不说话。不管怎样，我想我还是待在这里为好。"

"为什么？"

"我相信统计学。"

在游轮上，哪怕牌桌上的美女多么养眼，我也从不涉足赌场一步。游轮上有许多令人无法理解的事物。比如赌场，完全独立于游轮之外，只是向游轮支付场地费用。我想，整艘游轮最容易引起骚乱的地方恐怕就是赌场。即便不是，这里也是寻衅滋事之徒常常出没的地方。我的意思是船上的自助餐结束之后。

此外，今晚和她同住一间房，在这之前我没必要和她一直待在一起。

"我们不会去赌博的，你这个乖宝宝，"维奥莱特嘲弄道，"我们去那儿只是喝几杯。来吧，我想他们那会有录放的《茱迪法官》①看。"

"我有事要做。"

"比如说？"

"处理邮件，包括给莱克·比尔发送邮件，询问他是否希望我们在这里逗留期间外出。"

"真没意思，还有什么事？"

---

① 译注：美国一档著名的电视法庭秀栏目。

"看些材料。"

"你可以把材料带着。"

"不行，是一些抵押贷款的账单。给我带杯冰镇凤梨朗姆酒，算在莱克·比尔头上。"

"我还不知道你喜欢凤梨朗姆酒。"

"那么，就来杯苏打水吧。"

"你知道吗？你的小心谨慎让我很不安，"维奥莱特说，"我现在不禁想和你一起留下来了。"

"那样很好。"我说道，突然发现自己原来意志力这么薄弱。

"还好，"维奥莱特说，"这种念头只是一闪而过。和菲克刚刚闲扯了一阵子，我突然对深沉不再那么着迷了。怎么了？"

"没什么。"

"你觉得我是个酒鬼吗？"

"我说过这样的话吗？"

"没有。"维奥莱特说。

"是我的表情让你有什么误会吗？"

"不是。你根本就没有任何表情，这才是让我恶心的地方，谁的脸上没有表情？"

我依然毫无表情地盯着她。

"够了，真是怕了你，别再尝试揣测我心里是怎么想的。"

"如果你担心费用问题，我们先把这部分清算一下。"

"你知道吗？这一招应该放到去卡茨基尔度假区时再用。"

"你怎么知道卡茨基尔度假区那里的情况？"

"我知道的事情还很多，我的朋友。比如我不是个酒鬼。知道我是怎么知道的吗？"

"因为你对这点并不争辩。"

"你怎么可以这么说。因为即使不喝醉，我也能快乐地打发时光。"

"真高兴听到你说这样的话。"

"更因为现在我已经醉了，快和我们一起去吧。"

"去不了。玩得开心，赫斯特博士。"

她站了起来，一只手搭在我的肩膀上。

"你也是，乖宝宝医生。"

14

明尼苏达州，福特湖
CFS 度假区
9 月 14 日，星期五—9 月 15 日，星期六

　　我的邮箱里有一封来自罗比的邮件，他是一个澳大利亚年轻人，来游轮上接替我的工作。信的主题为"去你妈的，我的同事"，我觉得这是个好消息，起码证明他还在船上工作。

　　游轮随行医生要么沦为受难者，要么成为卡利古拉①。之所以选中他，是因为他是那种懂得随波逐流迎合别人的人。相比刚烈的殉道者，好好先生反而能给予病人更好的照顾。

　　我尽最大的努力给他留下一份最详细的游轮指南，比如如何与船长据理力争，为那些在船上突发心脏病但没有购买医疗救援险的游客争取到直升机救助的机会，如何偷取船上的医疗物资，船上工作人员会将内部治疗室作为他们的偷情阵地，这种情况下应该如何藏好配给的医疗物资②，等等。我叮嘱他要小心新郎对新娘可能发生的蜜月暴力，因为船上有规定保安一般不插足这样的事。③ 我还告诉他绝不要去打扰

─────────────
① 译注：罗马帝国的第三位皇帝，是罗马历史上一位荒淫的暴君。
② 在游轮上治疗性病对医生来说是一件十分解气的事。
③ 游轮上保安的职责是严密监视,确保将来打官司时在游轮上能够找到中立的目击证人。

那位高级医师——穆尼奥斯医生，尤其是当他和一群年老色衰的贵妇在舞厅跳舞的时候，穆尼奥斯十分厌恶这种行为，此外，就算这时候打扰他，他对你也起不到什么帮助。即便如此，罗比还是会有这样那样的问题，有的是一些我忘了交代的，有的是我当初有意隐瞒下来的，怕交代太多会把他吓走。

雷吉告诉我前台登记处的办公室里能上网，我在邮件中一一解答了罗比的疑问，当初诱骗他来船上顶替我的工作我好脱身，脱身去干什么？算是度假吗？为了弥补我的愧疚，我真诚地祝愿他在船上一切都好。

哦，对了，是为了赚足够的钱摆脱黑手党的追杀，想一想接下来该怎么办。

我曾经有些想法，大多数时候我倾向于在监狱里将大卫·卢卡诺解决掉。即便他现在没有被保护隔离，想要在监狱里把他解决掉依然要费些周折，而且就目前的情况来看，我不认识监狱里的任何人。

一般来说，哪怕是监狱外，想要雇个杀手也比较困难，甚至连接触的机会都很少。不管你怎么看待 FBI 里的那帮人，也不管你对自己所要做的事有多认同，他们对那些以杀人为职业的杀手了如指掌，就如同傻子都知道怎样让自己的妻子忙得团团转一样。我所认识的或是听说的杀手，不管现在是在监狱里的还是在外面的，都只是固定地为极少数的一些雇主服务。一般来说，这些雇主大都有黑手党背景，要知道，许多黑手党人甚至想要找杀手把我干掉。[1]

---

[1] 我知道你们在想什么：雅利安兄弟会（译注：美国监狱中著名的帮派团体）不是可以为监狱外的雇主解决掉监狱里的人吗？尽管这个组织也希望我死，但只是原则上希望。好吧，是的，他们经常会干这种勾当，约翰·戈蒂（译注：黑手党头目）开出 500 000 美元的高价让雅利安兄弟会杀掉马里恩县的沃尔特·约翰逊，结果都未能如愿。而我开出 85 000 美元的价格买大卫·卢卡诺的命，他们难道会接受吗？再者，这钱我还要留一部分跑路。

　　说实话我现在根本不知道接下来该做些什么，我也不打算再去想，因为一想到这些事我整个人就会变得十分沮丧，什么事都不愿再干了。

　　我向周围看了看，想找点事做。

　　我揣测着这间办公室是否和当年两个年轻人神秘死亡以及两个男人被枪杀有关，说不定在这儿可以找到一本日记、一个包裹着绞肉机和猎枪的袋子，这样就能证明雷吉的罪行。

　　桌子上摆着个相框，照片上没有雷吉，只有三个人站在 CFS 度假区码头的石礁上。一对三十七八岁的夫妇领着一个十几岁的女孩，很显然是他们的女儿。父亲和女儿是粉红色的皮肤，脸上有雀斑，金红色的头发，妈妈是棕色皮肤，黑发。三个人笑得都很开心，显得神采奕奕。

　　这个女孩我以前见过，她就是那盘录像带上那个起初不愿回答，最后终于承认自己看见了白湖怪兽的女孩。

　　他父亲或许就是那个站在镜头后对她提问的那个人，或者整盘录像带的旁白也来源于他，这也就是为什么这盘录像带没有录完的原因。

　　因为这几个人就是塞梅尔一家三口，那个女孩是奥特姆，父亲是小克里斯，母亲当然就是曾经的小克里斯的太太，或者现在依然是。奥特姆和小克里斯已经死了，但她还活着。

　　我突发奇想，想要在网上找到她现在居住的地址。于是我输入她在福特镇时所用的名字：克里斯汀，然而从出事之后这个姓就从这个镇子消失了。在我给莱克·比尔发出的电子邮件中，除了仲裁没有出现，我还告诉他如果想了解事情的真相，就帮我查到克里斯汀·塞梅尔的联系方式。我也并不确定将她重新拉入这件事中，是否是正确的决定。

　　发完邮件后，我给马默赛特教授留了条简短的讯息，我甚至怀疑他会不会读到这条留言。让马默赛特教授关注你就像一边被雷电击中一边被熊撕咬，甚至比那种感觉还要令人不可思议，不过对我而言，这个状态还算不错。

接着我走出了那间办公室。

我醒来时发现维奥莱特伏在我身上大叫着，我正紧紧地抓住他的手臂，我于是赶紧松开手。

"他妈的怎么回事！"她大叫着。

"对不起。"

"我刚才想把你叫醒，你在梦里大喊大叫。"

"我吗？"

我想弄清楚到底发生了什么。我们现在在自己的房间里，屋里没有开灯，只有少许光线从窗户透过来。维奥莱特回来时，我假装已经睡着，直到她发出轻微的鼾声。接着我可能也睡着了，因为现在我躺在自己的床上，全身被汗水打湿。维奥莱特抱着胳膊站在一旁，只穿着内衣。

黑色纯棉内衣，上面一件运动型胸罩，下面是一条平角内裤，紧紧地包裹着她紧实的臀部。

"你还好吗？"我问道。

"是的，过一会儿就没事了。你刚刚做噩梦了。"

"我想应该是的。"

"什么样的噩梦？"

"我不记得了。"

梦里我们两个人赤身裸体在山林里的一个湖里涉水前进，湖水里铺满鹅卵石，周围一片平静，突然我低下头，水里开始变得一团黑，那是数不清的鱼在水里不停地翻动，其中有许多食人鱼从四面八方向我们这里游过来。

我从床上爬起来，维奥莱特向后退了几步，表情有些不自然，像是感觉刚才的所作所为伤害了我的感情。老天哪！

"你的胳膊怎么样？"我问道。

"还好。"

"真的？"

"是的。"

我们站了一会儿，急促的呼吸渐渐平稳下来。

"在赌场收获如何？"我问道，刻意回避她的眼睛。

"还不错，你应该一起来的。韦恩·邓和他哥哥玩轮盘。那感觉就像《雨人》①里的情节，只是最后他们输了。泰森·葛罗迪很和善，和所有的游客还有女招待合影留念，不过他没有叫饮料，也没有上去试试手气。他还问我是否愿意留下来和他，还有几个赌场的女招待，在赌场开个房间爽一把。"

"哇，"我说，"那很棒啊。"

"可别嫉妒。好吧，你尽管嫉妒去吧。"

"你听过那家伙的歌吗？"

"我很喜欢他，"维奥莱特说，"我的 iPad（苹果公司研制发布的平板电脑）里下的都是他的歌，怎么了？"

"没事，你没有问问他为什么会来这里？"

"问了。他说他是个动物权利保护者，他到这里来是为了保护那只

---

① 译注：美国的一部以手足情为主题的温情电影。

叫威廉的湖怪的权利不会受到伤害。"

这个理由还算充分。许多孩子从小被家长拴在身边，只有在上舞蹈课时模仿迈克尔·杰克逊，或是在乐队彩排时才能获得短暂的自由，因此总能让他们对那只受到人类威胁的珍稀动物产生一种同病相怜的感觉，不管这些孩子长大已经获得多少自由，他们的这种想法都是可以理解的。

维奥莱特此时将头发拢起来，这个动作使她的胸锁乳突肌显露出来，这让我暂时将葛罗迪抛在了脑后。

维奥莱特的嘴唇轻启，她慢慢地将双臂放下来，将几乎赤裸的身体完全展露在我面前，她的胴体让我想起远古时期的女战士。

她扭动了一下臀部，若隐若现的耻骨让人不禁想将手掌覆盖上去。于是我将手伸过去，用力抓住她的双乳，使劲揉搓起来，接着将另一只手从她背后环绕过来，然后一把将她搂进怀里。

我们开始接吻，用牙齿互相咬住对方的唇，舌头猛烈地搅动着。

此时，窗外传来一声树枝断裂的声音。

我将维奥莱特按在地上，此时房间里的灯光突然亮了。

15

明尼苏达州，福特湖
CFS 度假区
9 月 15 日，星期六

没有爆炸，也没有玻璃碎裂的声音，只是灯光突然一闪。于是我迅速从地上爬起来，推开门的一瞬间灯再次熄灭了。

我冲出房间，看见一个人消失在前面的树林里，那片树林通向 CFS 户外用品商店。此时，我左手边的某个房间传来巴克的吠叫。我起身去追，顺便嗅了嗅指尖，维奥莱特的体香让我脖子后面的汗毛马上立了起来。

我打开手电筒钻进树林，突然明白了阿尔宾警长为什么对道路状况如此在意。即便整片树林的树木被砍伐，只剩下光秃秃的树干，树干上残存的枝丫也依然形成了一张浓密的网。[①]忙着躲避眼前那些细小锐利的枝丫，你又会被那些齐

---

① 维奥莱特的脚注：事实上，边界水域大约一半以上的树木都已被砍伐，这片区域的树木瘦小的原因是其 122 年的"自燃循环"。也就是说如果放任这片森林自由生长，平均每 122 年时间，这片森林就会随机地在某个地方出现自燃现象，直至这片区域的树木燃烧殆尽，自燃的原因大多因为雷电。在边界水域附近生活的达科他和奥吉布瓦部落的人没有改变自燃循环的周期，然而欧洲人通过意外或蓄意纵火将这个周期缩短到 87 年。此后，随着现代灭火技术的改进，这个周期延长至 2000 年。我们可以预见的是（所谓的"后见之明"），2000 年的自燃周期产生的后果一定比 87 年周期的后果要糟糕许多，或者是失控的虫灾，或者是大面积的植物病害。目前，科学家们普遍认为应该逐渐恢复 122 年的自燃循环，但是没人知道应该怎么恢复，尤其如何能保证政府补贴的伐木行业的利益，这个行业已经将触角延伸至国家森林等一些未纳入保护范围的区域。你刚刚是在闻手指吗？

胸高的较粗些的树枝剐烂衣服。感觉这些枝杈像是速度很快地从树干上长出来一样，但是树枝与草不同，后者潮湿松软，踩上去像踩在蛋糕上，而这里踩上去就像踩在石子和钉子上。

穿着紧身内裤在这里狂奔可不是什么好主意，不过被我追的那个家伙也好不到哪里去。我的拇指按住两侧鬓角，这样前臂正好可以护住脸，尽量将重量平分在两只脚上，渐渐的，我离前面的光越来越近。

我已经能够看清那家伙的衣服领子，于是我猛地扑了上去，抓住领子往后一扯，把他拽倒在地上。

我把手电筒对准他。

这个家伙身材肥胖，年约四十，穿着件厚夹克，在手电光的照射下，他还在不停地扭动挣扎着。他紧紧护住胸前的相机，相机上面还安装着一个硕大的白色伸缩镜头。

"你是什么人？"我问道。

他喘了几口粗气，回答道："什么人都不是。"

"你这话是什么意思？"

"我迷路了，放开我。"

巴克沿着树林朝这边跑过来，黑夜中完全看不见它的身体，只有闪着幽光的眼睛和白色的獠牙分外显眼。巴克一下子跃到这家伙的肚子上，并且在上面欢蹦乱跳。

"你到底是什么人，"等他的惊恐稍微平复一下后，我接着问道，"别让我再问你一遍。"

"到底是怎么回事？"米格尔出现在我的身后问道。他穿着睡袍和拖鞋，双手紧握着一把九毫米口径的手枪。透过层层树木，我依然可以看见度假区那边陆续有灯亮起。

"把枪放下吧，"我说道，"这家伙刚刚朝我的窗子拍照。"

"刚才你是不是在房间大声叫喊？"米格尔问我。

"是的。"

巴克舔了舔一侧的嘴巴。

"怎么回事？"

"做噩梦了。"

"梦到什么？"

"不记得了。"

戴尔这时候也赶了过来：睡衣加手枪的造型。"他是谁？"

"他还没说。"我回答。

"他会说的。"米格尔说道，他将九毫米口径的手枪指向那家伙的太阳穴，"你这个浑蛋到底是谁？"

"嗷，靠！"那家伙叫喊着。

"我刚说了，把枪拿开。"我又强调了一遍。

"只要他告诉我们他到底是什么人。"

我握住米格尔的枪，下了弹夹，然后将枪一下扔进树林。

"妈的！"他一边说，一边四处寻找枪去了。

"你们都他妈是疯子。"躺在地上的家伙说道。

"到底是怎么回事？"维奥莱特说着来到我们面前。她已经穿上了衣服，这让我突然发现自己全身被汗水浸透，已经感到有些寒意。雷吉穿着羊毛衫和五分短裤站在维奥莱特后面，四周都是手电筒的亮光，巴克在一旁兴奋地跳来跳去。

"哟！"泰森·葛罗迪的一个随从在远处的草地上喊话，"那边出什么事了？"

"已经没事了！别拿枪了！"我向对方喊道。接着，我对雷吉和维奥莱特说，"这家伙刚才在偷听，还拍了照片。"

"什么照片？"维奥莱特问。

"我不知道。"

"他是谁？"

雷吉问道："刚刚是不是有人在尖叫？"

刚刚在附近草丛搜索完毕的米格尔怨恨地接了一句："那是阿奇莫斯医生喊的，他刚刚做了个噩梦，接着就把我的枪扔了。"

维奥莱特旁边还站着韦恩·邓的一个保镖，我记不得他是什么时候过来的，不过至少他没有拿枪。

"好吧，快点把东西交出来。"我对地上的那个男人说。

"去你妈的。如果你喜欢就把警察叫来，我没有做任何违法的事。"

"我很肯定，擅闯私人领地是违法的。"雷吉说。

"这是私人财产吗？"那个男人说道，"那是我地图上的标志有误。如果你们谁敢动我一个指头，我保证打官司把他告到坐牢为止。"

"不，你不会这么做的。"我一边说，一边拍了拍他的外衣口袋，同时我佯装攻击他的腹部，于是他本能地躲向一边，趁着这个工夫，我从他的后兜里抽出个钱夹。

"你这是抢劫！"

"我真要抢的话一定会告诉你。"

从钱包里的一堆杂物中，我找到了一张驾照和几张信用卡，所有的证件和卡片上的名字都是：迈克尔·贝内特。其中一样东西上写着："亚利桑那州，凤凰城，沙漠之鹰调查组，迈克尔·贝内特。"

"你在为谁工作？"

"不知道，知道了也不会告诉你。"

我看到，戴维的妻子简和度假区的其他几个工作人员赶了过来。

"你不知道是谁雇用了你？"

"他们用的是中间名字，一般情况都是如此。"

戴尔俯下身来，手中还拿着一把打开的匕首，当我意识到时已经太晚了，那一瞬间，我认为他会用刀去捅那个男人。不过他只是将男人身上的相机绳割断，并说了句："我看一下，你不会介意吧？"

"是的，我介意，别碰它。"男人喊道。

"这是带自稳系统的吗？"

"他妈的，把它还给我！"那个家伙挣扎着想要站起来，我用手牢牢地按在他的衣领部位。

"你的任务是什么？"我问他。

"我在寻找野生动物……"

"是这些照片吗？"戴尔一边说着，一边想将存储卡抽出来，"看看这个。"

在场的好几个人都同时喊了句："别！"这时快要抽出的记忆卡被失手落在地上。

"哎呀。"戴尔叫道。

戴尔意识到他的疏忽让我们失去了查看照片的机会，显然那个男人也意识到了这一点。他迅速站起来，摆脱了我的控制，然后从戴尔手上抢过相机，看着我说："钱包。"

我把钱包还给他，戴尔很窘迫地站在原地。

"女士们，先生们。"那个偷拍者一边向山上走去，一边扬扬得意地对我们喊道。

"小伙子，你过来，想要从我的领地上出去，先让我用脚在你屁股上留个纪念。"雷吉说道。

"没错，你这个浑蛋。"米格尔在旁边的草丛里附和道。

"他很可能想要拍些关于仲裁的照片。"雷吉说着点上了大麻烟。我和他就站在他房间的门廊前。放走了什么"沙漠之鹰调查组"的迈克尔·贝内特之后，我又跟着雷吉翻过山去查那家伙的驾驶证号，回来后，我在雷吉的房间前停下来问他现在是否有空。

"到底谁是仲裁？"我问道。

"到时候一定会告诉你。"说着他将大麻烟递给我。

我现在几乎不再碰毒品了，因为年龄的关系，我现在不需要毒品就能达到那种癫狂混乱的状态，我并不会刻意打断这种状态，因为与那种不可自拔的感觉一同而来的，还有我对自己性格和行为的认同感。

我还有什么理由再吸毒呢？

"我这儿还有一些阿尔法受体阻滞剂①，如果你需要的话，"雷吉说，"对其他方面有功效。"

"什么其他方面？"我站在回廊上问道。

"你知道的，噩梦。"

我没有回应。

"你在部队服过役吗？"雷吉问。

"没有。"

"真糟糕，弗吉尼亚州的士兵们对付创伤后精神紧张性障碍很有一套。你看，我可以为你连线我的医生。"

"雷吉，"我对他说道，"你他妈的在做什么？"

---

① 译注：一种对高血压有疗效的化合物。

"关于什么？"

"所有的一切，关于这次的探险。"

他笑了起来："我看起来难道像是不清楚自己在做什么的人吗？"

"是的，"我说，"你清楚自己在做什么。一次有利可图的旅行，去到一个鸟不拉屎的地方。你有志同道合的人，甚至找来泰森·葛罗迪这样的人物来粉饰你这个疯狂的探险计划。那么，你是怎么想出这个疯狂的计划的？"

雷吉张开一边能够活动的嘴，将大麻烟塞进嘴里，然后点燃："我可以告诉你，这次探险和钱一点关系也没有，我完全可以抽身离开，搬到柬埔寨，静静地在某个海滩旁度完余生。不过，因为一些私人原因，我才组织了这次旅行。"

"比如什么原因？"

"我的一位朋友希望我能这么做。"

"你指的是小克里斯？"

"你听说过他的事？"

"是的，"我说，"我听说关于白湖怪兽的传闻最初是他的主意，我还听说是你把他杀了。"

或许这句话在雷吉心中引起了些波澜，但他并没有表现出来。"好吧，"他叹了口气，说道，"大家都是这么想的。"

"是你杀的吗？"

"不，我很爱小克里斯，他就像我的弟弟一样，如果我可以有个弟弟，不像我这样一事无成，我会感到十分欣慰。"

"那为什么大家都认为是你做的？"

"因为小克里斯的死让我继承了他的产业，"他伸出手触碰了一下湖水。宁静的湖面瞬间摇曳起细碎的余光，这景色美不胜收。潮湿的空气伴随着各种动物的欢叫：青蛙、知了还有其他一些不知名的虫子。几只水鸟在水里猎捕小鱼，整个湖面一片生机勃勃的景象。

"他到底出了什么事？"

"我他妈的也不知道，"雷吉说着向我摊开手，"我当时正在房间里，和戴尔、米格尔还有另外一个不在此地工作的朋友一起玩扑克，突然就听到了枪响。"

"小克里斯就是在这儿中的枪？"

雷吉用手指了指："就在那儿，码头上。小克里斯和另一个人，一位神父。不过，我们直到第二天才发现他们在那儿。当时听到枪响，我们都跑了出去，可是并没发现什么异常，于是我们想或许哪个醉鬼的枪走火了，或是哪个浑蛋在打猎。"

所以，小克里斯就在他曾经和家人合影留念的地方被人打死了，而雷吉就在附近。

这意味着什么。我想，戴尔和米格尔为雷吉伪造不在场证明的可能性不大，要知道这可是人命案件，当然不排除有这种可能，但做这件事需要他们对雷吉死心塌地，对他所做的事也要无半点怀疑。要知道牵涉到一宗谋杀案中，有时甚至会面临被凶手杀人灭口的风险，相信所有人都会三思而后行。

但也许他们根本不知道他们在做什么。如果射程允许，雷吉完全可以在自己的房间将小克里斯和波多米尼克神父射杀。通过窗户或是房间的其他地方瞄准射击，之后将手枪藏起来，回到牌桌上询问刚刚的枪声是怎么回事。

"你必须清楚，"雷吉说，"小克里斯并不住在这里，是克里斯汀不愿住在这里，因为这里离奥特姆的学校太远，于是他们一家都住在伊利镇。小克里斯甚至没有告诉妻子当晚会来这里，据说他要去西尔斯公司，他事先也没告诉我们。克里斯汀在小克里斯出事后大约一小时打来电话询问小克里斯是否来了这里，但我们不知道他来这里了，于是回答说没来。到现在我们都不知道他来这里到底要干什么，也不知道为什么波多米尼克神父会和他在一起。"

"那晚有什么特别的事吗？"

"没有。只有两声枪响。警察断定他们是刚从湖上来到码头，或是一直在湖边活动。"

"你听到有船开动吗？"

"没有，但这并不能说明什么。这里许多人都在使用机动船捕鱼，而且几乎每家都有独木舟。"

"会不会是福特镇上的什么人把他杀了？"

"我不知道，我也不可能知道。"

我问了个奇怪的问题："你认为会不会是黛比·申耐克手下的那帮孩子杀了小克里斯？"

"不会，当时她身边还没有这群孩子。"

"那会不会是黛比亲自动手的呢？"

"不会，不会是黛比，她那时候还没像现在这样糟糕。"

"即使班吉死了之后也没有变吗？"

雷吉拿着大麻烟在我眼前挥了挥，然后点着说："年轻人，你很有心。不过，我认为那时候她没有变，当然你不能指望一个女人在她的孩子死去之后还能一成不变。班吉也是个很有个性的孩子，因为当时他在和奥特姆约会，所以我认识他。他能够忍受我们对他所有不公的对待。黛比是在那之后过了很久才彻底堕落的，我想其中有其他原因，但我不知道是什么。我和她在两个孩子死后就不再约会了。"

我突然一震："你和黛比·申耐克曾经约会过？"

"是的，断断续续有六年时间。虽然我们之间有许多不可能，但我们依然保持着关系。她那时的确是个与众不同的女人。"

这个突然的发现让我一时不知该如何应对。"你为什么不告诉人们，你是为了班吉和奥特姆的事情才组织了这次活动？"我说道，"我的意思是，这可以成为一个噱头，资料中为什么不提这部分？"

"妈的，我绝不会利用奥特姆的死作为什么见鬼的卖点。我十分喜欢那姑娘，我宁愿代替她挨上一枪。不管怎样，那些资料对我来说没什么价值。"

"除了将它寄出去之外。"

"当然，就只有这些价值，不过这些资料是小克里斯一手制作的。"

"你是说，当初的那个谣言你并没有参与。"

"没有。我知道这件事，但我猜想，小克里斯想要单独做这件事，或者他并不想让我牵涉进去。他当时三十七岁，而我已经六十二岁。他还没出生，我就和他父亲认识。我一直住在这里，直到小克里斯十五岁。我想，他或许希望能有个机会尝试自己独立完成一件事。"

"这件事看来进展得不错，瞧你现在还在为它苦心经营。"

雷吉摇了摇头："我插手是因为这件事搞糟了。像我之前说的，大部分是钱的原因，但并不全是。奥特姆不知道是被人还是什么东西杀了，接着小克里斯被人打死。如果这次探险能够让我寻找到事情的真相，不论是人为的还是真有怪物，我都觉得值得，赚不赚钱对我来说已经不那么重要了。"他的眼睛湿润了，"嘿，想来点胡椒博士①吗？"

"不了，谢谢。"

"我要来一瓶。"

---

① 译注：一种饮料名。

"请便。"

等他返回，我又问道："雷吉，是不是有什么证据表明，白湖里确实有怪兽？"

他露出惊讶的表情："当然有了，否则我也不会组织这次探险。"

"比如什么证据？"

"好吧。一方面，小克里斯当初就认为有，我知道他是这么认为的，因为就在他死之前，他购买了所有捕捉用的设备，比如大渔网、钩子等。在他死后这些东西逐渐被人发现，各种用具十分齐全，显然当时他想要进行个大计划。"

"好吧，还有其他理由吗？"

"有的，"雷吉说，"我不确定白湖里是不是只有一只，但我之前曾撞见过一只。"

6 号插曲（一）

越南南部，桑杜河
1967 年 7 月 24 日，星期一 [①]

　　雷吉·特拉格踩着两天前激战留下的一地弹壳，跌跌撞撞地向指挥船后部的围栏跑去。他一只手使劲摆弄着裤子上的按扣，当他费劲地翻过指挥所的围栏时，按扣口袋也开了。就在这时，身后混浊的河面上被炸起一个大大的水花，在他身后的小船上，一群相貌丑陋的南越地方游击队 [②] 在拍手叫好。

　　几个小时以来，雷吉第一次感觉肠子不再痉挛，他深吸了口气，空气中弥漫着浓烟，散发出铅混合柴油的味道，这让他感觉自己像是在船舷上刚刚做了个后空翻般头晕目眩。他本能地向前跳了一步，脸贴在驾驶室的后墙上，他靠着墙，身体向下滑，脸颊和手心全是汗，但身上冻得发僵，还好他并没有晕倒。

[①] 此段描述来自雷吉·特拉格手中的文件。
[②] 南越地方武装，或者南越非政府武装，即反对北方越共的南部游击队。

雷吉感到自己在这艘船上是多余的，这艘法国造的轻型船上还有另外三个和他做同样工作的人：海军中尉、南越共和军海军中尉和舵手。每个人都必须大致掌握其他人的工作内容，这是为了确保任何人阵亡都不会影响全船的正常工作，其中通信和雷达是最为重要的工作，没有谁希望船搁浅。在雷达和无线通信设备方面，美军和南越共和军的中尉至少比雷吉知道得多。

在此略微介绍一下雷吉当时的情况，他来到越南战场大概一个月时间，离开高中已经七周了。当初自愿入伍的理由让他现在感到有些彷徨，他希望当初的一时兴起并不只是想体验战争电影里的情景。他特意要求参加海军，因为之前接受过电子技术方面的专门训练。他幻想这一经历会让他进入一艘五千人的航空母舰的无线电广播室，天天一边跷着二郎腿一边发出进攻信号。

但现实和他的想象相去甚远，他最后被派到该死的九龙江，成了一名南越海军河战队的通信工程师。他先在五大湖地区进行了三周无线电通信的训练，之前在那里训练通常需要八周，接下来他又被拉到停靠在西贡的一艘驱逐舰上，进行两天的本地化专门训练，接着来到这片战场。这里的四十二名河战队员中，有二十五名过去三个月内在永隆省的军事行动中阵亡。

或者是由于痢疾病死的。雷吉全身无力，他把脸贴在墙上，这样他可以将满是汗水的双手在他脏兮兮的短裤上蹭干，接着他扶着驾驶室的后墙站了起来。

雷吉转过身来，双手依然停在半空，后面的南越地方游击队发出阵阵欢呼声。

三个小时之后，船停在热带雨林旁边，船上下来几个越南共和军军官和一个美军随行人员，和这群游击队员一起离开了。那个被称为"和解官"的美军随行人员长着一对死鱼眼，不太合群，其间他没有和任何人交谈。雷吉站在驾驶室里，现在他感觉好了很多，尽管还是有些眩晕，但起码不觉得冷了。

此次任务不算太艰难，五艘小船组成的船队行进速度很快。他们需要沿着河向上游推进，然后停船，等待那些南越游击队把越共武装驱赶到这里，接着他们就可以用船上装载的 30 和 50 口径的机枪将他们全部消灭。雷吉从未遇到过如此简单的任务，他对完成这次任务十分有信心。

陶伦特中尉来到控制室，后面还跟着南越军官那昂。

雷吉感觉他们几乎形影不离，他还听说两人曾一起"搞定"了《生活》杂志的女记者，她在雷吉来到这里之前和河战队一起突围了。从外貌上来说，两人长得也很像：都是五英尺左右的身高，瘦削，不过陶伦特中尉是黄头发、蓝眼睛，来自俄勒冈州，那昂中尉来自西贡西南的桢沙地区。他们都戴着澳大利亚士兵的阔边帽，抽烟斗，军士长不知从什么地方总能给他们弄来一些帆船牌烟丝。

"这里热得像地狱，"中尉说道，"得多喝点水啊！"

"是的，长官。"雷吉回答道。

"很好，小伙子。可别死在我前面，集合全员，我们需要执行侦察任务。"

"是，长官。"雷吉一边回答一边在心里暗骂。

"侦察。"长官们口中的这个字眼意味着士兵需要深入地形陌生的村落，向当地村民打听周围的水路，并向他们宣扬自由和民主的精神，这种侦察任务看似比较轻松。雷吉之前也曾参加过几次这样的任务，但每一次他都感觉村民们并不想和他们交谈，而更希望将他们通通干掉。村民们的这种仇恨在雷吉看来是根深蒂固的。

此前每次的侦察任务大致都在桑杜河流域附近，从未像这次一样深入上游的这片区域。雷吉甚至不知道，陶伦特和那昂是如何知道这附近有村庄存在的。

他们两人此时用越南语交谈，虽然面带微笑，但雷吉这个不懂越南语的人依然可以听出他们谈话中透露出的隐隐忧虑。越南舵手这时也加入了他们的谈话。一会儿，陶伦特中尉开始对着雷吉的话筒用越南语喊话。越南舵手将船驶入一条支流，河道开始变窄，一侧是泥泞的河岸，而另一边是一片沼泽地。

他们前面的一艘法国轻型船突然掉转了方向，然后靠着岸边停下来，雷吉看到军士长从前面那艘船驾驶室的天窗探出脑袋。

中尉将话筒交给雷吉，然后也从驾驶室的天窗探出身子。雷吉听到他扯着嗓子对前面的船喊道："你们把船驶入前面那片雨林进行侦察，其他船只原地待命。"

雷吉对中尉做出的这一明智的决定感激不已。军士长的那艘轻型船上没有雷达舱，因此比其他船多了一门甲板炮，这种武器在开阔水域很少使用。

一方面大概是因为自己没有被派去执行侦察任务而感到内疚，一方面大概是想在大家面前显示自己的身体已经恢复正常，雷吉也从天窗探出身去目送他们一程。

他看到陶伦特和那昂中尉像猴子一样从指挥船的甲板跳到军士长

的那艘船上。这时，陶伦特中尉转过身来，看着雷吉喊道："士兵，要过来吗？"

军士长看着正从驾驶室走出来的雷吉说道："中尉，我看那孩子不行。"

雷吉对军士长颇有好感，除了中尉给他发布命令之外，军士长是整个船队唯一跟他说话的人，而现在除了好感，雷吉对军士长又多了一层尊敬。雷吉这时候已经爬上了驾驶舱顶，船的晃动让他下意识地蹲了下来，他的身体起了一层鸡皮疙瘩，胃里再次开始翻江倒海起来。

"男人不见点血小弟弟就硬不起来，"中尉说道，"你说呢，士兵？"

中尉的措辞让雷吉的胃里更加不舒服。"长官，我不能丢下那些设备。"雷吉回答道。

这是事实，不过他没法儿带着这些设备去执行任务，虽说两台高频发射机和一台 AN/PPS-5B 雷达装置都属于"可携带装置"范畴，但这是那些推销无线电设备的蠢材的说辞。即便雷吉现在精力充沛，也很难带着这些笨重的设备去执行任务。

"那么把这些设备收好，然后我们出发，"中尉说道，"你清楚我说的话了吗？侦察河流地形，与当地居民接触，时刻谨记自己的任务。"

这些话中尉确实经常说。雷吉现在还有呕吐的感觉，不过中尉的特别交代让他突然感到一种失重般的愉悦感，他回答了句："是，长官。"然后将身子缩回了驾驶舱。

又是一阵眩晕，让雷吉几乎站立不住。雷吉将他的军装夹克从衣钩上取下来，然后对着那个越南舵手指了指，接着又指了指上面的天窗，模仿转动钥匙的动作。被一个美国来的黄毛小子支使着离开驾驶舱，这个越南舵手心里一定充满怨愤，或许他认为这个美国小子害怕他会趁人不在的时候将那些设备抢走。不管怎样，那个越南人只是耸了耸肩，然后顺着驾驶舱的天窗爬了出去。

雷吉四周看了看，驾驶舱的窗户都打开了大约六英寸，这些窗户好像从来就没关过，谁想要通过窗户将这些设备拿走一定十分方便。

船在嫩绿竹林中行进，密密的竹林形成一道天然的屏风，将驾驶舱严严实实地包裹起来。周围一片寂静，除了船头刚蹭竹子发出的哗啦啦的声音。水面上布满了一种不知名的水藻，将整条河都染成了绿色。

雷吉站在甲板上，树丛里的飞虫像一颗颗小陨石不停地撞在他的脸上，或是冲进他的眼睛、耳朵和嘴巴里，接着就会传来拉锯一样咯吱咯吱的声音，甲板上的开阔区域或许让它们感到有些惊慌失措。渐渐的，雷吉总结出了一些经验，轻轻吸气，然后用力呼气，这样就可以将吸入鼻孔里的飞虫喷出来。这种呼吸方式让他出现缺氧的眩晕感，但他不得不用这样的呼吸方式摆脱那些该死的飞虫，毕竟驾驶舱里的空间有限。

他不知道船要驶向哪里，也不知道河水有多深。刚刚他从驾驶舱的窗户向内张望，似乎大家手里都没有地图，两个中尉军官在说笑，表情看起来比较轻松。雷吉甚至不清楚现在是什么时间，不知怎么，他竟然忘了戴表。

有一段时间，雷吉甚至都无法判断船是否在前进。密实的竹林不时有太阳光透出，照得人发晕。船渐渐驶入开阔水域，这种感觉就像冲出地狱获得了重生。

这片开阔水域的尽头是一处年代久远的石质建筑，这处建筑前面搭建着一座木制的平台，作为连接两处开阔水域的通道。在那木台上，六名越南男人正面朝他们站着，这些人身材瘦削，穿着 T 恤，缠着腰巾，手里拿着木杆和镰刀。

终于到了，雷吉暗自思索。

引擎反向转了几下，在嗡鸣声中停了下来。周围一点声音都没有，只有刺眼的阳光，一切显得很诡异，美军和南越中尉分别从控制室走了出来。

正对着他们站着的那群越南人当中有一个人对他们喊了些什么，然后挥舞了一下手中的木杆。陶伦特和那昂中尉商量了一下，接着那昂大声地回答了几句。

那个站在木台上的越南人又大声回答了几句，这一次，那昂说了几句，接着陶伦特又说了几句，这时，木台上的几个越南人生气地朝他大喊了几句。这样的对话即便对于不懂越南语的雷吉看来也绝非善意。

最后那群越南人中有一个人开始一遍又一遍地重复一句话，然后将手指向一边，其他人都安静下来，朝那人手指的方向看去。木制平台的那一端尽头固定着一只铝质的独木舟，上面蚀刻着"FOM"几个字母①。

很明显，那个地方是外国船只专门停靠的地方。陶伦特中尉叩了叩控制室前方的窗户，引擎随即发动起来。

---

① 不好意思，再插一句："FOM"法属海外，意思是"属于法国，海外制造"。

雷吉蹲在光线黯淡的小木屋里，努力克制着困意并保持身体的平衡。

这间木屋建在几根木桩上，这个村子里除了那些石庙，其他房屋都是建在木桩上的，甚至那条木制的栈道也是用木桩支撑的。雷吉不知道这个村庄有多大，但一定比他目前看到的大，因为到现在为止他没看到一个女人和孩子。

两个中尉军官和几个缠着腰巾的越南人围成一圈蹲在地上，用军用手电筒照着中间的地图，并用越南语激烈地争执着什么。其中一个越南人的身体正好挡着光线，这样雷吉就完全淹没在屋子一角的黑暗中了。

他一边膝盖上的枪伤在隐隐作痛，另一条腿现在已经完全麻木。

雷吉的意识渐渐模糊起来……

中尉将雷吉摇醒，他摇摇晃晃地站起来，屋子里的其他人都已经站起来。

此时屋内的气氛与之前相比好像更多了些敌意和怀疑。大家陆续朝他们战船的停靠位置走去。雷吉明白不会有人给他解释到底发生了什么，甚至连军士长都可能不明白到底发生了什么。他们也不会明白，经过这么长紧张又无聊的停留之后，双方到底最终做出了什么样的决定。

返回船队待命地点的这段路程还算顺利。军士长心事重重的样子，坚持让雷吉待在驾驶舱里，虽然那个地方拥挤且弥漫着一股狐臭的味道。大伙儿终于回到了船队所在的河上，豁然开朗的天空，加上干净的空气，那种感觉就像死刑犯得到大赦。军士长搀着雷吉来到甲板的围栏旁，舵手帮助他上到指挥船上。

雷吉趁着两个中尉军官在船头聊天的空隙休整了一会儿，然后爬上了梯子。

雷吉虚弱得连挂在脖子上的钥匙都无力取下来，只好将身子向前探去开锁，终于将控制室的天窗门打开了。接着雷吉吸了几口气，把天窗抬起来，然后钻了进去。

就在这时，他的眼前突然一黑，胸部随即传来一阵剧痛。

6 号插曲（二）

越南南部，桑杜河
1967 年 7 月 24 日，星期一

雷吉害怕地大口喘着粗气，这感觉不像在做梦，因为他还能发出声音。他低头向下看，一条三尺长的浅绿色眼镜蛇正用毒牙紧紧地咬住他夹克的前襟，雷吉感觉这条蛇大概有成人一条胳膊的重量。

雷吉当时就惊呆了，那条蛇扭动着的身体像鞭子一样来回抽动着，它闪动着两侧的头冠，但怎么也无法将毒牙从雷吉的身上拔下来。雷吉惊恐地发现，眼镜蛇的另一只裸露的獠牙此时正向外吐着白色透明的泡沫。

雷吉知道，在该地区活动的三十三种蛇中有三十一种都是有毒的。

突然，有两只手从雷吉身体两侧伸过来，抓住蛇的脖子，然后用军用匕首削掉了蛇的脑袋。雷吉当时的注意力全在这条蛇身上，甚至都没看清是谁伸出的援手。

蛇的身体依然在地上来回蠕动着、拍打着，有几次还拍到了雷吉裸露的小腿上。他想将蛇踢开，可身体完全不听使唤。

陶伦特中尉站在那里，一只手拿着匕首，一只手掂着蛇头仔细查看它的毒牙。其中一颗毒牙流出的是白色泡沫，而另一颗上面则沾满了粉红色的液体。

"哦，天哪。"中尉大惊失色。

雷吉醒来后，发现自己躺在驾驶舱的舱顶。天空一片蔚蓝。

他感觉有重物压在他的胸口上，接着好像又被挪开了，原来是军士长的头伏在他的身上，嘴角还流着一丝血，雷吉惊得大叫起来。

"别动，"军士长说，"我要帮你把蛇毒吸出来。"

军士长说完又俯下身去，雷吉此时根本感觉不到军士长在给自己吸毒，只是不停地抖动着。

军士长再次抬起头，吐了口唾沫，有些溅到雷吉的脖子上。或许是想到了什么，军士长随即转向一侧开始呕吐起来。雷吉并没有感到恶心，只要现在让他躺着，其他的都无所谓。

"坚持住，"军士长抹了抹嘴说道，"我去给你拿抗蛇毒血清。"

军士长离开后，陶伦特中尉又走过来，他弯下腰盯着雷吉的胸口，然后站起来说："如果蛇毒没有扩散到胸壁就还有救。"

"来点吗啡吗？"军士长说着已经来到雷吉的身边。随后，雷吉感觉一股暖流传遍全身，吗啡虽然没有完全抑制疼痛，但好像将疼痛屏蔽了，让它感觉没有那么真切。雷吉甚至幻想自己已经没事了，疼痛此时就像塞进胸腔里的一团棉花。

"呼吸！"军士长大声地叫喊着。

没在呼吸吗？雷吉明明感觉自己在呼吸啊。

疼痛渐渐变得遥远，雷吉集中了注意力，他听到陶伦特中尉和军士长正在他脚边站着大声争论。

中尉说道："我们需要把他留在村子里。"

"村子里有人可以照顾他吗？"军士长反问道。

"别把我留在村子里。"雷吉的话连他自己都听不清，他的嘴唇只是徒劳地一张一合。

"你这是在质疑我的命令吗？"中尉严肃地对军士长问道。

"不，长官，"军士长回答道，雷吉从未听到军士长的语气像现在一样充满讽刺，"我只是想知道为什么那么费劲地把他送回村子，干脆现在直接扔进河里算了。"

中尉向雷吉那里瞟了一眼，发现雷吉正在听他们说话，于是蹲下来对他说道：

"孩子，我们没法儿带着你去执行任务，每一艘船上的驾驶舱都没有可以让你休息的地方，万一交火我也不能把你扔在甲板上。还有，因为人手不够，所以不能找人留下来照顾你。你知道的，空中指挥中心是不允许随便中断任务的。"

雷吉在想自己现在是否还有回答的必要。

"把你留在村子里，你在那儿会更安全，我们也会更安全。我们需要尽快把你送到那里，这样才不会错过伏击任务。谈话到此为止，好吗？"中尉看了看军士长说，"谈话结束。"

军士长和舵手用布条做成简易担架，大家齐声喊着口号将雷吉从中尉所在的指挥船慢慢向下放到村庄寺庙旁的铝质独木舟里。还好，起码上帝没打算让雷吉从担架上掉到水里淹死。军士长将独木舟划到木制栈台旁边，然后把一个水壶和一个装粮食的盒子放在雷吉身旁，并在他身上蒙上防蚊网。

马上要盖雷吉的脸时，军士长四周张望了一下说："嘘——张嘴，把舌头伸出来。"

"什么？"

"快点照我的话去做。"

雷吉照做了。军士长用他粗糙、咸涩的指尖碰了碰雷吉的舌头，在他把手指拿开时，有东西留在了雷吉的舌头上。雷吉用门牙把东西从舌头上刮下来、铺开：是纸，上面布满了密密麻麻的小颗粒，像是打孔机打出来的。

雷吉发誓如果能在有生之年再用一次打孔机，他一定会好好珍惜那个机会，他对战时所使用的那些设备用具还是很怀念的。

"吞下去，"军士长说道，接着将水壶里带有一股塑料味的水倒进雷吉张着的嘴里。雷吉差点被呛到，不过他还是咽了下去，当然也包括那片纸，至少他感觉那纸片现在已经不在嘴里了。军士长把水壶重新摆在他身旁，然后用防蚊网盖住了他的头。

"那是什么？"雷吉艰难地问道。

"迷幻药。我妻子将它粘在邮票下寄给了我。我一直不敢用，或许这药能帮你减轻点疼痛。"

很快军士长再次将雷吉脸上的网拉开，将手伸进他的衣服里拿他脖子上套的钥匙。"抱歉，"他说，"忘了把你的钥匙拿走。"

雷吉醒过来，将罩在他身上的网拉下来，他的眼睛和嗓子眼里像是被灌了 DDT 一样火烧火燎。他尝试着把头向独木舟的里面挪一挪，不过脖子很僵硬，感觉就像陶土制成的一样，一动就要碎掉，这样的尝试唤醒了他胸口的疼痛，他的头脑也随之渐渐清醒。

现在雷吉已经基本恢复了意识，虽然是晚上，他对着天空，依然可以分辨出有几株竹子在他的视线之内。雷吉可以看清每一根竹子的茎干，尽管有些被前面的竹子挡住了，但他知道那些竹子就在那里，因为他能够想象出。脑海中想象的和双眼所看到的有什么区别呢？

就好比水，虽然现在雷吉看不见，但他知道它就在他身下流淌着，你能看到的水又有多少？只不过是水的表面——最皮毛的部分，当然也是最能与人分享的部分。

水现在载着独木舟，既不会将它吞进去，也不会将它排斥在外，独木舟与水融为一体，共同分享，又彼此独立，这就像雷吉现在对付蚊子的方式：让它们取走他身上的千万分之一，以获得宁静，等等，周围怎么会传来吟诵的声音？

雷吉仔细听，那声音十分真实，他是用耳朵听到的。他的意思是，这声音并不是他想象出来的，这是人的声音，虽然人数不多，但就在附近。

突然一声令人恐惧的号叫钻进雷吉的耳朵，像是什么动物被虐待的声音；接着是水花飞溅的声音，号叫声止住了，取而代之的是诡异的呜咽声，紧接着是更响亮的一声水花飞溅的声音，一声很短促的号叫，比之前的听起来更加毛骨悚然，呜咽声随即停止了。

吟诵的声音一直持续着。

雷吉感觉自己就像个传教士，等待着从周围冲出几个当地人将他扔进汤锅里，或是把他绑在树干上，然后向他投掷长矛。

尖叫声越来越密集，雷吉想弄明白这到底是怎么回事。

他双脚用力，后背沿着独木舟的内侧慢慢直立起来，胸口被挤压的疼痛险些让他晕过去，不过潜意识里雷吉明白，如果晕过去或许就再也醒不过来了。如果你能将弥漫在全身上下的疼痛看作流经三角洲的各条河流，那么疼痛还会可怕吗？这可不是某个傻瓜伤春悲秋的诗歌，我们现在讨论的是死亡。

独木舟被他折腾得开始慢慢转动起来，他现在可以看到石庙正面，那里有个入口，村子里的男人们盘腿坐在石庙入口前的平台上，没错，他们正在诵经。这一排人中最旁边的那个拿着一只袋子，他把一只小猪崽从袋子里拽出来，尖叫声就是这猪崽发出的。

人们将那头身体剧烈扭动的猪崽逐个传递下去，雷吉的独木舟在水上缓缓转动着，像是配合着村民们的动作。当猪崽被传递到另一端的那个人手上时，他接过来，摸了摸猪崽的前额，然后用双手把它向水面上扔去。

猪崽尖叫着被抛向空中，然后四蹄朝下落入水中，溅起一片水花。落入水中的猪崽用狗刨一样的姿势在水里挣扎着，嘴里发出哀鸣，向莲叶的方向游去，妄想着叶片能够支撑它的体重。

突然，猪崽身后的水中，一个巨大的身影霍地蹿出来，将那头猪崽吞了进去。

那东西的身长大约和岸上人群的长度一般。电光石火的一刻：它张开长满锋利牙齿的大嘴，将猪崽整个锁在了里面，一部分健硕的躯体在水中央隆起，大约有石庙平台长度的一半，那东西的游动让雷吉所在的独木舟晃动不已。

　　因为小舟的转动，雷吉现在已经无法看到石庙，他再次看到暗淡的夜空和几根竹子。雷吉努力将尖叫的欲望压制在心底。

　　然而，尖叫声终究冲破喉咙响彻夜空。

16

明尼苏达州，福特湖
鹿望营
9 月 15 日，星期六

"这故事有点扯。"

"是吗？"

"先是得了痢疾，接着服用了吗啡和迷幻药，还被眼镜蛇咬了。"

雷吉摇了摇头："在湄南河时有一半时间我都在使用吗啡和迷幻类药物，痢疾一直就没有好过，蛇咬只要没让你立刻毙命就不算多严重。我在那里所看见的是真的。"

"好吧，"我回答，"可那东西到底是什么？"

不论之前我是怎样想的，现在我只想尽快结束这场谈话，因为这让我想到上次乘独木舟时的惊险回忆，更糟糕的是，我的脑海里一直浮现着录像带里那个独腿男人的影像。而雷吉就像那男人一样，言之凿凿地向我讲述一个听起来有点像天方夜谭的故事。

这到底是怎么回事，难道这个小镇的人个个都是精神错乱？或者长时间的说谎已经让他们娴熟到正常逻辑出现混乱，让一个财富 500 强公司的经营者转而参与到这种蝇营狗苟的勾当中，去编织所谓的湖怪的骗局？ [1]有着和雷吉相似经历的人往往会变得比较坦然，因为他们现在所说和所做的都无法和过去的那段经历相提并论，但雷吉看起来没有做到这一点。

"我认为是水蛇，"他说道，"我敢肯定那不是鲶鱼，那么尖利的牙齿能一口把小猪吞下去，也不会是伊洛瓦底江豚。这东西非比寻常：我曾经查过，头部和蛇相似，也或许比蛇长得还要丑陋，此外，应该比任何记载中的蛇都要大。我的意思是说，或许有种长着硕大脑袋的蛇被人误认为是怪物也说不定。"

"水蛇到底是什么东西？"我问道。

"一些柬埔寨人认为存在这种生物。"

"但不是越南人？"

"我不确定。但跟我提到这东西的是个柬埔寨女人。"

"现在你觉得，白湖里也有这样的东西存在？"

雷吉把喝光的饮料瓶高高举起，头朝下将瓶子剩余的几滴饮料也倒进嘴里，接着说道："妈的，我不清楚。但这真是太凑巧了，况且这里的水温要低许多。我不会被吓住的，这么多年了，对于那可怕的传闻我早已习以为常。"

"那么，现在你打算组织这次活动查明真相？"

他放下瓶子："是的，事实上我并不想成为组织者。我的意思是，水上这段路程，但我想到时候阿尔法受体阻滞剂和大麻或许会派上用场。"

我并没有就此中断这个话题："你为什么想要去柬埔寨定居？"

雷吉笑了："不要以为我是想在沼泽旁边找个茅屋住下来，我在那

---

[1] 精神错乱的人内心总认为自己比其他人更高明，如果真的是自己错了，他们就会非常纠结。他们不屑于通过教育和辛勤的工作来获得成功，但又不甘于平庸。他们中的确有些人坚持通过社交手腕和现代科技而获得社会的认可和尊重，这些人算得上真正聪明，但他们会为了达到目的而不择手段。

里可以买地置业，而且那里观光客不多，色情行业比较发达……"他扫了我一眼，继续说道，"我喜欢妓女，怎么说呢，妓女在北明尼苏达显得不合时宜，就像麦加城的猪肉都是用打碎的牛肉冒充的。"

"他们竟然用打碎的牛肉冒充猪肉？"我很好奇，大麻似乎唤醒了我饥饿的胃。

"戴尔会这么做。而且这里的天气也糟透了，冬天你没在这里待过吧？"

"没有。"

"很冷，就像万米高空的飞机窗外的温度一样，而夏天蚊虫又比较多，比湄南河那里的还要多。"

"不过……柬埔寨不是离湄南河太近了吗？"

"嘿，越南人又不会跑到这里把我们干掉。"

"这倒是真的。"

"不管怎么说，既然老克里斯有胆子买下这里，小克里斯不管出于什么见鬼的目的有胆子编出个白湖怪物的谎话，至少我也有胆子坐独木船花一周的时间去帮他们完成没有完成的事情。我是说，过去为生计，我曾干过出租独木舟的生意，老克里斯过去也经常划独木舟，但我们两个对这玩意儿一点好感都没有。"

"为什么？"我问道，心里依然惦记着猪肉那档子事。

"还是刚才的话题——越南的经历。"

"老克里斯也曾在越南待过？"

雷吉露出惊讶的表情："那个军士长就是老克里斯。"

"给你迷幻药的那个人？"

"是的，他已经无数次救了我的性命。"他指着满是伤疤的一半脸说道，"也包括这个。"

雷吉的陈述越发让我觉得他是个幽闭恐惧症或妄想症患者，如果他不是的话，那我一定是。"那是怎么回事？"

"我们最后上了艘快艇，"他继续讲述，"一天晚上，克里斯，当然我说的是老克里斯，和我一起外出。我们打开了船上的夜航灯防止美军误炸，结果一架 P4 幻影战斗机误将我们当作北越直升机，对我们一阵扫射。船上的燃料箱被打穿，我身上着了火，结果就是这样，我甚至都不想活下去了。当时也是老克里斯拽着我游上了岸。"

"真他妈的。"

"没错，这帮杂种，北越怎么会有直升机？"

雷吉陷入了沉默，我继续问道："戴尔和米格尔在部队待过吗？"

"戴尔曾经在湄南河服役，但他从没到过北方前线，或许偶尔还能喝个热啤酒，而米格尔只是对枪比较爱好罢了。"

"他们认为白湖里有怪物吗？"

"你和他们见过面的。"

"没错……"

雷吉眼球转动了一下，露出略显僵硬却狡黠的微笑："那两个家伙马上就会相信这一切。"

17

明尼苏达州，福特湖
CFS 度假区
9 月 15 日，星期六

　　早上六点左右，我在登记处用里面办公室桌上的电话联系到了麦奎林医生，就是希望趁他还未睡醒老实地回答我的问题。

　　"这里是麦奎林医生。"

　　"麦奎林医生，我是——"

　　给一个医生这么早打电话也让我有些回不过神来：我差点说"我是彼得·布朗"。这个名字从三年前就已经不再使用了。

　　"我是利昂内尔·阿奇莫斯。我想问你几个问题。"

　　"现在不行，我准备出去一趟。"

　　"现在才六点。"

　　"我已经晚了，日出时间是六点五十二分，我必须在那个时候到达霍伊斯特湾，你可以和我一起去，不过那里的鱼虾臭味大得一里之外都能闻到。"

　　"听起来还不错。迪伦怎么样了？"

　　"活蹦乱跳地走了。"

"查理·布里森呢？那个腿被咬掉的男人。"

麦奎林医生笑了笑："祝你愉快，医生。"说着他挂断了电话。

回到房间，维奥莱特还睡着。她仰面躺着，一个膝盖弓起，被子被夹在两条腿之间。

我尽量轻手轻脚，可我正要出门时，她还是转过身来。

"你要去哪里？"

"去麦奎林那里。"

"几点了？"

"刚六点。"

"这时候他起来了吗？"

"我刚和他通过电话。"

接下来我们之间的谈话变成了一场游戏，撒谎的最高境界是讲真话，这就像我们平时玩的字谜游戏。

"我能跟你去吗？"

"你继续睡吧，等你醒来时我就回来了。我需要给那台神秘机器①加点油。"

她用手心揉了揉眼睛说："别那么说，我讨厌史酷比②。"

我应该走了。

"为什么？"我问道。

"那该死的怪物是人们捏造出来的，一些蠢材就是用这种谎话来骗

———————————
① 译注：神秘机车是电影《史酷比》中主人公们乘坐的汽车。
② 美国著名的卡通系列电影，故事里的主角 Scooby-Doo 是一只胆小的大丹狗，但关键时刻总能找出关键问题将坏蛋绳之以法。

那帮花钱大手大脚的纨绔子弟的钱财。如果说有谁能从中获益的话，那就只有达芙妮①了。"

"就是那个金发女神？"

"她的头发是红色的，达芙妮每次都被人绑架，因为对付她只有绑起来扔到床上，她才会乖乖就范。"

我现在必须得走了。

"你怎么知道？"

"你没看过《史酷比》吗？"

"看过。"

"黄头发的是弗雷德，达芙妮的男朋友。"

"那么……"

"达芙妮对弗雷德总是很冷淡，有一次和他上床时还弄砸了，因此弗雷德和维尔玛每次在一起工作时总会眉来眼去，之后又心存愧疚。"

维奥莱特一边说着一边伸了个懒腰，她身体的皮肤好像泛着冷冷的荧光，看起来有些不真实。

"我还以为维尔玛是个同性恋。"我说道。

"她是这么对沙吉说的，为的只是不想让他继续缠着她，和沙吉比起来，她宁愿跟只狗做爱。"

"很有趣，不过……"

"等等，我和你一起去。"

我本想拒绝，但她已经坐了起来，向浴室走去，还用手将内裤向上提了提，然后又将两只乳房向胸罩里拢了拢，我看着她竟忘了该说什么。

站在浴室门口，我又做了一次努力："你知道吗，我本以为你

---

① 《史酷比》系列电影中的一位女主角的名字。

会喜欢《史酷比》，因为里面所有的神秘事件最后都能找出合乎逻辑的解释。"

"你在开玩笑吧，"她说道，"鬼才喜欢这些呢，就像《绿野仙踪》里的狗血情节，原来一切都是场梦，女巫原来根本就不存在，谁没事会梦见女巫？"

"那么《暮光之城》和《哈利·波特》，你喜欢哪一部？现在的孩子们对吸血鬼和狼人身体构造的了解远胜过对自身生理结构的了解。"

"哇，看来某人今早的情绪不佳啊。"

里面传来马桶冲水的声音，一分钟后她打开门，一边刷着牙，眼角旁还留着睡觉时的压痕，这让她显得更加性感。

"首先，坏脾气老爷爷，别扯上不相干的《暮光之城》，"她说，"其次，我不清楚你是否希望将《史酷比》作为生理课教科书，这个电影的主角可是条会说话的狗。"

到达麦奎林医生的诊所时，我趁着维奥莱特还没发现，把大门上"外出钓鱼"的磁力门贴取下来，然后装模作样地按了按门铃，又敲了敲门。最后我告诉维奥莱特四处转转，看看能不能从窗户里看到麦奎林医生。趁着她离开时，我从钱包的夹层里掏出开锁器和扭矩扳手忙活起来，几秒钟后，锁舌弹了一下被打开了。

当初我应该阻止维奥莱特跟我一起过来，既然没成功，现在只有在她发现之前进屋查看一遍然后迅速出来，或者在她发现的时候能够给出个合理的解释。

到底怎么做，要看我在屋子里能发现些什么了。

候诊室一片漆黑，但我很清楚台灯的位置。前台桌子后面的橱柜里放着许多没有任何标记的盒子：这让搜索变得更加困难。我于是转向客厅。

这间屋子的大部分地方我都比较熟悉，比如当初麦奎林医生为迪伦检查伤势的观察室，现在依然是空荡荡的，壁橱里放着一些消毒和治疗药品。我又用开锁器打开了壁橱旁边锁着的那扇门，踏进房间的第一步，我能觉觉到这间屋子是铺着地毯的，我意识到可能进入了医生的私人空间。走在餐厅和卧室的过道，一种似曾相识的糟糕感觉慢慢从心底浮现出来，以前每次我潜入房间把人干掉时都会有这样的感觉。我退回工作区，并尝试着打开了过道尽头的那扇门，那是间资料室。

里面放着一把扶手椅，椅子上堆放着各种医学杂志和一瓶马上见底的尊尼获加红标①。椅子旁边有一张桌子，上面放着台灯和一个相框。照片上是麦奎林医生，比现在大约年轻四十岁，站在接待室的桌子旁，桌子上面还有一个女人腿交叉坐着。

这间屋子的所有照片里都有这个女人，有时候是单人照，有时候是和麦奎林的合照。从镜框的更换情况来开，她似乎在一九九几年时离开了他的生活，我所能推测出的信息仅此而已。

那一定是段不愉快的经历，不知为何我竟然对这位老人有些莫名的担忧，但现在没工夫考虑这些了。我查看了下药品柜并从里面拿出了几样药品，这些都是我在游轮上一直想要弄到手的东西，接着我又开始查阅资料。幸运之神十分眷顾我，在麦奎林医生所有姓布里森的病人中，查理的病历很容易就找了出来，因为这本病历最厚。

查理·布里森现年六十四岁，病历中照片上的他比录像带里的他

---

① 译注：一种威士忌。

看起来要年轻很多，麦奎林医生对布里森的第一次检查是在他十四岁的时候。

来访原因：经常性的饥饿和口渴伴随体重的持续下降。麦奎林医生诊断为青少年型糖尿病，并为他开了一种我不认识的药，很可能是含锌的猪胰岛素。从病历中可以看出，麦奎林医生为了稳定布里森的病情，进行的是常规的食疗方法。

可是一段时间过后，布里森开始停止治疗，他好像要向大家证明祸不单行，而且像是故意糟蹋自己。

他的病历就如同一本充满严肃意味的健康指导宣传册，二十出头因为醉酒驾车出了事故，将近三十岁时已经出现酒精肝的征兆，无节制的饮食导致他四十岁的时候因为糖尿病性坏疽一条腿被截肢，五年后又开始出现健忘综合征的症状。

他妈的，我早就应该想到这一点，健忘综合征的患者会因为维生素 B_1 的缺乏而导致记忆损毁，同时在无意识的情况下又会产生新的记忆，这种病常见于发达国家，主要是因为饮酒过度造成的营养不良。对那些健忘综合征患者编造某些事已经发生的谎言，很可能让这些患者突然产生这些事确实已经发生的记忆，甚至有关这件事的细节回忆也会被完整地创造出来，我本应该在一开始就联想到这种病。

奥特姆的病历只有两页，记录的是五年前踝关节的一次扭伤。显然，奥特姆并不经常来麦奎林这里就诊，这也能够说明奥特姆生前住在伊利镇的说法确实比较可信。

班吉的档案则是从他一出生就建立了，第一页是十八年前的一张出生证明，最后一页则停留在两年前开具的一份证明上，上面写着"d. MMVA"，出生和死亡证明的签名一栏是麦奎林医生清晰但缺乏美感的签名。

班吉病历的背面用曲别针夹着一个马尼拉纸质信封，收件人是麦奎林医生，而发信人则是位于伯米吉市的明尼苏达州刑事反恐局，信封并未启封。

起初我还在想如何打开它后能不被人发现，最后我放弃了并直接将一端撕开来。

我退回前厅时，维奥莱特已经站在门廊处探着身子朝里看，像是思考着是不是应该走进来。"他在吗？"维奥莱特问道。

"不在。"

"但你进去了？"

我走出来并将门重新锁上，我们一起下了台阶，我一刻都不想在这里多待，麦奎林医生要是这会儿忘拿东西折回来都算是比较好的结局了。

"门没锁，"我说道，"我担心他才进去的。"

对中有错：不仅仅是一场游戏，还是一种态度。

"可你那样做依然算是私闯民宅。"

"我可并没有破坏东西，怎么算'闯'？"

"你肯定他不在屋里吗？"

"我四处看了一下，或许我把时间记错了。"

我打开车门，此时维奥莱特注意到我手上拿的那个信封。"你拿了东西出来？"

"只有这个，我猜他也用不着，因为他根本就没拆开看。"

"那是什么？"

"我路上再告诉你。"

"就不能现在告诉我吗？你真想把我急疯了。"

我低下头来仔细地审视了一下她，心里暗自思索之前对她说的谎话有多少她真的信了，而又有多少是她出于礼节没有揭穿我。

不管是哪种情况，我还是决定现在暂时分散她的注意力。

里面装的是奥特姆·塞梅尔和班吉·申耐克的尸检照片。

"什么？"

"是的。"

她的脸色开始发白："他们当时的情况怎样？"

"怎么说呢，或许麦奎林医生真的打开信封看到了照片，这样他就不会相信这两个人是被船的螺旋桨打死的了。"

18

明尼苏达州，福特湖，
鹿望营
9 月 15 日，星期六

"会不会是鲨鱼咬的呢？"

"不可能。"维奥莱特说，她坐在地板上，背靠着我的床，头埋进双手。在她背后，那些照片被分成两排摆在床上，上面的内容惨不忍睹。

"你确定？"

"是的。"

"你怎么知道？"

"理由有许多。"

听了她的话，我不知道哪一种感觉更让我羞愧：恐惧还是轻松。

"一方面，"她说道，"伤口呈钟形，那东西应该长着一个粗壮的鼻子，而据我所知所有的鲨鱼都不会有这样的鼻子。鲨鱼在淡水中可以保持正常的新陈代谢，甚至灵活自如地攻击人类，这样的情况我简直闻所未闻，所有的咸水鱼都不可能做到这一点。"

"鲑鱼应该没有问题吧。"

"从淡水环境到海水环境，鲑鱼需要进行一次蜕皮，蜕皮后鲑鱼就无法再在淡水环境中生存。要做到这一点相对比较简单，因为它们只需保持细胞液的适当浓度，让细胞中的水分不会外渗就可以了。而如果要回到淡水中，它们就会出现水中毒症状。在淡水产卵之后死亡，这是进化对鲑鱼的最后一次作用影响。除此之外，鲨鱼的牙齿都是切削型的，比如食人鲳、科莫多巨蜥。很显然，这东西在臼齿位置长出的是切削齿，而在口腔前上方长的是穿透型的牙齿。"

"老天，听起来真不错。"

维奥莱特看着我，第一次破天荒地很平静地接受了我的阴阳怪气，她看起来有些无精打采，眼神里充满哀伤："你怎么看？"

"我不喜欢鲨鱼。"

"利昂内尔，不管那是什么，情况比我们想象的还要糟糕。"

"我对此表示怀疑，或许真的是船的螺旋桨造成的。"

"你在车里也说了，螺旋桨造成的伤口比较短，每一处伤口应该是平行的，且分布均匀。衣服和头发部位会被切碎。"

"没错，书上是这么说的。"

照片中的尸体都没有穿衣服，这样的尸检照片很罕见，而附带的报告上说尸体找到时几乎就是全身赤裸。女孩只有下半身，至于她是否留着长发就不清楚了，因为尸体没有头部。

"你不明白，"维奥莱特说，"我认得这绝对是撕咬伤。"

听了这话，我打了个激灵："这话什么意思？"

"这种撕咬伤很清晰。我是说，我并不是动物古生物学家，和动物学根本就……"

"可是你做得很好。"

"并非冒犯，你之所以这么认为是因为你在这方面的知识甚至比我还要浅薄。我在这方面真的是门外汉，我甚至都不知道到底哪方面才是动物古生物学的研究范畴。"

"好吧。"

"但我认识这种撕咬方式，每个古生物学家都认识，因为这种撕咬方式十分独特，它被作为白垩纪结束的一个标志。"

"白垩纪是什么时候？"

"这他妈的才是问题的关键，白垩纪距今六千五百万年。"

不知怎的，我的脑海里竟突然浮现出刚刚看过的色情凶杀电影中的女主角形象，和维奥莱特有几分相似。我应该把手搭在她的肩膀上，但是我的手并不像电影中男主人公的那样温柔。

"维奥莱特……"

她眨了眨眼睛："我知道，我是个古生物学家，我所熟悉的动物大多数都在 K-T 陨石大碰撞时期灭绝了。"

"没错。"

"但并非所有动物。"

我尽可能温柔地对她说："我不太相信这世界上有恐龙存在。"

"1938 年时，人们还都坚持腔棘鱼白垩纪时期就已经灭绝，后来这种鱼不是又出现了？"

"但毕竟腔棘鱼生活在水中，我们之所以又发现了它们的踪迹，是因为我们的捕鱼网涉及它们产卵的水域。过去，即便有人偶尔见到了这种鱼，也只会将它当作其他种类的鱼而并不放在心上。但我们现在讨论的应该是疑似恐龙的动物，它们和我们一样生活在陆地，而且还会伤人，那么这么长时间它躲在哪里？难道是解冻后复活的？"

维奥莱特陷入沉默。

"你说呢？"

"那也并非完全没有可能。"

"当然不可能。"

"不一定，我虽然不是生物学家，但我知道有一种蛙是可以冷冻后复活的。"

"怎么可能？冷冻后细胞就会爆裂。"

"这种蛙会事先让高浓度的葡萄糖流入细胞内，接着让体温下降，新陈代谢减慢，身体被完全冻结起来，直到环境适宜时再次醒来。"

"它们能以这样的方式生存吗？"我继续问道，"长达六千五百万年的时间？"

"不能，六千五百万年时间太漫长了。随机成核的发生会导致细胞爆裂，除此之外还有分子衰变的可能，但那东西或许并不会冷冻六千五百万年那么长，或许早在几百年前或是更早的时候它就已经复活了呢？这或许就能解释为什么石壁上会有那样的图画。过去两百年间，地球环境出现了剧烈的变化。1780 年，纽约港还曾经被冻结。今年夏天，明尼阿波利斯市的气温达到了五十摄氏度。"

"但是，某些两栖动物冰冻复活的案例并不能代表爬行动物也可以在冰冻后活过来。"

"或许真的可以。乌龟生存本领之强让它能够在湖面上冻的情况下依然在湖底生存，它们可以改变身体的酶，停止心肺的活动，而只用皮肤呼吸。"

"这就意味着，它们依然需要合成乳酸。"

"它们当然也可以实现储备，有一种松鼠就可以将自己'冷冻'起来。"[1]

---

[1] 别抱太大希望，人体低温学的研究充满各种惊悚的回忆，尤其是泰德·威廉姆斯的追随者们。他们的试验是将儿童放入温度极低的水中让他们停止呼吸两个小时，然后再将他们唤醒，不过这需要借助简单的冷冻技术和一种被称为哺乳动物潜水反射的循环反应的共同作用。人类的这种循环反应，不知为何，从婴儿时期后就开始迅速退化并消失。

"所以说……"

她回避着我的眼睛："所以或许这东西就像福尔摩斯曾说的，当你将其他选项都排除的时候，剩下的唯一选项就是真相，尽管有时候真相不太容易令人接受。"

"维奥莱特，很抱歉，我认为这是福尔摩斯说过的最蠢的话了，你怎么能够知道所有的选项都已排除？"

维奥莱特的表情变得很低落："那你找出一个来。"

"我会的，这或许是人为的，而且我有九成的把握，人类能够做出的龌龊事情超出你的想象。做这件事的一定是一个了解恐龙的撕咬方式并想办法将其复制下来的聪明人，其实这也很容易完成，比如将捕熊陷阱稍作改进就能达到这个效果。"

"但是，奥特姆和班吉出事的时候还有其他人在现场。"

"另外两个孩子当时和他们根本不在同一个湖上，想想那两个人当时在做爱，应该是听到了什么声音，或是看到水面上的波动才到了出事现场。没人提到过这两个孩子在那里看到了什么——包括尸体。没有人发现尸体的踪影，直到三天后警察将尸体打捞上岸，在此期间，凶手有充分的时间去伪造恐龙撕咬的伤口。"

维奥莱特定定地看着我说："你觉得是雷吉有能力做到吗？"

"我还不知道，可是有许多人都有能力做到。别忘了，就在出事的同一周，又有两起谋杀案发生，后面这两起案子可没人说是野兽攻击。"

"杀死了小克里斯和波多米尼克神父的凶手有枪，射击精准，那为什么他不……我的意思是，他们为什么又要做那样的事？对那两个孩子？"

"不清楚。或许是一个人杀了孩子，而另外一个人，认为小克里斯和波多米尼克与此事有关联，于是将他们杀了。"

"你的意思是说，有人认为是小克里斯谋杀了自己的女儿？"

"谁知道呢？或许凶手的目标不是小克里斯。"

"你这话是什么意思？"

"没人知道小克里斯和波多米尼克那晚来到这里究竟想要做什么，那么又有多少人会想到在这里等着杀掉他们呢？根据雷吉所说，当然他的话也并非完全可信，波多米尼克神父是头部中枪，小克里斯是胸部中枪。假如那个凶手有足够的时间用瞄准镜瞄准波多米尼克神父射出致命的一枪，那么在开第二枪时就必须要快，因为目标已经受惊，这就是为什么凶手会选择击中胸口：更快也更容易命中，或许当时凶手根本就没看到小克里斯的脸。"

或者衣服。

不过，这种想法现在在我看来也有些荒谬：凶手拿着带有瞄准镜的枪藏在一旁准备实施暗杀，竟然没想要确认这两个人的身份？

"你到底是什么人？"维奥莱特问。

"什么意思？"

我当然明白她是什么意思。她的脸上流露出惊恐的表情。

我真是个彻头彻尾的蠢货。

"你怎么知道击中人的脑袋需要瞄准镜？还有在人身上做出各种伤口可以用……你刚说什么来着？捕熊陷阱？"

"维奥莱特……"

"为什么你被枪指着脑袋时一点也不害怕？"维奥莱特说。

"我当时也害怕。"

"你面带微笑，过后还不让叫警察，还有，你为什么潜入麦奎林医生的办公室？"

"嗨，行了……"

"你真是医生吗？"

这可不妙，过去只有我的病人才会问我这个问题，现在好像人人都会问。

"我是医生。"

"你也是警察吗？"

"不是？"

"那你是罪犯？"

"不是。"至少现在不是。

"你之前进过监狱？"

"没有。"被指控两次杀人灭口那段庭审期间我曾被羁押九个月，至于监狱，我可从没进去过。

对中有错：不仅仅是一种态度，也是一种生活方式。

"你认为莱克·比尔知道你的真正身份吗？"

这问题问得可真他妈的有水平，不承认都不行。

"是的，我想他知道。"

"到底是什么情况？"

"莱克·比尔去找过马默赛特教授，你知道他吧？"

"知道。"

"莱克·比尔让他推荐一个有理工科背景，同时在出现意外时有能力保护你的人。"

"保护我？"

"我知道，之前是我没做好这个工作。"

"等等，是谁想保护我来着？"

"莱克·比尔。"

"莱克·比尔想要你来保护我？"

"他希望我至少在你需要的时候有能力保护你。"

"真是扯淡。"她回答。

她将审查我身份的事情忘到了脑后，甚至也顾不上理会继续查看那些尸检照片。

现在，她的心思一点都不难猜。

我问道："你和莱克·比尔是……"

"什么？"维奥莱特好像还有些心不在焉。

"莱克·比尔是不是就是那个人？你曾经说的'搞不清对方心意'的那个男人？"

"不是。"她总算回过神来。

"那你为什么脸红？"

她的眼睛看向别处说道："滚，我才没有。"

"他就是！"

"我不想讨论这个话题。"

"那我们赶紧把这一切都了结了。"

"不关你的事。"

"关于你和我们的老板上床的事吗？"

"什么？"

至少现在我将她的全部关注都引了过来。

"好吧，"她说道，"第一，我没有和他上床；第二，我也不会和你上床，所以哪件事都不关你的事。你和我是接过吻，可只有一次。"

"可那一次是我在晚上见过的你唯一清醒的时候。"

"见鬼去吧！"她从地上站了起来，将身子背对着我，然后从床边走开，"简直是胡说。别自以为是了，或许不完全是，但不管怎么说，太他妈粗鲁了。你之所以说这样的鬼话，是怕我不会相信你说的话：你不会碰喝醉酒的女孩。"

"没错，我喝醉的时候什么都能干出来。"

"呸！"维奥莱特激愤地说，"当我没说，这个问题很简单。你认为莱克·比尔想得到我，于是突然和我约会，我现在都不知道他到底怎么想的，也他妈的不知道你现在想些什么，对你我从未了解过。"

"从未了解过？"

"莱克·比尔一贯对人冷淡，这不是他做事的风格。还有，你还没回答我的问题。"

"好吧，至少我还算是比较容易接近的。"

"妈的，别再跟我不正经，和你在一起，真的一点都不好笑。你似乎想让一切看起来很轻松，事实上并非如此，整件事很诡异。我甚至到现在都不知道你的真实身份。说真的，你他妈到底是什么人？你想从我这里得到什么？只是旅途中找个刺激？想让我在对你一无所知的情况下和你成为朋友？还是什么目的？"

见鬼！

她对我的态度没有任何不妥，是我活该，真该死。过去有关她的想法现在看起来都十分愚蠢①，这种感觉我实在无法形容。这种想法我曾经对她流露过吗？

"我不知道。"我回答。

"很好。你明白的时候也让我知道。还有，你还需再开一间房吗？"

"不用了。"

"还有，嗯。请把你那些令人心烦的照片拿走。"

我想，这句话的意思是让我离开这里。

---

① 尤其是我曾经一直幻想着我和维奥莱特并排躺在阳台上的躺椅上，这个九层楼高的阳台现在已经完全被海水淹没，地球成为一片汪洋，我和她在属于我们两个人的领地上——我们也可以有只鹦鹉——喝着热带果汁，玩着扑克。之后我们回到房间，躺在舒适的床上，我将她搂在怀里，轻抚着她身上的晒痕。

19

明尼苏达州，福特湖，
鹿望营9月15日，星期六

我沿着CFS度假区的船坞一直向上游走，到户外用品
商店，然后又返回码头。到达停车场时，我把那些照片放进
车里，接着走到把度假区和福特镇分隔开来的那片树林。

树林里有几道火烧过后的痕迹，看起来都不像最近发生
的，因为有几条路现在已经重新长出了植被。从火烧痕迹来
看，很明显这是有人故意为之，目的是想在福特镇和CFS
总部之间开辟一条路径。大概走了一半的路程时，我听到前
面有声音，于是停下了脚步。

是黛比和她的一群手下，他们正朝着我这边，也就是
CFS总部的方向走来。

黛比穿着牛仔裤和羊毛背心，走路时双手握拳，一副气
势汹汹的样子，而她身边的那群男孩脸上都画着油彩，像是
要参加野战似的。这种组合看起来十分滑稽，只是有一点，
每个男孩手上都拿着枪。

我狂奔回度假区，使劲敲十号房间的门。

"是谁？"维奥莱特问道。

"是我。"

"滚开。"

"不行，黛比现在领着一帮男孩正往这边来，已经走到树林了。你现在需要通知大家马上去山上，我去找阿尔宾探长。"

房间里沉默了一会儿，接着道："你说的是真的？"

"我向上帝发誓。"

"嗨，黛比。"我站在度假村那片开阔的草地上，面对着他们。

"见鬼，你在这里干什么？"黛比问，此时，她手下的那帮打手训练有素地查看各个房间周围的环境。

"我也在想这个问题。唉，那个拿枪的呆子。"

那个拿着柯尔特左轮手枪、年纪看起来最大的男孩走过来，用枪指着我的脸："看起来，你已经被吓破胆了吧？"

"如果真是这样的话，我就不会和你主动打招呼了。嘿，你又忘了扳击锤了。"

他看了看手枪，底气不足地说："安全起见。"

"那么就别拿它对着我。"

"其他人去哪里了？"黛比问道。

"在山上，大多数人都在那里。你和雷吉都很幸运：雷吉邀请的客人现在正在那里四处闲逛，你可以现在离开，在阿尔宾探长赶来之前，根本没人会知道你来过，不过你的动作要快，你认识戴尔和米格尔吧？"

"那两个蠢货我当然认识。"

"那么，你应该知道这两个蠢货都有枪，他们俩现在正用望远镜监视着我们这边的情况。我猜，他们对你的那帮到处游荡的孩子可不会太友善。"

"我来这里不是要拿走什么东西。"

"那你到这儿来的目的是什么？"

"找雷吉谈谈。"

"谈什么？"

"关你什么事？"

"黛比，我来明尼苏达可不是为了看恐龙。我来这里是想弄清楚雷吉葫芦里到底卖的什么药。"

"不管他想要干什么，他所做的都是为了几个臭钱。"

"你是不是也想从他那里分得一份。"

她又向我面前迈了一步："小心你自己，他杀了我儿子，我绝不会让他再从这件事上得到一分钱。"

"明白。我也听说了你儿子的事，很抱歉。"

"你当然应该如此。"

"我是真心实意的，这对你来说很痛苦，但我们现在先把这件事放一放。"

"那我真应该说声谢谢。"

"我们现在要考虑的是如何让你离开这里。雷吉已经给阿尔宾打了电话，他现在正在伊利镇以西的53号高速路上，应该马上就到。"

"以西多远的位置？"

"我不清楚？"

"我为什么要信你？"

"对这个问题，我也不知道该怎么回答。"

"你这个该死的为什么要帮我？"

"我是医生，这份工作要求我应该尽力帮助他人。"这句话从我口中说出好像十分可笑，"你和这群孩子要是因为这件事进监狱的话就太愚蠢了。"

我望了望那群稚气未脱的暴徒："那是什么？冲锋枪吗？"

"没有和雷吉见面之前，我是不会走的。"

"那好，那就留下来和他谈谈，不过你先让这群孩子回去吧，或者至少别让这么多人待在这里。让一部分人先把枪拿回去，剩下的把脸都弄干净，那样看上去可真傻。"

黛比略微思索了一下，接着走过去和那个拿左轮手枪的缺心眼商量了一下。那个男孩随即把他的手下召集过来，并且不忘恶狠狠地瞪了我一眼。

黛比走过来，羊毛背心向上堆起，露出了腰上的皮带，上面赫然插着一把格洛克手枪。"这把手枪我有秘密携带许可证，我已经按你说的话做了，如果我有麻烦，你也逃不掉。"

"十分公平，"我停顿了一下，接着说，"能问你个问题吗？"

她很警觉地看着我。

"是什么让你认为雷吉和班吉的死有关？"

她冷冷地笑了笑："你也在这里不是吗？还有许多有钱人，雷吉想得到的一定能得到。"

"你也认为是他把小克里斯和波多米尼克神父给杀了吗？"

"你还想说自己不是个警察吗？"

"我确实不是。"

"不管你是什么人，是的，我认为那两个人也是他杀的。"

"为什么？"

"同样的原因。"

"那么可以说，你和那个案子没有一点关系。"

黛比摇了摇头："你知道，我本来不需要告诉你的，但我还是要说，我没有杀小克里斯和波多米尼克神父，我也没有指使任何人做这件事，他们的死和我真的一点关系都没有。"

"对于小克里斯和波多米尼克编造白湖怪物的谎言，你难道不记恨吗？"

"宝贝，那两个人都是成事不足败事有余的家伙，还真说不清谁比谁更蠢一些。"

"你认为这件事雷吉是幕后操纵者？"

"这可是他最拿手的，现在他不是也在操纵你们这帮家伙吗？"

对于她的话，我没什么好反驳的。

"最近看见迪伦·艾恩茨了吗？"我问道。

"我不认识你说的这个人。"

"见鬼，这是非法的。"

"至少现在来说并不违法。"阿尔宾探长说。

"他付给你多少钱？哈巴狗长官？"

"黛比，我也不想对这事为自己辩护。"

"那我去找想管这件事的警察来。"

"你知道的，你有权保持沉默。"

我不再去听他们两人的谈话，来来去去争论了半个小时，原本紧张的局面顿时显得有些乏味，阿尔宾探长在这方面确实很有天赋。我现在思考的是，人们为什么总是会在第一时间想到找警察来处理麻烦。

我好像听到了什么：隐隐约约的直升机螺旋桨的声音。

雷吉一脸关切的表情，从刚刚打电话报警的登记处小跑着来到这里。

"我让客人都回来了。"他说道。

阿尔宾探长略微停顿了一下，才说道："好吧。"

"我现在已经让客人都回来了，不管黛比在这里都做了什么，如果你能让她离开这里，我不会对她提起任何指控。"

"你就不敢对着我说话吗？你这个杀了我儿子的凶手。"黛比说。

"黛比，等这一切都结束的时候，我很乐意和你谈一谈，但现在不行。"

"什么事让你这么忙？"阿尔宾探长问道。

"整件事都需要保密，所有人没有签署保密协议之前，我不能允许有任何差错。"

此时直升机带着轰鸣声已经进入我们的视线，现在正在湖对岸的上空低空盘旋。那架直升机体型较大，应该是西科尔斯基海王，机身上面有几扇舷窗，总统乘坐的一般就是这种机型。

"什么情况？是谁在那边？"阿尔宾探长问道。

雷吉身体动了动："你会签保密协议吗？"

"雷吉，我可是国家执法人员。"

雷吉将那只不灵活的手凑到可以正常活动的嘴旁边，开始用牙齿咬指甲，他的动作让人看了浑身不舒服。"探长，这一点很重要。在我看来，我所做的事情并没有触犯任何法律条文。"

阿尔宾看了看还在那里盘旋的直升机，终于说道："你明天在这里吗，呃，下午一点半？"

"是的，长官。"

"那时候还不会出发吧？"

"不会的，长官。"

"那我现在带黛比回去，明天你会在的，是吧？"

"是的，长官。"

"我哪里都不去，"黛比说，"公民的反抗。"

"那么，我们会把你从这里扔出去，也是公民的反抗。"米格尔走过来针锋相对地说。

"大家都冷静。"阿尔宾说，他慢悠悠的语调确实让局面冷静了不少。

接着他对雷吉说："三点我必须赶到苏丹镇，所以这里的事情两点半之前必须有个了结。我说的'了结'是让大家坐下来，把你们接下来的打算告诉我，让我对这里的局面不再那么担忧。"

"好的，长官。"

"我这样处理好像是帮了你一个大忙，你觉得呢？"

"是的，长官。"

"好吧，那么，"阿尔宾打开他开来的越野车的副驾驶一侧车门，"申耐克太太，坐前面还是后面？"

我有些搞不清状况了。

以我对警察的惯常了解，警察声称给谁帮了什么忙或是让你证明这件事无须担心的时候，通常的意思就是你需要给他们些好处费。但这里目前的情形我就完全看不懂了，我所知道的只是阿尔宾和雷吉刚刚约好了明天下午见个面。

但如果是仲裁乘坐的直升机，我们难道不是应该明天早上就出发了吗？如果真是如此，那么雷吉现在只是想尽快甩掉阿尔宾。难道这次旅行对他真的重要，让他可以对其他事情不管不顾？阿尔宾这人看起来还算可信，只是他是个警察，和他联手的想法太过愚蠢。

直升机这时绕了个很大的圈子，准备在户外用品商店外的停车场空地上着陆，于是我们也走向那边准备迎接飞机上下来的大人物。我想要追上维奥莱特，但看到她那"滚到一边去"的眼神，我立刻就放弃了。

直升机的旋翼转了好半天才停下来，你可以感到被刮起的沙土打在脑门上，飞机发动机掀起的热浪朝你的脸上一阵阵地扑过来。

停车场上的车已经被清走了，高速路出口的地方也被设上了路障。停车场周围大约有二十个一脸严肃的年轻人把守着，应该与戴维和简一样都是这里的工作人员，而商店里的其他工作人员都已经离开了。

终于，直升机的舷梯伸了下来。三个大块头走下飞机，黑色西装，黑墨镜，连接耳机的电话线一样的线绳向下没入领子里。他们走路的姿势表明他们训练有素，头部机械式地来回扭动，偶尔对着手腕说上几句。看着他们的听筒，你不禁会好奇那些特工——或者样子看起来像特工的那些人——为什么不使用现在外形精巧的电子设备，而是还在使用那种电话线一样的联络设备。

那些人中有一个走过来和雷吉说了几句话，接着对着手腕说了几句。第四个大块头从直升机上走下来，在舷梯上停住了脚步。

两个二十多岁穿西装的年轻人走下来后也站在直升机附近，或许他们是助理或秘书之类的，紧随他们之后下来的是汤姆·马维尔——拉斯维加斯的舞台魔术师。

我之前就听说过马维尔这个人：第一位在一家赌场成为驻场演员

的黑人。关于这个人，我曾经从之前待过的司法部门[①]听到一则趣闻。2011 年 5 月，多米尼克·斯特劳斯 - 卡恩[②]在纽约被逮捕并被指控七项罪名，法国的一家法律事务所就曾经想请马维尔设法将卡恩从美国给弄回国，从莱克岛监狱移送到他家中软禁的这段路途中应该是最好的下手机会。"马维尔应该会把卡恩变成一群鸽子或是什么的。"司法部门里的人当时充满嘲讽地这么评论道。

让马维尔作为仲裁是一个很精明的决定，或许他并不像雷吉在信中承诺的和联邦政府有关联，但是他的魅力足以令大家仰视。理论上讲，让他来帮助鉴别真假绝对够分量，而且对于拉斯维加斯赌场这个老东家，也完全可以为他找几个冒充的特工装装门面，完全无伤大雅。

马维尔站在直升机出口的地方，等待上面的人陆陆续续地走下地面。

第一个是一个高个男子，穿着灰西装和开领衬衫，看起来像是某个手表广告里的模特。不过他不可能是仲裁：他的脸上是一副十分不耐烦的表情。

接下来的是一个大约十四岁左右的女孩，她看起来是那么弱不禁风。我怀疑成年人若是长成这样的身材，一定会天天被送医院。

接下来是一个特工打扮的男人走了下来。

最后走下来的是萨拉·帕琳[③]。

---

① 一个退出联邦证人保护计划的罪犯竟然还和司法部门保持联系，这听起来似乎有些匪夷所思。在我最初加入联邦证人保护计划时，美国执法官总部就有人将我的行踪泄露给了大卫·卢卡诺，这直接导致我的女朋友惨死，因此我发誓一定要将司法部门的这个"内鬼"揪出来。

② 译注：国际货币基金组织前总裁。2011 年 5 月，卡恩因涉嫌性侵一名酒店服务员，被羁押在纽约市警局并接受警方质询，随后卡恩宣布辞去国际货币基金组织总裁职务。

③ 译注：阿拉斯加州女州长，共和党人麦凯恩竞选美国总统时，曾将她选为自己的竞选搭档。

20

明尼苏达州，福特湖，
鹿望营
9 月 15 日，星期六

你或许想知道萨拉·帕琳本人是不是和电视上一样风情万种，令人浮想联翩。

她看起来气色不错，比我们想象中的要瘦小一些，双下巴更明显一些，她的妆化得比较浓——上镜需要，恐怕大家都能理解。特别要提的是第一次能够看到她的后面，这种感觉有些奇怪。

然而，当她走下直升机时，我竟然有种沮丧的感觉。我知道我和维奥莱特相处时间尚短，但我自认为也不算太短。莱克·比尔没理由将两百万美元的赌注押在一个像萨拉·帕琳这样的政治花瓶身上。此外，这个女人，根据目前的政治形势来看，和联邦政府的交情也不会比汤姆·马维尔多多少。

对于这个女人，我本人完全不感冒：她因为一些政治主张时常被指责，但我有自己的想法：我讨厌她这个人。上帝或许会和正义之人为伴，宙斯的出现不是化身为天鹅就是伴随着大雨滂沱①，而帕琳这个女人几乎在任何场合都会出现，

---

① 译注：宙斯是古希腊神话中的众神之王，传说宙斯曾化身天鹅追求丽达公主。此外，宙斯是黑云之神，每次出现总会伴随雷电交加。

近几年来一直如此。

晚餐前在大家为她和她的随从人员举行的欢迎仪式上，我似乎对她的兴趣又增加了一些。在欢迎队伍中，她和我握了握手，眼神随意地和我交流了一下。在她将要把目光转移到戴尔身上时突然瞥见了我右肩上的刺青，接着她的眼睛就一直定在那里。①

那个刺青是一根带翅膀的法杖，周围有两条蛇盘绕，当初文这个刺青时，我以为这是古希腊医术之神阿斯克勒庇俄斯的法器，但阿斯克勒庇俄斯的法杖没有翅膀，而且只有一条蛇盘绕在上面。我身上的这个有两条蛇盘绕且长有翅膀的法杖属于赫尔墨斯，可以将人类带入冥界的神。

帕琳伸出手来摸了摸我身上的刺青，说道："约翰，你来看看这个。"

然后她对着我问道："你怎么会有这个刺青？"

"我认为这是医术之神阿斯克勒庇俄斯的法杖。"

"事实上，这是赫尔墨斯的法杖。"

没错，哪怕不能列举出北美洲三个国家名字的人都知道这个事实。

我在想，维奥莱特是否注意到我身上的刺青有什么不妥。如果她注意到了却没告诉我是出于不想伤害我的感情，那么我需要当面和她讨论一下这个问题。上次没告诉她在黛比餐馆她点的法国吐司是从冰箱里拿出来的，这次如果她真的就这件事对我有所保留，我们也算扯平了。

"萨拉，什么事？"那个长相帅气的高个儿男子走过来问道。

"瞧这个。"

他用加州佬的方式眯着眼朝我身上看了看，然后把两手搭在我的肩膀上想让我转过身来，让他能更清楚地看到我的胳膊。

"我叫利昂内尔·阿奇莫斯。"我说道。

他勉强挤出个笑容，好像是给了我莫大恩惠似的："不好意思，约

---

① 什么？现在天气比较暖和，我的袖子是紧身的，但我当时穿的绝不是背心。

翰 3:16·霍克牧师。"

"什么？"

"那是我的名字。"他转到我的一侧，这样我可以不必转身，他也能清楚地查看我另一个肩膀上的刺青。

大卫之星 [①]。

"啊。"他叫了一声。

帕琳也走了过来查看，因为那个牧师正好挡住了她的视线，于是帕琳粗鲁地把他推到一旁。"哦，我的老天。"帕琳发出一声惊叫。

"我们接近了，萨拉，已经相当接近了。"

牧师将萨拉拉了回来，继续问候着向她致敬的人群。维奥莱特和其他人一样，对刚才的那一幕十分惊愕。我耸了耸肩，希望继续吸引她的注意，谁知她看见我的动作后立刻将头扭到一边去了。

晚餐时，帕琳动作夸张地弓着身子伏在她面前的盘子上方，皱着眉似乎全神贯注地听着约翰 3:16·霍克牧师在她耳边说着什么。坐在帕琳另一侧的是那个十四岁左右的女孩，好像叫珊斯克里特还是什么的，似乎和帕琳的关系并不亲近。女孩的脸色比刚才红润一些，很安静地坐在那里，这或许是因为她正好坐在泰森·葛罗迪对面的缘故。

屋子里突然静了下来，人们称呼帕琳为"州长"，但声音都很小，似乎不想让自己的谈话打扰到她。菲克夫妇本来只是出城时顺道拐到这里看看雷吉到底请来谁做仲裁，结果发现确实不虚此行，两人现在

---

① 译注：犹太人标记，是两个正三角形叠加而成的六芒星形状。

在餐桌旁不停地向帕琳那边投去谄媚的微笑。

我好像很少，或者说几乎从未提到汤姆·马维尔，他就坐在我身旁。马维尔看起来很和善：刚刚在草坪上那会儿，他给斯图亚特·邓表演了个小魔术，使邓的一张名片突然燃起火焰。这个把戏大概重复了十五次，斯图亚特兴奋地大叫。帕琳身边那个帅气的牧师表情好像十分尴尬，努力将目光转向别处，以免被误认为也是这场魔术的看客。我很想知道马维尔和帕琳到底是什么关系，他们在哪里认识的，难道是在威斯布鲁克·佩格勒的某次演说现场吗？不过，对于这个生活在拉斯维加斯，却能让人忽视他的肤色，最终在那种鱼龙混杂的赌场赢得一席之地的圆滑之人，我并没有多大兴致想要了解。

维奥莱特坐在葛罗迪旁边，显然后者已经用餐完毕，在一群各怀心事的人中，他显得有些格格不入。我这么说可绝不是出于妒忌，可是葛罗迪对着维奥莱特大献殷勤的样子真像一只德国杜宾犬想要勾搭一只吉娃娃，看到他那样子当然会让我有些不爽。

晚餐结束，维奥莱特和邓讨论着再去赌场玩两把，这个提议很快得到大多数来宾的响应。我本打算一起去，这样可以和维奥莱特多待一会儿，但最后还是放弃了。这里的所有人我都已经足够了解，当然也包括维奥莱特。

大家离开后，我又来到登记处的办公室在电脑上查阅邮件。在这期间，我努力不让自己去看桌上摆着的塞梅尔一家的合影。晚餐前，我曾给莱克·比尔发了封邮件，告诉他帕琳是仲裁，现在他已经给我回复了。因为我已经料到回信中一定会让我们放弃这次活动回去，于是我想晚一会儿再看回信也没什么大不了的。

我先是阅读了罗比给我的来信，那个澳大利亚男孩代替了我在游轮上的工作，信上只说了一句"吐得全身都是"。单词连大小写也没区分。

我回信向他询问详情，并表示如果他身体不舒服的话希望他能早日康复。处理完这封邮件之后，我打开了莱克·比尔的回信。

我接受帕琳作为仲裁的决定，一切按原定计划继续进行。

这他妈的不可能啊。

我很庆幸没和维奥莱特待在一起，想想如果她突然找我说话，我会一时手足无措。任凭你的资产有多雄厚，两百万美元的花销都会有些心疼，至少在这镀金年代，资本或许在下一刻就会化为乌有。

莱克·比尔在信中还回复了之前遗留的一些问题，看起来亚利桑那凤凰城的"沙漠之鹰调查组"里真的有人叫迈克尔·贝内特。事实上，这个人正是沙漠之鹰的所有人，而且他的样貌描述和我之前抓到的那个人十分符合。还有克里斯汀·塞梅尔，也就是奥特姆的母亲，现在住在圣地亚哥，有一个电话号码可以联系上她。

我不明白莱克·比尔为什么会如此迫切地想要证明白湖怪物的存在。接下来，我拨通了那个电话号码。

"哪位？"电话那头，一个女人很小声地问道。

"塞梅尔太太？"

"是的？"

"我叫利昂内尔·阿奇莫斯，是个外科大夫。我正协助调查明尼苏达州的几宗刑事案件。"

电话那头没有回应。

"我知道这件事很难一两句说得清，不过我很希望能从您这里得到一些详细的情况。"

"你是雷吉吗？"她问道。

"不是。"

"你是从 CFS 度假区那边打来的？"

"是的，我现在正待在这里，不过正像我所说的……"

"他又杀了什么人吗？"

事情好办了些。

"什么叫'又杀了'，之前他杀过什么人？"

一阵沉默后，克里斯汀继续道："他杀了我的丈夫和女儿。"

我等着她继续，可是接下来她不再说什么。

"你为什么会这么认为。"

"因为这就是事实。"

"你是怎么知道的？"

又是一阵沉默："雷吉想编造白湖里有怪物的谎言，于是杀了我女儿制造出她被怪物杀死的假象，接着杀了我丈夫接管了他的公司。"

"编造那个谎言是雷吉的主意吗？"

"当然。克里斯从没想过这么做，他就不是那样的人，他做事从来……光明磊落，波多米尼克也不是那样的人。他私下里把他们两个也扯进来，就是想之后他接管 CFS 时不会有人怀疑他。克里斯最后被他说服了，一直幻想着和雷吉能够抓住那怪物，然后把它卖掉。"

克里斯汀·塞梅尔开始轻轻地抽泣。干得不错，阿奇莫斯医生。

"塞梅尔太太，如果你需要的话，我们可以暂停谈话。"

"没关系。"

她的语气并不勉强，于是我又问道："那么，你能告诉我他们打算如何抓住并把那怪物卖掉吗？"

"克里斯死后不久，他订购的钓钩、渔网和其他一些工具就运到了度假区那边。"

"这件事雷吉和我提到过。"

"后来我发现克里斯记下的一串电话号码，我按照号码打过去，对方都称自己是买卖珍稀动物的商人，但他们从未听说过克里斯这个人。我相信他们说的话。"

"那份电话号码名单，你现在还保存着吗？"

"我已经交给警察了。"

"那你有没有留副本？"

"没有。"

这点可以理解：她的亲人刚刚惨死。不过这就意味着或许警察从这条线索调查过，或许根本就没有查。不管是哪种可能，这条线索对我已经没有多大意义了。

"还有其他的……"证据——这本来是我想用的字眼，但我觉得如果这样措辞会让塞梅尔太太认为我对她不够信任。"你还有什么想告诉我的事情吗？"

电话那边没有回答，只有线路发出的咝咝声。我正打算再重复一遍，就听见塞梅尔太太说："雷吉，我知道是你。"

她的语气中并没有愤怒，只有疲惫和忧伤，但听起来依然令人感觉很不安。

"我不是雷吉，我可以发誓。如果你愿意，我过一会儿再给你打过去，让我身边的一个女人跟你讲清楚。"

"我不在乎，如果你是雷吉，那么你很快就会下地狱的。"说完，她就挂上了电话。

21

明尼苏达州，福特湖，
鹿望营 9 月 15 日，星期六—9 月 16 日，星期日

我呆呆地盯着电话，不禁对此次谈话的一无所获有些沮丧。这时，我听到登记处的大门打开了，于是将身子向后靠，想要看看进来的是什么人。

那是帕琳随行的一个特工装扮的男人，外面的瓢泼大雨已经下了半个小时。他戴着棒球帽，穿着雨衣，这次没有戴墨镜，这让他看起来和早些时候不太一样，有那么一瞬间，我甚至想要把这家伙干掉。

我猜帕琳应该和其他人都去了赌场，不过照常理推测，如果她不想让人知道她来到福特镇的话，就不应该这样抛头露面。

"干什么？"我问道。

他的嘴里咕哝了几声。然后他四周查看了一番，甚至连桌子后面和办公室的其他角落都不放过，接着他对着手腕说了几句："他在登记处，没有异常。绿窗户、红窗户，出来。"

还没等我反应过来，屋里的两扇窗户都关了起来，

"你刚才说什么，'绿窗户''红窗户'？"我问道。

他离开了房间。

　　我等了一两分钟，什么事都没发生，于是我站起来，查看了一下贴着"可供借阅"那一栏书架上的书。我应该回到房间，可是我和维奥莱特从下午开始就再没有交谈过，我现在都不敢肯定那个房间还是不是我的房间。

　　于是我随意地从架子上拿下来几本平装书，然后躺在沙发上读了起来，还没读上两三页，萨拉·帕琳和她身旁那个年轻英俊的牧师就走了进来。

　　"拉扎勒斯医生，我们听说你也许待在这里。"

　　"我不知道你们说的那个人是谁，我叫阿奇莫斯。"

　　帕琳笑了笑。在此之前，和她近距离接触总是感觉很奇怪，或许是因为已经习惯了从电视屏幕上看她的缘故。

　　"我们能不能请你帮个大忙？"她说。

　　帕琳一众人还站在门口处，我坐起身来说："没问题。"

　　"珊蒂斯克需要完成她的化学作业，我父亲是个科学老师，但我对一些基因方面的知识已经忘得差不多了，所以我想或许，你看，既然你是个医生，或许能帮她完成作业。"

　　我感到奇怪，奇怪她爸爸竟然是个教师，而她本人竟然会相信基因学。

　　或许我之前对这个女人的判断有误。

　　"很高兴能帮忙，"我回答，"我来看看你学到哪里了。"

　　小女孩很难为情地盯着地板说："只是化学第一册。我真不需要人帮忙。"

　　"只是目前不需要。"帕琳强调说。

　　我感觉到小女孩的不自在，于是对她说道："你想坐在那边的沙发上做作业吗？有什么不会的，你可以随时叫我。"

"好的。"珊蒂斯克回答。

帕琳拉过来一把扶手椅坐在我们对面，她坐的这个位置很容易分散我们的注意力。好在过了一会儿，我看到珊蒂斯克对着她的参考书和练习册似乎处理得游刃有余。我假装坐回到沙发上继续看书，为了让人看起来更真实一些，我还不时地翻翻页。

"你知道吗，我十分支持以色列。"帕琳突如其来的话语，惊得我差点从沙发上跳起来。

"哦？"

"当然，十分支持。"

"啊？"①

"因为你的身上有那个文身。"她说道。

"没错，"我说道，"你和你的这位牧师为什么对我身上的文身那么感兴趣？"

"他们只是……有人将这种符号永久地文在身上时，这种符号就变得意义非凡。"

"比如大卫之星，或者赫尔墨斯的魔杖吗？"

"两者都是如此。"帕琳笑了笑，这种表情我从未见过，这种感觉就像在现场观看福克斯电视台的新闻节目。那种自命不凡、目空一切的笑容，似乎流露出比平时更强的防备心理。就好像如果我不喜欢她刚刚说的话，那么就只当她在开玩笑。那种遮遮掩掩的态度很像本森赫斯特区盖起的联排别墅。

"在什么方面意义非常？"

---

① 顺带提一下，所有的犹太人都会有这样的反应：对于遇见的这个人认为以色列是在美国和英国的支持下（为了补偿过去曾对犹太人犯下的屠杀罪行）窃取了巴勒斯坦人的领土，建立了一个种族隔离的政府，那么不管他是希望这个国家尽快灭亡，还是希望以色列能撑得久一些好给《僵尸启示录》多些素材，两种人都不会得到犹太人的欢迎（译注：《僵尸启示录》是美国一部以僵尸为题材的电影）。

她红着脸说："好吧，你应该知道……"

"不知道，说真的，到底是什么？"

"我是希望也许我能向你请教一下关于文身的问题。"

"请讲。"

我可以看见她的发际线上渗出的汗珠。"我的话你明白吗？"她问道，"你明白我在说什么吗？"

"抱歉，我不明白。"

珊蒂斯克在登记台前一边做着作业一边摇着头，到底是帕琳还是我的表现让她不满意，我就不得而知了。

"约翰牧师之前也说你或许不明白，"帕琳说道，"但我就是想亲口问问你，或许你知道。有时候我的脾气是比较急，请你谅解。"

她从椅子里站了起来。

"等等，"我说道，"没关系的，你可以告诉我刚刚你到底在说什么吗？"

"或许我什么都不应该说。"

"为什么？约翰牧师到底是什么人？"

"他是我的牧师。"

"他来这里做什么？"

"这件事我绝对不可以说。珊蒂斯克，宝贝，我们准备走吧？"

"我们才刚刚到这里。"珊蒂斯克说道。

"你可以回房间继续做作业，有什么问题你也可以用卫星电话跟你的朋友联系。"

珊蒂斯克垂头丧气地停了一会儿，接着开始收拾她的课本和作业本。

"你真的不打算告诉我到底发生了什么事吗？"我问道。

帕琳迟疑了，停了一会儿，趁着珊蒂斯克正在收拾的时候，迅速地弯下身来，我本来以为她想要亲我，谁知：

"以赛亚 27:1。"她在我耳边轻声说了句，然后将指尖按在我的嘴唇上，迅速直起身来。

"那是什么？"我思索着，这不会又是个人名吧。

"你应该查查资料。"

"你就不能直接告诉我这是什么吗？"

"珊蒂斯克，约翰牧师想要告诉人们《圣经》上的话时通常会怎么做？"

"他喜欢说'自己查阅一下'。"珊蒂斯克回答道。

"他说，不管在任何时候，能够劝解他人翻阅《圣经》，是对自己和他人的一种赐福。"

"听起来更像是他不必背诵《圣经》的借口，管他怎么样。"珊蒂斯克站了起来，费劲地拖着书包，帕琳推着她走到门口。

"你就不能大致给我讲述一下里面的内容吗？"

"最好还是不要吧，"帕琳说，"跟拉扎勒斯医生道声晚安。"

"晚安。"珊蒂斯克答道。

他们走了出去，帕琳身边的一名保镖站在门口挡住了我的视线。或许这就是刚刚进来的那个保镖，或许不是。

"妈的。"我暗暗骂了一句。

见鬼，还是算了，我决定在网上查一下有关信息：

到那日，耶和华必用他刚硬有力的大刀刑罚鳄鱼，就是那快行的蛇；刑罚鳄鱼，就是那曲行的蛇，并杀海中的大鱼。

这句话的意思是什么，我如坠云雾中……

去赌场的人已经回来，我朝着灯光和声音的方向走去，雨已经停了，现在大概是凌晨三点多钟。

我在登记处读完了一本书，个人感觉还不错，那本书应该是比较早以前出版的，那时候充斥电视屏幕的应该是《豪门恩怨》①，我只记得其中一个情节：女主角让那个负心的男孩吸食放在她大腿上的可卡因，希望能把他激怒，然后让他用剪刀把她戳死。

我走到了湖边，看见帕琳正怒气冲冲地对着卫星电话说着什么，她身边的保镖将她安全地围在中间。

维奥莱特走过来对我说："有莱克·比尔的消息吗？"

"有，他希望我们留下来。"

"什么？"

"没错。"我希望从她的表情中找出些许蛛丝马迹，证明她在心里认为这是个好消息。或许是她太疲倦的缘故，竟然完全没有流露出兴奋的表情。"发生什么事了吗，怎么这么晚才回来？"

她摇了摇头："这么扯的事，你不会相信。"

---

① 译注：20世纪80年代的长篇美剧，是美国电视史上收视率最高的作品之一。

7 号插曲

明尼苏达州，奥吉布瓦保留区东部，
奇佩瓦河赌场
9 月 16 日，星期日 [1]

　　西莉亚想知道潮湿的天气会不会使牛仔裤缩小，如果是这样，现在她或许有麻烦了，因为这样蚊子就会有机可乘，然后像充气球一样让自己的肚子变得滚圆。

　　在她面前几英尺开外的地方，一帘水幕从山顶突出的悬崖上倾泻而下。为了不让衣服被打湿，她不得不把后背紧贴在水泥墙上。

　　尽管如此，这个地方位置还算不错。墙上虽然没有窗户，但采光很好。这个时节除了员工或是想要找麻烦的人，几乎没人会在赌场的这一侧停车。打在墙上的光线很容易让人注意到西莉亚，而她很难看清楚对方，但有些人就喜欢这种环境，晒晒太阳可以减轻压力，同时也能打发一下无聊的时光。

---

[1] 本节记述来自《伊利镇每日号角报》上不同人的访谈。

西莉亚听到有脚步声，一个男人沿着瀑布和水泥屋之间的一条小道走了过来。他穿戴整齐，步履稳健，身上的外衣看上去价格不菲，脚上穿的是一双尖头皮鞋。西莉亚对这种样式的皮鞋比较注意，因为她爷爷曾经告诉她这种皮鞋十分耐穿，所以穿这种样式皮鞋的男人都不是什么有档次的人。西莉亚不清楚 1940 年后出生的人是否也这么认为，但她仍然对穿这种皮鞋的男人十分关注。

"请问，你是这里的工作人员吗？"男人微笑着向西莉亚问道。

不像是来取车的。

"现在是工作时间。"西莉亚说道。

"听到你这么说真是太好了。"

男人的手放在两边站在那里，和西莉亚保持一定的距离，好像尽量避免吓着她，可西莉亚还是感觉背后的汗毛立了起来。

西莉亚想起了劳拉，她曾经向她传授经验，如果感觉哪里不对劲，就一定有什么不对劲的地方，所以应该尽量抽身。

西莉亚牢牢记住了这句话。

可从这个男人体面的穿着来看至少他不像个警察，不管怎样，应该是个老实人。

"怎么？"西莉亚回答，"你想让我为你做些什么吗？"

"我正有这个打算，"他看了看屋外的雨势，说道，"你有什么地方可以让我们暂时避一避雨吗？"

"那边我有辆小货车，干净、暖和，你想让我干些什么？"

"哦，我也不确定，"男人回答，"但我的要求不会太古怪。"

西莉亚倒希望眼前的家伙提出些古怪的要求，比如协助他抓捕外星入侵者之类的工作。

男人接着说："我需要你跟我来点刺激的。你叫我约翰，我叫你萨拉，尽量别把自己当成个印第安人。"

"你真走运，约翰。我的名字就叫萨拉。"西莉亚搓着手指好像要把什么给抹去。"来点刺激的？"

男人双眼眯了起来，不确定眼前的这个女人是不是在耍他。

"明白客人的需求是最好不过的，"西莉亚对男人安抚道，"我们要不要用套子？"

"是的，两次都用套子，多少钱？"

"两个套子，还要刺激，两百六十块，不讲价，我还有个孩子要养。"

"两百六？"

"宝贝，你得先付费，赌场门外好像从来没有什么信用可言。"

"好吧。"男人说着开始摸外衣的口袋。

"别在这里，你也不想被逮住吧？"

西莉亚说完背对着男人向货车那边走去，冰冷的雨水打在身上。西莉亚将衣服领子又往上提了提，她脚上踩着一双"恨天高"，穿着一条样式很夸张的牛仔裤。现在她背对着这个陌生男人，想到这里，西莉亚不禁加快了脚步，走到车旁，她转过身来，说道："好吧，现在可以把钱给我了。"

男人数钱的时候弓着身子，这样一来可以避免他那干瘪的欧式钱夹被雨水淋湿，二来也可以防止西莉亚看到他钱包里到底有多少钱。"两百四怎么样？"

"两百六。"

崭新的纸币，应该是刚从 ATM（自助取款机）里取出来的。西莉亚细细地数了一遍，然后又对着光照了照，雨水打在钱上溅起了些许小雨点，接着西莉亚把钱揣进口袋。

"行了，现在走吧，"她说道，"不过我们还是要小心点，好吗？"

"好，现在可以开始了吧？"

"你知道这是犯法的，对吗？"

"当然……"男人突然停下来警觉地问道，"你为什么这么问？"

"你知道这是犯法的吧？"西莉亚再一次直截了当地问道。

那一瞬间西莉亚真害怕男人会一巴掌挥过来，但是他并没有这么做，而是转身狂奔，踩着泥泞的水坑一路朝赌场那边跑去。

"别动！BIA①！"西莉亚一边喊着，一遍将自己的证件和手枪从夹克口袋里掏出来，"你涉嫌嫖娼，已由辖区被联邦警局逮捕！"

男人并没有停下来，此时，货车的后门被打开，吉姆和基科——两名和西莉亚一样的拉丁裔男孩像足球场上拼抢的运动员一样冲了上去。

西莉亚看着两个人将那个男人按倒在泥坑里，她觉得已经无须出手帮忙了。

吉姆和基科穿着亚瑟士的跑鞋和运动套装，但就算穿着这样的鞋和裤子，黑人终究还是黑人。

---

① 译注：印第安人事务局。

22

明尼苏达州，边界水域泛舟区
9 月 16 日，星期日—9 月 19 日，星期三

　　我们出发的有点晚了。

　　大约快凌晨四点的时候，帕琳在房间门前做了个简短的演说，鼓舞大家无论遇到什么样的困难，都是约翰牧师所期望的，是上帝对大家的磨炼。帕琳的演讲充满激情，然而对于约翰 3：16 皮条客牧师——戴尔和米格尔现在开始这样称呼他——是否加入此次旅行，大家一点都不关心。

　　对于只睡了两个小时就要出发乘船，大多数人都表现得兴奋不足，一副无精打采的样子，于是直到中午时分，大家才从福特湖乘船出发——这时，距离雷吉约定的和阿尔宾探长见面的时间大约还有九十分钟，但这不是我需要考虑的问题。

　　船队由十一只体积较大的平底木舟组成，每只船的船头和船艉位置各坐着一名二十出头的向导。不知道雷吉到底从哪里找来的这些向导，他们好像都来自圣菲市，一个个胸有成竹的表情，好像十分清楚接下来的旅途意味着什么。除此之外，每只船上还乘坐着两名客人，两

人相背而坐，船中央用防水帆布盖着一堆露营所需的设备和补给。

航行的前三天，我和维奥莱特并不在一只船上，戴尔那只名叫巴克的拉布拉多犬也被一同带来了，而戴尔和米格尔则留在了 CFS，继续管理公司事务。第一天，维奥莱特和帕琳身边的牧师坐在一只船上，但晚上她和我睡在一顶帐篷里，所以我每晚至少有六个小时可以躺在硬邦邦的地面上感受她呼吸的气息。第一天晚上搭帐篷的时候，维奥莱特对我说道："我们能不能，或许能表现得专业一些？"

"哪方面专业一些？"我问道。为了掩饰心中刺痛的感觉，我通常会表现出一副玩世不恭的样子。[1]

"我不是很明白，专业的哈迪男孩[2]吗？"

显然这个回答让我们之间的关系变得更加糟糕。

搭建和拆除工作十分烦琐[3]。我不知道自己当初为什么会认为野外生存和打高尔夫或设计赛车不同，不需要高科技的设备，事实证明我是大错特错。好在雷吉组织的探险队装备精良：向导们用无铅汽油炉为我们准备热气腾腾的一日三餐，利用聚酯薄膜袋冷冻那些脱水食物，因此这些日子以来，我们一直有幸可以喝到用脱水龙虾熬制的浓汤。

那些长着小麦色健硕臂膀的向导承担了陆上运输的所有工作，我们这些人只需坐在船上，甚至连划桨都不需要我们动手。有一次因为实在无聊，我们反复向船上的向导保证不会让船落下才勉强征得他们的同意，得到了这份差事。

我当然对这种情况乐意之至，这次旅行队伍中至少有九个人的工作是留意周围环境——这还不算帕琳的保镖们——但是因为缺少各自

---

① 如果哪天我患上了心脏病，我一定会每天坚持看两个小时的喜剧。
② 译注：《哈迪男孩》是一部讲述青少年冒险故事的电视连续剧。
③ 我这里当然指的是那该死的搭建帐篷和拆除帐篷的工作。

明确的职责范围，太多的眼睛反而更容易漏掉一些重要的东西，这样的情况很快就发生了：帕琳的保镖在我们第一天下午露营时竟然没有看见林中一些毒贩子遗留下来的帐篷，好在维奥莱特和巴克发现了那里。

那顶帐篷不大，但是在靠近路边搭建起来的，因此保镖们应该可以发现它。一顶现代的八角形的帐篷旁边放着一张残缺的木制野餐桌，桌子的一角绑在一根木桩上面，桌面上零散地堆放着一些化学仪器，化学试剂还残留在一些玻璃器皿上。餐桌头顶上方的树上还绑着一台风扇，因为没有连接电源，风扇在风中有气无力地转动着，扇叶上还绑着几只健怡可乐的空瓶子。

进入帐篷，一股臭味扑鼻而来。帐篷里面有三个睡袋，满地都是食物包装袋，除此之外还有一个装子弹的空纸盒，上面写着 7.62 × 39，这些子弹应该是用在 AK-47 冲锋枪上的。

种种迹象表明，住在这里的人是发现我们才临时从这里撤离的。帕琳的手下手忙脚乱中打碎了几件炊具，他们似乎有意用这种方式催促我们快点离开这里。而我在什么时候都觉得与人方便也是与己方便，况且这群亡命之徒说不定躲在哪个角落监视着我们，把他们惹恼了对我们可是一点好处都没有。葛罗迪的手下在这个问题上和我看法一致，清除障碍或许是保镖做事的一贯手法。

或许是帕琳的保镖因为失察而觉得没面子，我们最终还是离开了营地，不过基本保持了那里的原貌。

这个小插曲让我想到了迪伦，于是我决定在离开福特镇之前一定要弄清楚他现在情况如何。

　　旅途也并不总是枯燥乏味，第三天清晨的时候，两只水獭聚在我所在的那条船上，躺在船帮上对着我微笑，这个笑容就像来自上天的赦免。有时候我们需要沿着山脉前进，山顶的景色十分壮美，几乎从每个方向望去都是连绵的绿树或是接着天际的湖面。有些湖的面积很大，湖面上甚至翻起海一样的浪花。在这些湖面上行驶时，氤氲的水汽升腾起来，令人仿佛置身于迷雾当中，心中不禁荡漾起维京人当年征战阿瓦隆的豪情。星空下燃起一堆篝火，周围野花散发出馥郁的芬芳。

　　说实在的，一行四十五人的队伍很难让你饱览边界水域的秀丽风光，因为总是有人霸占着望远镜不放。

　　一路上帕琳好像有意在躲着我，而我也尽量地躲着她。不过她好像很喜欢待在外面，在环境相对恶劣的情况下也表现得十分坚忍，而泰森·葛罗迪一路上兴致也很高，会时不时地来上一段热舞。

　　每个人的心情看起来都还不错，菲克太太兴致勃勃地包扎着长满水泡的脚，韦恩·邓假装去林子里小解却在一旁偷偷查看明令禁止携带的 GPS 定位设备，而我也能隔一段路停下来欣赏一下周围的景致。对着成山的行李装备和一群对你不理不睬的人，那么你很快就会对挖掘隐私乐此不疲①。

　　菲克太太给我讲了个故事，虽然后来她反复唠叨不应该把这个故事告诉别人，但我很喜欢她能多讲一些这样的故事。帕琳的一个保镖也曾向我透露，他们戴的电话线一样盘绕的耳机线外部也可以传导声

---

① 除非被挖出的是关于我的隐私。

音，这样就能减少声音的损耗。现在有一种新型设备，卡在耳朵后面，声音就能不断地从颞骨传导进耳道，这样就可以避免有些人对塑料耳机线产生的过敏症状。但是这种装置比较昂贵，只有真正的特工才会使用，显然这帮家伙还不够级别。他甚至还告诉我，他是如何从其他工作转入保镖这一行的，我对这些私人小秘密是很乐意倾听的。

　　给我印象最深的还是韦恩·邓在一天早晨对着我和一群水獭所讲的故事，至今我依然会时常想起那个故事，希望弄明白当时我们到底经历了些什么。

23

明尼苏达州边界水域泛舟区
加纳湖与白湖
9 月 19 日，星期三

　　到达加纳湖的西北岸后，我把自己的背包放在树林旁的一角，这个位置正对着白湖。天色很快暗了下来，这个时间比我们昨晚和前晚的宿营时间晚了两个小时。现在我什么都不愿多想，也不想让任何人打扰，包括维奥莱特，眼下只有走一步看一步。

　　加纳湖的东北角和白湖南岸之间有一小块陆地，越过那里，我来到白湖的西岸，这一带地形狭长，岸边有许多石块。

　　暮色降临，岸边的树林投射出巨大的阴影，旁边的河岸树林一直向北延伸过去。白湖在这片树林的衬托下像是个深潭，湖周围被不规则的石灰岩溶洞所环绕。就像之前所介绍的，这里的确是寸草不生。

　　我刚刚穿好潜水服，帕琳身边的小女孩从旁边走了过来。

　　"你准备游泳吗？"她惊讶地问。

　　"是的。"我回答。

　　"在白湖？"

　　"是的。"

"为什么？"

我盗用了维奥莱特的台词："这是怪兽曾经出现的地方。"

小女孩充满疑惑地点了点头："你看见巴克了吗？"

"没有，怎么了？"

"它本来和我还有维奥莱特在一条船上，马上要靠岸的时候，它从船里跳了出来，跑进了树林，好像是朝你这边过来了。"

"你是说，它跑到这边来了？"

"不是，我们觉得它应该一直跑到山上去了。"

那座山和白湖平行。"不必担心它，"我说道，"它一定会回来的，那只狗虽然不会说话，但它还是舍不得离开你们的。"

小女孩依然很担心的样子："你能帮我留意一下它吗？"

"当然。"

"谢谢你。"

小女孩离开后，我穿上脚蹼，拿上手电筒。

河水十分冰冷，隔着潜水面罩，顺着手电筒的光柱看去，湖水就像一锅蔬菜汤，水中悬浮着许多小颗粒。手电筒的光柱之外是一片漆黑。

我应该趁那小孩儿没告诉大家我在这里之前尽快上岸穿好衣服。这时我的脚好像踢到了什么东西，但我记得刚刚手电照的那片地方明明什么东西都没有。水中安静得只剩下我通过潜水呼吸管的呼吸声，那种感觉就像血腥恐怖片为渲染气氛而插入的音效。

我无暇理会，显然我还有更重要的东西需要查看。于是我将头钻出水面，双腿在水下使劲蹬着，慢慢爬上了两湖之间的那块陆地。

那个断了腿的男人查理·布里森的话虽然早已被证实是谎言，但我好奇的是他对这里的地形为什么描述得那么准确。上了岸，我感到更加惊奇，简直是完全吻合。这个小岛的边缘果真长着一圈湿滑的树根，到了中间只剩下泥土和杂草，像是男人的谢顶。透过潜水面罩，我依然能清楚地看到这些树根的确是向更深的湖水里延伸而去，或许有些根系已经深入我脚下的泥土或是背后的湖底，甚至已经越过了白湖延伸到加纳湖里。

湖中的小鱼围绕着一团团绿色的雾状苔藓欢快地啄食着，它们在手电筒的照射下闪耀着银色的光。这些鱼在水下盘根错节的树根中间来回穿梭，好像很少会冒险从这个天然的保护伞中钻出来。我正在琢磨着，它们是否会游到对面的加纳湖去。

突然，手电筒好像照到前方一团明亮而巨大的物体。

那是一堵橙红色的花岗岩墙面，我心存疑惑，向前一步站到水中查看。

我沿着白湖西岸一直游到东岸，这里一侧矗立着陡峭的悬崖，这个位置离我刚刚所在的小岛大约二十码远，但小岛上生长的树根一直向这边岸上延伸过来。

我朝水下看了看，下面延伸过来的树根没入水面大约六英寸，在水下俨然盘成又一个小岛。

因此，白湖和加纳湖的水域虽然是相同的，但却是两个相互独立的岛屿，小鱼可以穿过水下树根结成的网在两湖之间游动。很显然，对人类构成威胁的大个头生物肯定无法在两湖之间自由往来。假如真有湖怪，它也一定是被困于白湖水底由树根编织而成的牢笼中。

我的身体泛起一阵寒意，不过至少现在我可以离开这里了。我沿着原路游了回去，一路上，我不时转过头来用手电照一照身后。

在这种神经高度紧张的状态下，我一路游了回去，有那么一瞬间，我好像看到一个巨大的灰色鳍从我眼前一闪而过，距离我的脚踝大约两英尺远，鱼鳍看起来像是缺乏光泽但很光滑的羊皮。

此时，我就像从高处坠落下来一样，憋住一口气拼命地向前游，面罩和呼吸管在慌乱中弄丢了，连手电筒都不知扔到了哪里。正在焦急什么时候才能游到岸边时，我猛然发现自己的双脚已经踩到了树根。

我沿着树根慢慢走上小岛，终于离开了水面，那个神秘的鱼鳍不见了。我继续向前走去，回想刚才如果耽误一下或是游得慢一些，恐怕现在已经命丧尖牙利齿之下，想到这里，我暗自庆幸。走到岛中央的草地上，我抓住一根树干兴奋地绕了一圈。

突然，我发现对面站着维奥莱特，她竟然会跑到这里来找我。

"利昂内尔，发生了什么事？"

我转过身来向白湖看了看，细碎的阳光在湖面跳跃着，除此之外湖面一片平静，谁能想到刚刚我经历了怎样惊心动魄的一幕。

"你刚刚看见了吗？"

"看见什么？"

我没有回答她，依然死死地盯着湖面。

"哦，该死。"维奥莱特说道。

24

明尼苏达州边界水域泛舟区
加纳湖和白湖
9 月 19 日，星期三

"我能进来吗？"外面有人说道。

我靠在一棵树上，说真的，我也记不清到底是不是靠在树上了。我换下湿衣服，换上一套干净衣服，假装刚刚去找巴克。维奥莱特因为我没有通知她就单独行动而发了飙，她或许以为我对刚刚所经历的有所隐瞒。

我努力跟她解释：就算我真的看见了什么，也不代表它真的存在。

"你怎么样？我刚才到处找你。"

果然，是萨拉·帕琳，她玻璃珠一般的眼睛散发出狂热的光芒，脸上还带着捉摸不定的微笑。帕琳的一个保镖背对着我们，朝加纳湖的岸边走过去。

"我很好，谢谢。"

"我听说你看见那东西了。"

"我什么都没看见。"

"它长得什么样？是不是真的那么恐怖？"

"我刚刚不是说……"

"那东西会说话吗？"

我盯着维奥莱特，和她比起来，我的思维还算正常，这个念头一闪而过："不，那东西当然不会说话，你怎么会这么问？"

"你刚才不是和它面对面吗？"

我差点笑出来："不管刚刚在水里发生了什么，我和那东西绝对不是面对面，确切地说，是我侥幸从它那里逃脱了出来。"

"嗨，得了，别憋在心里了，这样你的心情会变得很糟。"

"帕琳女士，如果你有什么话想对我说，那么你不妨开门见山。"

"叫我萨拉，或者州长，我可不是女权主义者。"

"那么好吧，萨拉，你刚刚在说什么？"

"你还不明白吗？"

"是的。我不明白。"

她咬了咬嘴唇："我不确定约翰牧师到底同意我说多少。"

那个家伙甚至连女政客和站街女都分不清——我知道这么说或许有些武断，但我现在根本没心情去思考这件事。

"萨拉，约翰牧师并没有跟你一起来，这难道没有原因吗？"

帕琳慢慢地点点头，反复思量了一下，最后说道："你读了那一段了吗？"

"《以赛亚》里的那一段吗？读了。"

"你明白那一段话的意思吗？"

"我不确定，是不是说白湖里有那种传说中的海龙？"

她点了点头。

"《以赛亚》的作者难道认为这东西真的存在吗？"

"《启示录》和《创世记》的作者都知道它是存在的，我的意思是，你应该听说过《创世记》吧？"

我们犹太人当然知道《启示录》和《创世记》。为什么？难道我们不看灾难电影吗？先不说这个了。"就是讲约拿和鲸鱼的故事①的那本书吗？"

帕琳很惊讶地说："我跟你说的是《创世记》啊？"

我想，大概约拿没有出现在《创世记》里。

"亚当和夏娃，你知道吗？"她问道，"就是那条海龙？"

"你不会对我说，白湖怪物就是伊甸园里的那条蛇吧？"

"不是，"她看了看周围，压低声音在我耳边说道，"那是一条海龙。"

要是在平常，我对这种虚无缥缈的东西总是听过就算了，但现在我的心中产生了一种想要求证的欲望。

"我敢保证你说的'蛇'和我说的'蛇'是一码事②。"我说道。

"从自然科学角度来看两者是一码事，但在《圣经》里'海龙'就是'海龙'，就是它蛊惑夏娃吃了禁果，上帝为了惩罚它才将它变成一条'海龙'。上帝说：'从此你只能将肚子贴于尘土爬行。'这件事应该发生在亚当和夏娃被逐出伊甸园之后，否则哪来尘土一说？海龙和禁果一样：大家都认为那是只苹果，但《圣经》中从来没有提过那是苹果。当然《圣经》里出现过苹果，这就像人们总是认为《圣经》里提到了三个圣人……"

"好了，我明白了，"我及时打断了帕琳，"如果海龙不是蛇，那它又是什么东西？"

"没错，它到底是什么东西？"

"我在问你呢。"

---

① 译注：这是《圣经·旧约》中的故事。
② 译注：帕琳说的"serpent"和阿奇莫斯所说的"snake"在英语中都是"蛇"的意思，只是"serpent"一词专门指在伊甸园中蛊惑夏娃的那条蛇，西方人将它视为"邪恶"的象征。

"我不知道，我们现在掌握的只是些支离破碎的证据，你听说过野兽数字^①吗？"

"666？"

这样的话题让我有种想要立马跑开的欲望。

"好吧，那看起来确实很像 666。"

不过，我听说帕琳平时经常跑步锻炼。

"难不成是 999？"

帕琳笑着轻轻打了我一拳："当然不是，严肃点。"她看了看四周，然后伸出手折断了旁边树上的一根树枝。四天来，雷吉手下那群年轻的向导一直告诉我们不要这么做。帕琳用树枝在地上从右至左斜向下画出三个"6"，这一连串数字一笔完成，看起来就是一条螺旋线。

"这是什么？"帕琳问道。

"阴毛？"

"拉扎勒斯医生！"

"好吧，我不知道，是什么？"

"像不像一个 DNA 片段？"

我仔细瞧了瞧。"不过，DNA 应该是双螺旋结构，但是从一定角度来看两条螺旋线是重合在一起的，不过这两条链应该不是一体的，我想应该也有单链 DNA……"

帕琳兴奋地双手合起。

"怎么了？"

"你已经知道了！"帕琳叫道，"或许你以为自己不知道，事实上，你是知道的！"她重复着我刚才的话："DNA 通常是双链结构，但也

---

① 译注：把一个整数中包含至少三个连续 6 的数字叫作野兽数字，这一叫法最初来自于《启示录》。

有单链 DNA。"同样的话从她嘴里说出来总是感觉很别扭。"但为什么
会存在单链 DNA 呢?"

"不知道,"我回答,"或许是另一条链缺失?"

"那另一段 DNA 去了哪里?"

"我不知道。"

"那条相对应的?"

"好吧。"

"另外一半在谁那里?"

"我不知道。"

"另外那个家伙。"

"另外那个家伙?"

"这就是为什么他会被称为反基督,你知道我说的是什么?"

"撒旦?"

"是海龙,"帕琳指着她画的那条螺旋线,"你难道不觉得它长得像
什么吗?"

"你说像蛇吗?"

"科技日益发达,现在人们可以通过克隆技术复制自己,这就意味
着不用父体和母体的 DNA,只需一条 DNA 链就可以完成,有些人认
为通过这项技术可以让自己永生。但这并不是永生,因为这种人将永
远不能进入天堂。说到底,'知识之树'并不是'生命之树'。"

"克隆?"我问。

"我们现在所做的就是不让这件事发生,你知道吗,我们现在就在
做这件事。"

我看着她,"我们"这个字眼仿佛让我们之间的关系发生了微妙的
变化。

"做什么事？"

"杀了它。"

"杀了那段 DNA ？"

"杀了海龙。"

她踮起脚，双手捧住我的脸亲吻我，粗暴且毫无感情，就像某些欧洲国家酒吧里的醉鬼相互问候的亲吻方式一样。

"别害怕。"

说完她后退了一步，这时她的余光好像扫到了什么，于是转过身来。

是维奥莱特·赫斯特，帕琳的保镖站在她身旁就好像羊羔一般温驯。

帕琳赶紧把双手抬起来捂住脸，转身向营地跑去，颤声说道："不是你看见的那样，不是你看见的那样！"

"别介意，没关系！"维奥莱特朝着她逃跑的方向大声喊道。

"不是那样子的。"我想要解释。

"说真的，我一点都不介意，我只是过来问问你是否找到了巴克。我猜应该是没有，谢谢帮忙寻找。"

25

明尼苏达州，边界水域泛舟区
加纳湖和白湖
9月20日，星期四

凌晨三点半，我醒来，睡袋里潮湿憋闷的空气让我感觉有些恶心，于是我坐了起来，维奥莱特整晚都背对着我。

清冷的月光点缀着夜色，外面的景色看起来像是黑白电视里的图像，雾气贴着地面弥散开来，像是迪厅或僵尸电影里特意营造的气氛。雾气笼罩在整个营地上方，并被地面升腾起的余温驱赶着向加纳湖湖面推进。月亮像个银钩，让我想起我和雷吉在他房前谈话的那晚，一样的月亮，根据月亮盈缺的规律，今晚和那晚的月亮方向应该正好相反。

耳边细碎的声音传来，营地外围的一堆篝火即将燃尽，透出暗红色的光。我突然来了兴致，偷偷绕过雷吉和帕琳的一个保镖，他们正在谈论在所有动物中为什么灰熊的名字叫灰熊。

"金枪鱼也是唯一被叫作'金枪'的鱼。"那个保镖回答。

"没错，孩子，"雷吉说道，"似乎没有叫金枪鸟的。"根据平时的观察，这个保镖很少和雷吉交谈。

快走到树林旁边时，我突然发现还有个人站在那里，我的脚下一软，差点摔倒。那个人是韦恩·邓的保镖，他盯着我一言不发。

天上开始下起小雨，我就站在湖心岛的一端，陆地一直向前延伸，消失在从两边湖上升起的浓雾中。我不清楚那些所谓的"胆量训练"是什么东西，但只要不是让我浑身湿淋淋地上岸，什么我都可以接受。湖面上现在一片朦胧，很难看清东西，要不是少许月光，此时我根本什么都看不见。

但我能听到。

那是种嗡鸣的声音，很微弱，微弱到几乎不会引起耳膜的振动，它听起来就像是隔壁房间传来的冰箱工作的声音。

我不太确定那到底是什么声音，于是沿着湖心岛延伸的方向一直向北走去，走到伸向白湖的那个开阔的岬角。这条路狭窄崎岖，但即使大雾天走起来也不费力，因为旁边刚好是花岗岩自然形成的石墙。

越向前走声音越大，岬角和一侧的峭壁连在一起，中间圈出一个面积较小的水潭。小水潭上停着一只船，透过飘散的水汽发出金属的光泽和淡淡的绿光。

当然，望远镜和夜视镜都不在我身上。

嗡鸣声停止，船随波轻微晃动着。

"你在干吗?"维奥莱特看我正在翻动背包，忍不住问道，"你找到巴克了？”

"嘘——没有。白湖上停着一只船。"

"什么？"她支起身子，"怎么回事？"

"我不清楚，而且也看不太清楚。"

"你刚从白湖那边回来？"

"是的。"

"刚才为什么不叫醒我？"

"我好像把你弄醒了。"

"我是说专门把我叫醒。"

"谁知道外面会不会有危险。"

维奥莱特轻轻拍了拍睡袋："我这就来。"

"外面在下雨。"

"有什么关系？"

"那我们赶快过去吧。"

"好的，我冲个澡，你没事吧？"

好像有事。她躺着拉开睡袋的拉链，然后穿上牛仔裤，我可以清楚地看见她大腿上的鸡皮疙瘩。裤子卡在了她丰满的臀部位置，她整理了一下再次向上拉，裤腰划过平坦的小腹。

我抬头去看她的脸，她发现我正在看她，那眼神里没有揣度，但令人感到浑身不自在。

那是一种你无法用言语形容的眼神。

我拉开帐篷的拉链，现在外面已经开始下起了大雨。

船身上印着"佐迪亚克"①的标志，二十英尺长，船中央焊着一个支架，上面安装着方向盘。金属制的捕鱼支架向上架在船身两侧，像是起重机的吊臂。隔着浓雾，即便用望远镜也很难看得更清。我随身带的数码相机现在也派不上用场。

"这里，"维奥莱特说着将夜视镜递给了我，雨势较大，我们不用担心说话会被人听到，"那人正把袋子里的什么粉末铲进河里。"

我拿着夜视镜的第一件事就是向后面环视了一周，我和维奥莱特是手拉手偷偷溜出营地的，所以如果有人看见我们一定会以为我们要去外面"野战"，但维奥莱特认为，并不是所有人都会对这种事做到"非礼勿视"。

不管怎么说，在这种情况下要求别人牵着自己的手，我并没有因此觉得十分幼稚和难为情。

我用夜视镜查看了一下湖面，雨水和浓雾在红外线下变得比较透明。我看到船的前方绑着一个已经瘪掉的轮胎，像是个站在船舷上的流浪汉。船艉两侧的角落分别固定着两个大小相同的充了气的轮胎，船头那个轮胎的旁边好像放着一支上了膛的捕鱼枪。扇形的船艉下方有一个大马达伸入水中，大马达的下方还有一个小马达，那个小的应该是电马达。

"这船是油电两用的。"我说道。

"是的，那么，你看那人在干什么？"

---

① 译注：英国一家著名船运公司，主要从事散货运输业。

"我什么人都没看见哪。"

方向盘上方好像一团雾状的发光装置，或许是声呐显示器。这时我看见一个男人站了起来，刚刚他应该是蹲在轮盘和船后部貌似是内置冰箱的装置之间的，那个男人的手里好像拿着一个铅球一样的东西。

"我看见他了。"

"能看见他的脸吗？"

"不能，他现在背对着我们站在船艉。"还有一点，那个男人和我、维奥莱特以及任何在明尼苏达州户外活动的人员一样，穿着一件带帽子的冲锋衣。我大致能猜出他现在在听什么：雨点打在戈尔特斯①冲锋衣上的轻微振动。

我用夜视镜又向后面扫视了一下，然后把它交给维奥莱特。

"那个男人现在往钩子上挂上了什么东西，然后朝着一边甩了出去，"停了一分钟，她说道，"我想那应该是块肉。"

过了一会儿，我听到了绞车马达的声音，即使哗哗的雨声也掩盖不住，那声音甚至比电动舷外马达的声音还要大。

维奥莱特把夜视镜递了过来，我看见那个男人直起身子，将脸转向我们。

他的脸部出现一个很刺眼的光圈。

"靠！"我骂了一声，赶紧将夜视镜的前端塞进怀里，但我知道已经太晚了。

"怎么了？"

周围的环境一片漆黑，照在他脸上的光圈显得格外显眼。

"那家伙戴着红外线护目镜。"红外线护目镜和夜视镜原理一样，

---

① 译注：美国著名的户外运动服装品牌。

用这个护目镜就能看到我们的夜视镜发出的红外光。

"但是，他真的能……"

"是的，他或许现在正看着我们。"我又将夜视镜放在眼上。

他现在正盯着我们，整张脸就像个灯塔。现在，他的手里多了支步枪。

经典雷明顿 700，带瞄准镜和防雨罩。我虽然不敢肯定这支枪就是杀死小克里斯和波多米尼克神父的那支，但型号应该相同。

所以很显然，我们现在也有可能被杀死。如果没有夜视镜，我们现在大可以转身跑进悬崖下的那片密林里，但对我们来说，现在更明智的做法是跳进湖里向小船游过去。

不过那男人没有摆出射击的架势，他握着枪的双手垂放在身前，好像在专门向我们展示，又好像有些犹豫不决。接着他把枪扔到船头，然后向船舷走去，船舷的重量让大马达吃水更深了一些。

"他在干什么？"维奥莱特问。

我把夜视镜递给她："赶紧离开这里。"

船在狭窄的崖谷中间行进，燃气发动机的声音被放大成哈雷摩托的轰鸣，再加上噼里啪啦的雨点作为背景乐，那整个声音格外刺耳。小船在前方猛地掉转方向进入白湖，后面还拖着根鱼线。

船转了个弯后消失不见了，这时，几道光束朝我们这边移动过来。

"见鬼，发生了什么事？"雷吉说道。

"湖里有条船。"维奥莱特说。

船掀起的波浪仍在不断地拍打着岸边。

26

明尼苏达州，边界水域泛舟区
加纳湖和白湖
9 月 20 日，星期四

"胡说八道。"维奥莱特说。

"这确实是事情发生的经过。"

我们仰面躺在睡袋里，我刚刚给她讲了我和帕琳的谈话。

"她可真是个白痴。"维奥莱特说。

"怎么了？就因为她认为一套染色体就是单链 DNA，亏她父亲还是个科学老师。"

"他父亲过去常常等着海豹浮出水面，然后一枪击中它们的脑袋。"

"或许他认为那些海豹是反基督者？你怎么会知道这件事？"

"那么，你又怎么知道那个威斯布鲁克什么来着？"

"威斯布鲁克·佩格勒，那个人很出名。"

"那帕琳也很出名，而且也很有钱。如果真有反基督徒的话，那么肯定有她一个，她是个彻头彻尾的机会主义者。"

"不过，我认为她对上帝一说还是比较相信的。"

"或许吧，问题不在于这个世界上有着一群不理智的人，而在于他们会根据接下来可能获得的选择让理性出现或消失。"

"或许吧，但她接下来可能会获得什么呢？"

"除了雷吉给她的酬劳？可不要小看上帝的感召力，如果你认为自己处在神的关照下。靠，真希望能变得像她那样。"

我笑了笑："不，你不会变成那样的。"

"我当然会，让自己选择性地对某些事情产生妄想能产生与醉酒相同的眩晕感。不然，你觉得我喜欢醉酒的原因是什么？"

"醉酒之后迟早还会清醒。"

"这就是问题所在。"她看见我在看她，"我是认真的，我厌恶这个现实世界，每个人都厌恶。人们总是喜欢说现在要'小心希腊人的礼物①'，但是当拉孔奥在特洛伊战争爆发前说出这句话时，却落了个被群蛇吞噬的下场。一群傻瓜竟然还在一边拍手叫好，卡珊德拉也遭遇了同样的不幸②。"

"那么，这又是另一个特洛伊木马？"

"没错。"

"所以说，在这件事上清醒的头脑反而是件坏事。"

"或许有一天，我会想明白为什么我总想和你交谈自取烦恼。"

"你不会这么做的，起码不会经常这么做。"

"对我来说，这是件好事。"

说完，维奥莱特转过身去。

"四眼天鸡③也算一个。"我突然想起来。

"他怎么了？"

---

① 译注：此处典出特洛伊战争，希腊人利用木马计最终使特洛伊城陷落。
② 译注：此处典出特洛伊战争，传说拉孔奥是特洛伊的祭司，他发现了特洛伊木马的诡计并企图解释，而站在希腊一方的太阳神阿波罗就派出海神将拉孔奥和他的两个儿子缠绕而死。卡珊德拉是特洛伊的公主，也是一名先知，预言准确，然而无人听信，特洛伊战争后被俘遇害。
③ 译注：迪士尼的一部动画片，四眼天鸡即片中主人公小鸡玛德。

"我不知道，但既然他被称为鸡。" ①

她翻过身，用胳膊肘撑起身子说："你知道你的问题出在哪里吗？"

"你说。"

"你渴望冒险，不仅如此，还会将寻找真相作为乐事，这是一件很不靠谱的事。"

"多谢。"

"这不是恭维，晚安。"

过了一会儿，她又转过身来说道："那个吻如何？"

"我不会告诉你的，看到你嫉妒的表情也是件乐事。"

"我可没有嫉妒，我对你和萨拉·帕琳接吻的事情一点都不感兴趣，就是在当时我也没有什么感觉，只是觉得惊愕。"

"确实如此。"

一只鸟开始在外面聒噪起来，天快亮了。

维奥莱特继续道："只想让你知道，我和莱克·比尔只在一起待了一个晚上。"

"你没必要告诉我这件事。"

"我们之间没有发生关系，整晚只是坐在那里聊天，一直到天亮，中间甚至连接吻都没有。"

"我说了，你根本就不用告诉我。"

"妈的，我们当时在察拉班吉纳 ②。"

"真的吗？我很喜欢那个地方。"

"你是认真的吗？"

"当然不是。那个见鬼的什么察拉班吉纳到底在哪里？"

---

① 然后成为狐狸的腹中餐，我稍后确认了这一点。
② 译注：位于马达加斯加北部的一座火山岛。

"你刚刚说谁嫉妒来着？"

"你，到底那是哪里？"

"属于马达加斯加。我们六个月前去了那里。莱克·比尔想让我给他想要购买的一块化石做个岩石分析。"

"就是在他的办公楼会客室里的那块吗？"

"呃……"

"什么？"我问道。

"其实那并不是真的化石。不过……那不重要。"

不重要？后面这句更像是她在自言自语。"并不是真的化石这话是什么意思？"

"会客室的那个只是个铸型，就像博物馆里一般陈列的那样。"

"博物馆里竟然没有真的化石？"

"真的化石根本不可能拼装出古生物的造型，你要给一个个化石钻孔，要知道化石很重，因为它就是已经石化了的东西。但听我说，那里真的是世界上最浪漫的地方，站在阳台上就能俯瞰浩瀚的海洋，我们房间的阳台彼此相望。他邀请我去他的房间，我们都喝醉了，然后坐在阳台上说着醉话。"

很好。我曾经在脑海中设计的和维奥莱特末日之后的种种幻想，不过主角变成了莱克·比尔和维奥莱特。

"到了早上，我们稍微清醒了一些，接着我回房间睡觉了，从那之后再也没发生过什么。"

"好吧！"我说，尽量用平静的声音压抑着心中的怨恨，但我又能怎么做，难道给她一记耳光吗？

"从那之后我们甚至很少见面，我们曾一起出去吃过几次饭，但都平淡无奇，他有一次邀请我去参加基金会的活动，但我去了之后他又很少和我说话。"

"挺好。"

"接着回到家里，他又给我发短信，我们就那样聊了大概两个小时。"

"短信吗？"

"是的。"

"关于什么内容？或许你应该向他收取费用。"

"好啦，别那么市侩。"

"我是说，向他收取治疗费用。"

"不管怎么说。他有什么想法都会和我沟通。他传给我的信息我会时常拿出来看看，希望从中找出他给我留下的信息，但我想，他或许只是想找个人聊一聊。"

"你确定那些短信是他发的吗？"

"你知道吗，你应该跟有妄想症的人一起工作，你这个人太冷静了。"

"我们可以假设他只是把你当成个聊友，那么他有没有和谁约会呢？"

"他没有提过，我也不愿意问他这个问题。"

"是什么让你能够忍住不问？"

"因为我不清楚是否想要和莱克·比尔发展成那种关系。那天晚上，好像是因为周围的氛围，或许只是我的凭空想象，或许我因为他的富有而一时有些意乱情迷。"

"嗯，"我说，"我感觉你并不是一个特别物质的女人，但如果这个男人富得可以给你这样的女人买下一条恐龙，那么就另当别论了。你觉得他是个正人君子吗？"

"我是这么认为的。"

"只是对你不是。"

"没你想的那么龌龊。"

"我想，这就是所谓'让你抱有幻想'。"

"至少他没有解雇我，我对此十分感激。"

"我根本就不信他会把你解雇。"

维奥莱特把手伸到我这边，从她的背包里取出水壶。别打算影响我的情绪，我们一起回到帐篷，这对我来说已经是大错特错了。

"我不是说自己不配当个古生物学家，"维奥莱特接着说道，"但是他让我参与的项目都很荒谬，换了别人恐怕早就把那个项目结束了。"

"那是你的主意？"

"不，是他的。我在这个问题上要比他这个当局者看得更加清楚。"

"对于这个问题，你没有对他讲真话吗？"

"不是的，我告诉他这个项目十分荒唐，希望他不要继续下去。"

"所以你努力了，"我又看似不经意地问了一句，"那是什么项目？"

她停顿了一下，好像是要我知道她是有意这么做的，而不是我有多么高明。"那个计划叫作鸡变石油计划。美国人每天要屠杀两千两百万只鸡，而鸡是恐龙的后代，所以这个计划认为我们可以从鸡骨头里得到原油。我可不是开玩笑的。"

"你当然是在说笑。"

"不，我真没有。"维奥莱特说，"那个项目就是那样，那就是我的工作：帮莱克·比尔执行这个项目。"

"那项目有可能实现吗？"

"当然不可能。石油并不是由恐龙生成的，石油是由藻类和一些浮游生物转化生成的，而且还必须在缺氧的情况下经过高压高温几百万年的作用，这中间要消耗掉大量的能量。"

"莱克·比尔知道这一点吗？"

"当然，在他雇我之前，我就给他讲明了这一点。"

"靠，"我说，"我看他是真的看上你了。"

"我并不这么认为。"

"那他为什么不炒了你？"

"他说他并不在乎这个项目结果如何，他认为只要这个项目能让他的公司的某个人成为石油转化问题方面走在最前沿的专家，那么这个项目就有价值。"

"听起来好像挺有道理。"

"当然没有。我并不适合这个工作。数百年来，石油转化一直是地质学中最有诱惑力的课题，地质学就是帮助人们如何在正确的位置钻油井的学科。在这个问题上至少有一万个比我更专业的人，而且我对这个课题也不感兴趣。我认为，石油对这个地球造成的灾难大过它的贡献。在我看来，所有的科技都是长在人类这个宿主身上逐渐进化的寄生虫。"

"他可是个以科技起家的亿万富翁。就像我说的，那一定是爱情。"

维奥莱特没有理会我的论断，她继续说道："他还说，他喜欢那些异想天开的研究人员，因为他对那些风险大的投资很感兴趣，这让我更加觉得自己好像在敲他的竹杠。试问，有多少科学发现是一个人跳出科学的局限异想天开出来的？"

"我不知道。盘尼西林？相对论？"

"这两样都和科技无关，而且都是很久以前的事了。科学的进步是以对数增长的，特别是在现在的石油经济下，这种增长速度是超出任何人的掌控的。"

她喝了口水，然后把水壶递给我。我接过来，又很愚蠢地和她的手触碰了一下。"不管怎么说，"维奥莱特继续说，"潜在的前提不成立，指望着用热能合成石油的想法就如同渴望造出永动机一样无法实现①。即便人们真的能够找出制造石油的新方法，那么恐怕在油荒爆发之前，人类先要经历一次生态灾难。"

"或许他只是希望大家带着这样的态度去工作。我觉得没什么不妥。"

"你不明白。我根本不需要做什么工作，也没什么可做的。我就这么一直无所事事，原因要么是老板钟情于我，要么是对六个月前他的失礼行为感到内疚。"

"我想，他是这世上仅存的最锱铢必较的人了。"

"我也高尚不到哪里去。"

"如果他雇你仅仅是对你有意思，他又似乎没对你花太多心思。"

"他从来没对我花过什么心思，谢谢你指出这一点。不过，这不是问题的关键。"

"关键是什么？"

"关键是，我当初不应该对你发飙……不管你是什么人。保镖兼医生或是什么的，我总是幻想自己起码比这要好一些，我的意思是，比你好一些。不管怎么说，我并不比你高尚到哪里去，或许比你更差劲。我们都为莱克·比尔工作。而你为他做的工作起码比我的工作要有意义些。"

"这就是你说的'问题的关键'？"

"是的。"

"维奥莱特，你做人比我高尚多了。"

"不，不是的。"

"是的。谢谢你这么说，不过你真的比我高尚。你只是对自己过于苛刻，你认为你应该阻止人类走向自我毁灭的进程，只是还没想出该

---

① 译注：热能第一定律告诉我们，机械能和内能的转化是有方向性的。

如何去阻止。"

她看着我说："你在开玩笑吗？"

"不是。"

"就像有句话所说的：有些事太过肤浅，看起来反而很高深。"

"嗨，至少看起来高深。"

"我现在不怎么想这个问题了。老兄，你应该再调整一下你看人的眼光了。我现在希望的就是学会放松自己，管他地球是死是活。"

"啊哈！"

"去你的'啊哈'。话说回来，你还能指望和谁聊这些事？不妨说说你有什么理想？比如什么，你曾经是海豹突击队的？在阿富汗做过私人保镖？或是什么的？"

我竟然会蠢到被这样的问题搞得不知所措。于是我赶紧装着伸个懒腰、打个哈欠，以掩饰内心的慌乱。

"赶紧告诉我。"她说道。

"不是那样的。"

"那么……是哪样的？"

"不说。"

"为什么？"

"我还希望你可以继续和我说话呢。"

"你难道不担心我会因为你的躲躲闪闪，从此不再和你说话？"

我希望就此打住："既然你说到这里了。"

"现在又打算装睡吗？"

"没打算装，只是不想错过《野兽清晨》①。"

---

① 译注：美国一档电台娱乐节目，播出时间为上午 6:00 ~ 11:00。

"又在耍我。"

"做个好梦。"

"你应该知道,对于你不告诉我的事情,我会把它想象得更加糟糕。"

"那我愿意冒险一试。"

"那我猜想你或许根本没有秘密,只是想要吊别人的胃口。"

"嗯。"

"哼,该死的倔驴。"

我听到她翻过身,嘴里在嘟囔着:"每次说话都觉得是我在一直说。"

"我也这么觉得。"

"那是因为你这个人极度自恋,晚安,阿奇莫斯医生。"

"晚安,赫斯特博士。"

27

明尼苏达州，边界水域泛舟区
加纳湖和白湖
9 月 20 日，星期四

七点三十分，距离太阳升起已经过了半个小时，外面依然是一团浓雾，初升的太阳只能勉强使光线亮一些。加纳湖仿佛被一团云雾包裹着，而白湖则像是被人遗忘的峡谷。

和前四天一样，雷吉早起给大家送咖啡，我认为这是因为他没有其他事情可做，他的热情和随机应变让大家觉得十分受用。和其他人一样，雷吉看起来并没有把巴克的失踪太放在心上。

"你还好吗？"我问道。

"你是说我会担心戴尔的那条该死的狗吗？不会的，它肯定跟着那群驼鹿跑了。"他脸上的内疚表情一闪而过，紧接着看了看维奥莱特和帕琳身边的小女孩弗罗多，两个人正坐在一块大石头上发呆。"我很好。乘船行程和湖怪我都不关心，包括那天晚上那艘船上出现的神秘人我也没放在心上。我们的任务至少已经完成了一半，接下来要做的就是等着返航了。"

"雷吉，小克里斯生前曾订购了一些捕猎设备，比如钩子之类的，他死的时候那些东西还没送到，后来那些东西都去哪里了？"

他耸了耸肩："退货了，你可别以为我会把那些东西留下来。"

我端着两杯咖啡来到维奥莱特和弗罗多身边，不过弗罗多已经在喝着一杯热巧克力。于是我拿了一杯坐在维奥莱特身边，不知道是有意还是无意，她向我这边靠了靠，上次你无意识地靠在别人身上是什么时候[①]？不管她是怎么想的，这样挺好。

雷吉的向导们正在做煎饼，其他人都在等着大风或是太阳能够将大雾驱散。大家彼此低声交谈着，整个营地笼罩在潮湿而又静谧的气氛中，其间几声零星的鸟叫偶尔打破沉静，这种状态持续了一个小时。

大约一小时后，白湖方向传来一个声音使大家松弛的神经迅速绷紧，仿佛此时我们正置身于哥斯拉[②]的大嘴中。

很自然地，大家骚动起来，惊慌中又带着一丝兴奋，那种感觉难以用言语表达。此时，我反而更加冷静，思考着这个声音的时间安排。假设这个声音是由人提前设定好的，那么是雾号吗？还是连着音箱的笔记本电脑？为什么要设定为现在？为什么不等我们在白湖附近待上一两天？是为了效果更真实吗？又或者为什么不在昨晚就播放这个声音呢？

我转过去想要询问维奥莱特的意见，可是她已经和弗罗多走了。她们离开了刚才坐的大石头，甚至离开了我的视线，尽管我认为这么短的思考时间不会让维奥莱特走得太远。于是，我再一次对自己的头脑是否清醒产生了怀疑。一个身上像是别着个手枪套的男人从我身边经过，直到他走过去我才想起那张脸，那是菲克。我不清楚是自己的脑袋太迟钝，还是他跑过去的速度太快。

[①] 我想，有时候你根本不会刻意记得这件事。
[②] 译注：日本拍摄的怪兽电影《哥斯拉》中的怪兽。

接下来，我的时间系统好像都出了问题。刚刚维奥莱特坐在我身边那温暖的感觉，竟然被我那该死的大脑认为是无价值的记忆信息而删除了。要知道，肉体即便不算是最理想的记录媒介，起码也能够在第一时间弥补情绪方面的漏洞。

维奥莱特，我想念那个女人。事实上，我对她的感觉十分奇怪。我感觉我们俩好像是站在古埃及法老墓前的两尊雕像，风风雨雨地共同度过了五千多年，梦想着有一天能进到金字塔里看看。

有人喊道："大家快停下来！"是雷吉，我很奇怪自己竟然能立刻分辨出他的声音。邓的那伙人从我身边经过，但是这些人的影像好像都不是立体的，每个人仿佛都变成了会动的贴纸，外面包裹了几层玻璃，他们身后的树就像慢慢移动的喷泉，这就是我眼前的景象。

好了，我已经受够了。

我从夹克口袋里掏出一个一次性注射器和一支安都瑞尔，我身上一共两支，每支是两针剂量，这药是我从麦奎林医生的药橱里偷出来的。

安都瑞尔从二十世纪六十年代开始就一直被人作为安定药使用。它对大脑的打击不亚于重锤的敲击，但仍能保持大脑的运转，与现在精神病院里用的什么狗屁药物相比，它对新陈代谢的副作用更小一些，好像对迷幻药物也有一定的抑制作用。

这种药可以使肌肉僵硬，因此必须和抗帕金森药物一同使用，当然，我也捎带着拿走了两小瓶抗帕金森药物。

我应该预先把这两种药物混合起来，现在再拿出来混合花的时间太长了，不知道我当时为什么没有这么做，或者我当时为什么没有把麦奎林医生所有的安都瑞尔都偷出来，我真的应该学会完全信任我的直觉。

终于，我把药物混合好，不过此时要把针管扎进我的肩膀好像比我在办公室无所事事地混上五十年还要困难，于是我隔着牛仔裤将针头插入大腿。

针管的压力太大，竟然使针头直接缩进了注射器里，这或许就是为什么我当时没有将两种药剂混合的原因：全新自动收缩型注射器——现代昌明的科技中诞生的又一项该死的设计。正如那些仇视社会的邮包炸弹杀手所说的：科技总有一天会让我们玩完，但每一项新玩意儿又是让人如此欲罢不能。[①]

"雷吉！"我拔出针头准备再尝试一次，"你他妈的都干了些什么？"

没有人回答。

周围没有一个人。

但我能听到白湖那边传来的声音。

我沿着树林跌跌撞撞地向前走去，三只木船，肩并肩地正逐渐远离我朝浓雾中划去。向导们划得十分卖力，船上的其他人都站着，没有一件行李在船上，三只船的空间足以容下这支队伍的所有人。

以及他们的枪支。

雷吉喊道："把那该死的枪放下！"

我沿着河岸一路狂奔，直到正对着几只木船的船头。经过雷吉时，我瞟了他一眼。

从正面来看，情况更加糟糕，各种样式的枪支令人瞠目结舌。菲克先生和太太、邓都整齐地端着五花八门的猎枪。邓手里拿着的枪，枪身由不锈钢制成，邓的随从们拿着 TEC-9s[②]，原来这帮人也干买卖军火的勾当。泰森·葛罗迪的保镖拿着五花八门的手枪，一人手中两

---

① 我个人认为科技并非一无是处，如果那些数码设备真的会让孩子失去动手能力，转而将注意力投入其他方面，比如研制出更多的数码设备来，这难道不是个自相矛盾的问题吗？

② 译注：一种类似 AK-47 的冲锋枪。

把，不过葛罗迪正上蹿下跳地让手下们把枪放下。帕琳的保镖们气势汹汹地拿着蝎式冲锋枪。

帕琳手上拿着一把剑。

雷吉·特拉格在湖边一直跟着这三只移动"军火库"，他慢慢地向我靠近，不停地对着船边跳边挥舞着手喊道："停下来！"

我没看见维奥莱特，还有弗罗多。我决定将剩下的三针安定剂留给她们两个，还有韦恩·邓的哥哥。留给维奥莱特是因为她是维奥莱特，留给弗罗多是因为她年纪小，留给邓的哥哥是因为他现在已经经历了足够多的乌七八糟的事情。此时他正跪在其中的一只船上，一脸茫然地望着前方。

这时，邓的一名手下一边指着什么一边喊着："看，它在那里！"

或许是因为这句话，也或许是迷幻药的药效开始减弱。

白湖怪兽威廉。

从我这个角度透过重重雾气看去，那东西像是三堆隆起的带棱纹的塑料软管，大约二十英寸宽，它像是在很随意地扭来扭去，虽然看不清它在水中的行进方式，但从水面的气泡大致可以判断出来。

"等等，"雷吉说，"别……"

"不！"泰森·葛罗迪大叫着。

每一个手里拿枪的人似乎都同时开了火，那声音比雾号还要响。

那东西身体后半部分隆起的两团被打得飞了起来，顿时皮开肉绽。两只戴手套的手从水中突然伸了出来做出投降的动作，其中一根手指被打断了，接着那双手又迅速地缩回水中。

这帮"观光客"和他们雇来的打手们却没有停下来的意思，即便是站在后面的人也依然不管不顾地在人群的空隙中扫射。葛罗迪坐在船上，对着人群大声地喊叫、挥手，显得十分英勇，不过他应该十分清楚，他的位置很低，根本不可能阻止任何人。

射击仍在继续，此时一只小船从白湖一角划过来。米格尔和其他几个人站在船上，举着枪朝向这些正在射击的人，那威风的模样就像乔治·华盛顿。而这边帕琳也抽出了手中的剑，双方针锋相对。老实说，这女人胳膊的线条还挺迷人的。

"见鬼，米格尔。"站在我旁边的雷吉刚喊了一句，米格尔和那一帮人随即开始了猛烈的扫射，扫射的目标——既不是对着对面扫射的人群，也不是对着湖面上那个装神弄鬼扮演怪兽的人。至于他们的目标是谁，就看各位读者的判断了。

周围渐渐安静下来，除了狗叫的声音：没错，是巴克，它正朝米格尔的船那边游去。巴克的身影在浓雾中若隐若现，和刚才那几段拼凑起来的管子相比，她在水中的身影更像白湖水怪。我不明白为什么对面船上的人突然停了火。

在这一刻，大家都呆站在原地，只有葛罗迪趴在船上小声哭泣。接着，韦恩·邓突然一歪头朝下坠入湖里，小船瞬间失去了平衡，其他同船的人立刻向另一侧翻倒过去。

我跳入湖里，冰冷的湖水立刻使我的头脑清醒起来，不过因为湖面的雾气很重，视线仍然不太清晰。我游到邓的身边，他的保镖们正手忙脚乱地将他的头抬出水面。我试图将他拖到一只船上，但看起来似乎不太现实，我们刚刚有一只船翻了，我用大拇指朝岸的方向指了指，接着拖着邓那边游去。

"打电话叫救援直升机！别让其他人溺水！"我大声喊着，好像这会儿真的有人会听我的喊话然后照做一样。

我试图找出邓中枪的地方，这并不是太难：血从他的左侧骨盆下方汩汩地流出来，像按摩浴缸上的出水孔一样，水面上并没有泛起气泡。假如他被击中了髂动脉，看情形这个可能性很大，那么生还的可能性就很小了，富有弹性的动脉血管碎片很可能现在已经收缩进了他的胸腔或是小腿中，根本无法进行修补了。

我用一只拳头按住伤口，另一只手支撑住他的身体。我费尽全身力气拖着他向岸边游去，有水涌进了邓的嘴里，他既没有咳嗽也没有眨动眼睛，我竭力想要忽视这个细节。

当我们距离岸边还有二十码时，真正的白湖怪物出现了。它从我身后将邓的身体咬住，然后硬生生地从我的胳膊里将他夺了下来。

第三种推测　猛兽

WILD THING

28

卡尔·韦克，组织心理学家

　　一段有关宇宙学的逸事使人们突然并深刻地意识到，整个宇宙不再是一个充满理性和规律的体系。对现在所发生的事情的认知以及想要重建这种认知的打算都随着这件事一同崩溃了。（如此以至于人们认为）这种事情闻所未闻，不知道自己从哪里来，也不知道谁能帮助自己。

　　我想维奥莱特会将这件事描述为：有人在你的概念构架上拉了泡屎。

　　我能够感觉到，白湖里这个不明生物滑腻腻的皮肤从我身边蹭了过去，然后用好像是尾巴一样的鬼东西狠狠地拍了我一下，接着拖着邓潜入了水下并消失得无影无踪。我被它打得颠三倒四，心底的噩梦似乎也突然跳出来变成了现实。

　　但有一件事：噩梦里我从来不会有惊恐的感觉，不论梦到怎样可怕的事情，我都觉得习以为常。只有在现实中，在清醒的时候，我才会尖叫，巨大的恐惧就像癫痫病发作一样一浪浪地袭来。

现在似乎整个现实世界都被拉入了噩梦中，我竟然能够很平静地在水中游动，还向那东西游走的方向望了望。我心想，那家伙要是想吃掉我简直轻而易举，那么我现在无论做什么都无济于事，或许还是因为镇定药的效力，我才会有如此反常的表现。

"邓文书！邓文书！"邓的保镖们在大声叫着，喊了几声后又继续，"邓树森！"

靠近岸边的邓的哥哥答应了一声。雷吉的向导们十分得力，他们将落水的宾客安全护送上岸，并将他们重新集合起来。我们站在岸边的大石块上，浑身湿漉漉的，原本厚重的衣服变得更加笨重，那副模样就像进化过程中刚刚脱离海洋到达陆地的生物一样。

寒冷变得更加真切起来。"哎，"我喊了一声，"雷吉给我们服用了迷幻药，如果有人刚刚没喝咖啡，或是现在感觉不太糟糕的话，那么请照顾好你身边的人。我们大家需要尽快把身上弄干，如果有人带着阿普唑仑 ①，现在应该和大家一起分享一下。"

雷吉站在岸边，身子向湖里探去，帮着米格尔还有戴尔把他们的船靠岸，巴克上了岸抖了抖身上的毛，雷吉看了看我又迅速把目光移开。我应该向他求证一下咖啡的事情是不是真的，但我认为自己不会再相信他的任何回答。

"谁有卫星电话？"我问道。

"我正在修着。"帕琳的一个随从一边对我喊道，一边将电话放在耳朵旁。他乘坐的那只小船现在还未靠岸，帕琳跪在船头正在呕吐。

---

① 译注：用于治疗紧张、焦虑的辅助药物，也可作为抗惊恐药物。

我打算给邓树森打一针安都瑞尔，但在最后一刻我打算给他的一个保镖注射。邓树森看起来并没有太过惊恐，只是迷茫地四处打量，或许让有能力照顾他的人保持镇定是更加明智的做法。

另两只小船此时也靠了岸，两只船上都没看见维奥莱特和弗罗多，我很肯定她们不在刚刚侧翻的那只船里。于是我喊着她们的名字朝营区跑去，终于在我和维奥莱特的帐篷里找到了她们，两个人正紧紧地蜷缩在一起。

原来热巧克力里也放着迷幻药。干得真不错，雷吉。

我给她们一人注射了一支安都瑞尔，接着回到岸边查看戴尔那一帮人。

戴尔的右手夹在左臂下，不仅仅因为他的一根手指被枪打断了——这一点在我撬开了他的胳膊后得到了确认——还因为一颗子弹从他身体左侧擦过，划开了他穿的橡胶潜水服和皮肤，还有厚厚的脂肪层，血浸在湿衣服上变成了一片粉红，刚刚那么强的火力下竟然只受了些轻伤，这还真是个奇迹。

米格尔并没有征求我的意见就给我递过来一条毛巾，接着帮助我一同将毛巾扎在戴尔伤口的近心端。"还有多余的吗？"我问道，当然指的是毛巾。

"滚开，巴克。"戴尔说道，这是他开口说的第一句话。巴克正在舔着他的脸，像是要把他叫醒。

我站起来时，全身的肌肉像是一团沙子散下来。

"我知道。"雷吉一边说，一边防卫性地举起双手。

"你他妈的什么都不知道。"

萨拉·帕琳不辞而别，一直到她离开，我甚至连一眼都没瞧见她。她的一个随从将她安置在她所住的帐篷里，之后就一直在外面守着，另外两名随从用军刀砍下树枝，俨然《阿斯泰里克斯》中的德鲁伊教士①，看起来他们现在的神志都还没恢复。不过好像他们打算把树枝用帆布带固定成网状，这样等帕琳的西科尔斯基直升机在加纳湖着陆时，这里可以作为供直升机着陆的斜坡。

难道帕琳的保镖们在呼叫医务人员之前先打电话安排了帕琳的撤离？我所知道的就是帕琳和她的团队、葛罗迪和他的团队，甚至包括那对该死的菲克夫妇，早在公园娱乐管理局的海狼搜救队直升机出现之前就离开了，当然，我也没有见到后来乘坐"Piper Cub"直升机的阿尔宾警长。菲克夫妇属于那群喜欢 Costlo 的户外运动衣、热衷打猎而且生性刻薄的有钱人，此外，他们应该曾经多次组织过狩猎活动。

我不想和这些人过多纠缠，但又不知道该怎么做。不管怎样，他们说当时什么都没看见，对于这一点我还是相信的，事发时大雾弥漫，况且大家又都晕晕乎乎的，神志不清。

阿尔宾警长的兴致似乎不高，准确地说，他的表情好像在埋怨我和维奥莱特没能尽早阻止这一切的发生。

电影中，在一切灾难结束之后，警察通常会把你安置在救护车的后面，你披着毯子，手里拿着咖啡，蜷缩在镜头下。阿尔宾将其他人

---

① 译注：《阿斯泰里克斯》是一本漫画书，讲述主人公阿斯泰里克斯冒险的故事。德鲁伊是凯尔特人的祭司、法师和预言者，在漫画中曾教会阿斯泰里克斯制作一些魔法药剂。

都遣送到了各个警察局和医院，却将我和维奥莱特留下来。他一直在用无线电对讲机和伯米吉市警方进行通话，时不时态度生硬地向我们询问几个问题。我们停留了好几个小时，终于坐上直升机返回伊利镇。当我们到达后，阿尔宾的助手在码头接到了我们，他已经提前帮我们预订了伊利镇的湖畔宾馆，这样我们一到就可以入住。这期间，巴克也责无旁贷地交由我们照管。

那个助手离开之后，我给那位宾馆派来接我们的司机塞了些钱，让这位看起来还算好说话的司机把我们拉到 CFS 总部，我们需要把那辆停在那里的车开回来。

"你难道就不能安静地在这里等着？"维奥莱特质问。

"首先我想把巴克送回去。"现在它正被绑在高尔夫球场边上，我知道一提到它，一定可以使维奥莱特的态度缓和一些。

"那么接下来呢？"

或许是开始了解我。

"生活在白湖附近的奥吉布瓦应该对那东西比较了解，"我接着说道，"他们用石画记录下了这个怪物，还给它起了个名字：温迪戈。所以，我希望找个奥吉布瓦人了解一下情况。"

29

奇佩瓦河保留地
9月20日，星期四

　　"我向你们解释一下我们为什么对这个话题很反感。"北部湖区奥吉布瓦部落的维吉尔·伯顿对我说道。

　　在社区中心的学生餐厅，我们两个面对面坐在低矮的咖啡桌旁。看样子这些桌子应该是为来这里吃午餐的孩子们准备的，对于坐在这样的桌椅上吃饭的回忆，我已经相当模糊了。

　　"并不是因为白人认为这里的原住民有巫术，"伯顿说，"事实上，我们的一些做法确实比较愚蠢。但真正的原因在于白人根本不屑于去了解我们的历史，一提到原住民，他们只会想到尖顶帐篷和温迪戈的传说。"

　　这太他妈的令人难堪了。

　　"当时的原住民已经有了社会的概念，"维吉尔说，"我指的不是像罗宾汉那样在荒野中随便支起来的一堆帐篷，我现在说的是'文明'。哥伦布到达这里之前，地球上有四分之一的人口生活在这个所谓的新大陆上。特诺奇蒂特兰城①是当时地球上最大的城邦。我们拥有书籍、政府和法令，以

―――――――――
① 译注：阿兹特克帝国都城，现在墨西哥境内。

及当时最精锐的部队。埃尔南德斯和格里哈尔瓦①当时进攻玛雅城时，被玛雅人痛扁了一顿。阿兹特克人于1520年挫败了科尔特斯的进攻。一年后，庞塞·德莱昂②在佛罗里达被当地土著杀死。后来因为欧洲人带来的天花，百分之九十五的原住民染病死去，再加上后来欧洲人实行的奴隶制和种族灭绝政策，原住民的人口锐减了百分之九十七。

"当然，从那之后，殖民者终于打开了这片土地的大门。欧洲人在这里种植庄稼，养殖牲畜，开发金矿。你知道皮萨罗第一次从这里偷运了多少金子回欧洲？"

我们摇了摇头。

"相当于英格兰银行黄金储备的四倍。但是白人们请记住，如果你们想对我的说辞进行美化，把我们的祖先颠沛流离被迫来到这片荒野的历史描述得充满浪漫主义色彩，我在这里必须强调：这些都并非我们祖先的本意，我们是被白人驱逐到这里的，那段时间是我们民族的黑暗时期。关于我们，你们讨论的更多的是巫师、灵魂引导，以及令人向往的朴素生活。当然生活必须朴素：因为我们的文明已经被白人摧毁了。"

他的话锋一转，继续说道："你知道希特勒被困时曾画了一幅杰罗尼莫③的肖像吗？"

"不知道。"

"希特勒对原住民情有独钟，你知道原住民是怎样看待希特勒的吗？他们参加了美国军队同希特勒军队的作战，原住民和美国军队是很有渊源的；还有一件事，希特勒染有梅毒，这千真万确，你也可以

---

① 译注：西班牙殖民征服者。
② 译注：西班牙殖民征服者，曾跟随哥伦布第二次前往新大陆，后来为了寻找不老泉到达佛罗里达，被土著攻击，中箭而死。
③ 译注：美国印第安人阿帕切族首领。

查阅事实,《我的奋斗》① 其中一个章节的名字就叫'梅毒'。"

"我读过这本书。"我竟然不自觉地脱口而出。

"你知道梅毒到底源自哪里吗?"伯顿问,"没错,来自新大陆,就像马铃薯、玉米和番茄一样。

"现在你们两个来这里问我关于温迪戈的事。你说你们都是博士,那么你有没有打算向我询问我们的教育体系?有没有问过我们这里的糖尿病发病率,或者有没有人为预防糖尿病做过些什么事?你们又知不知道我们这里有多少人需要做透析?如果你愿意,我可以带你参观中心,那里有许多年轻人,他们需要等待做透析治疗,不过很快就能轮到他们。那里还会放映电影。我们有视频网站,也有一些金融公司的业务员到这里来给我们进行税务管理。我们还成立了部落理事会,部落理事的竞选就在透析中心进行。即使哪一天白人患糖尿病的比例达到四分之一,我们这里也不会出现这种病。"

"抱歉我们对你们造成的困扰。"维奥莱特说。

"无须抱歉,"维吉尔接道,"只需要一个开阔的胸怀,你知道温迪戈到底是什么吗?"

我们两个都摇了摇头。

"温迪戈的故事是讲给孩子们的,或者还包括你们白人。温迪戈原本是冬天里快要饿死的家伙,后来他把他的家人都吃掉了。作为惩罚,他的灵魂受到诅咒一直被困在那里。他需要不停地抓人来填饱肚子,但因为他的身体比较虚弱,只能躲在水中把人溺死。你知道我为什么要说这些吗?这听起来像是探险家们的夸大其词,但对于一个时刻担心饿死的民族而言,他们必须用这样的故事告诉自己的孩子不要走上

---

① 译注:该书为希特勒的自传。

人吃人的道路，这就是温迪戈故事的用意：不要吃掉自己的同类，保持人性的最后底线，不论环境变得如何恶劣。现在，这个故事欧洲人听起来却有着不同的意味：原住民是有魔法的人，他们知道如何和那些大脚怪沟通。即使大脚怪物真的存在，恐怕早在很久之前也已经染上天花死掉了。

"白湖那地方很危险。孩子们去那里聚会可不是闹着玩的，尤其是白人孩子。如果真的在那里发生什么意外，也不要怪在我们身上。"

车子行驶到一个泥泞的路口，我们望着车外一个不知名的湖，雨水拍打着风挡玻璃，外面的世界看起来支离破碎。维奥莱特哭了起来，要不是几年前患上了什么见鬼的性快感缺失症，恐怕这会儿我也会忍不住哭出来。

"邓那个人很和善。"维奥莱特说。

"是的。"

"他很照顾他的哥哥。"

"是的。"

"现在他死了，甚至没人知道这是为什么。"

除了回答"是的"，我发现自己竟然什么都说不出来。

"我觉得自己快要疯了。"

"你没有，"我说道，"或者至少，如果你真疯了，那我也疯了，还有其他许多人也疯了。迷幻药在我们体内的药效还没有过去。"

"我说的不是那个，是关于邓的。白湖里真的存在什么东西，这推翻了我们掌握的所有事实。"

或者是过去所掌握的事实。

"我甚至觉得无法再相信这里的任何事情。"维奥莱特说。她转过满是泪水的脸对着我，我甚至嗅到了她的眼泪的味道，她的唇看起来丰润而柔软。

我的忍耐快要到极限了。

"维奥莱特，"我说道，"我有事要跟你说。"

她睁大了眼睛，不易察觉地摇了摇头，似乎不愿意听下去。

真不走运，对于我们两人而言。过去八个小时内我发现的一些事情对我来说已经失去了意义，但维奥莱特依然对这些事一无所知。

"我并不叫利昂内尔·阿奇莫斯，"我对她说道，"而是彼得罗·伯恩瓦。我在新泽西长大，后来去了加利福尼亚的医学院，之后我为西西里和俄罗斯的黑手党充当杀手。"

她看了看我，试图从我的表情中找出些玩笑的成分。

"什么？"她说。

"我杀过人。"

"我不相信。"

"就算你不信，这也是真的。这就是我曾对你说的真相。"

"你是认真的？"

"是的。"

"你是个……什么？"

"杀手。为了钱，给黑手党卖命。"

"真的吗？"她看起来很困惑的样子，"莱克·比尔知道吗？"

这个问题是值得思考的。"我不知道，我觉得他不知道。"

接下来，她好像一下子突然明白了什么。

"哦，真他妈的见鬼。"

她猛地拉开车门下了车。

我也赶紧下车。外面的雨势依然很大。"维奥莱特，回来，我可以送你一程。"

"离我远点！"

"你先上车，走回去太远了。"

"滚开！"

我从车旁边走开："钥匙还插在车上。"

她停了下来，一脸恐惧和茫然。

"你杀过人？"

"是的。"

"几个？"

"不太清楚，大概二十个吧。"

"不太清楚？"

"可能其中有些人并没有死。"

"这么说，你是个杀人狂？"

"理论上说是这样。"

"理论上？哦，见鬼。"

她的眼里只剩下恐惧和厌恶。可我又能说些什么？比如我从没有杀过像她这样的人？或者我已经有八年没杀过人？又或者我的智商曾经退化到三岁？

我继续朝远离车子的方向走去，尽量离车远一些，这样维奥莱特可以毫无顾忌地跑进车里而无须担心我会伤害她。

t

　　我沿着高速路缓缓向前走去，大约过了一个半小时，我到达了CFS 总部。

　　现在雨势有些减弱，一个我不认识的孩子正在通往 CFS 度假区的路上设置路障，只是由锥形路障变成了锯木架。

　　"要帮忙吗，先生？"那个男孩问道，他一脸疑惑地看着我，似乎不会有多少人徒步来到这个地方，而且还浑身湿淋淋的。

　　"我是利昂内尔·阿奇莫斯。是雷吉请来参加探险的客人，几小时前有没有一个女人来过这里？"

　　"那个古生物学家吗？"

　　"是的。"

　　"她已经回到度假区了，你就是那个医生吗？"

　　"是的，她给我留什么信息了吗？"

　　"不是她，是一个印第安人来找你。"

　　"什么印第安人？"

　　"他进了前面的户外用品大厦。"

　　"什么时候的事？"

　　"大约一个小时前。"

　　"他现在在哪里？"

　　"我不知道，或许他已经离开了。我告诉他，你不在度假区。"

　　"他留下姓名没有？"

　　那个男孩不好意思地挠挠头，说："好像是留下了。"

　　"是维吉尔·伯顿吗？"

"不记得了，不好意思。"

"他长的什么样子？"

男孩耸耸肩："我想，比你年纪大一些。头发灰白，但看起来不算太老。"

听描述像是维吉尔·伯顿。

"我想搭个便车，"我说，"或者能否借我辆车？"

天空微微透出些亮光，雨下得依然很紧，社区中心的大门紧锁。那个叫亨利的小伙子把我送到这边来。此时我和他正坐在斯巴鲁车里，我透过车窗望了望社区中心，然后我伸出一个指头示意让他等我一分钟，接着便一路小跑穿过棒球场，跨过一条小沟渠，来到我刚刚看见的第一幢房子。房子由光洁的木板搭建而成。我敲了敲门，却没人回应。

我继续向前走去，连续敲了几幢房子的门，终于一个三十出头的女人答应了。她的年纪和我相当，突然冒出个人来着实让我意外了一下。

"谁啊？"女人问。感谢上帝，她的表情虽然充满怀疑，但起码没有显露出恐惧。

"你知道维吉尔·伯顿吗？"

"为什么这么问？"

我后面的公路上传来车轮滚动的声音。我想那应该是亨利，他开着车不紧不慢地跟在我身后。

和我的预想不同：是维吉尔·伯顿，从他的小卡车里走了出来。我回头查看的工夫，和我说话的那个女人关上了屋门。

"先生，出什么事了？"维吉尔问道。

"我听说你在找我。"

"怎样找你？发狼烟信号吗？"他在我面前停下来盯着我说道，"嗨，老兄，你还好吗？"他的头歪向亨利停车的方向说，"那是你的朋友吗？"

"你没告诉他你在找我吧？"

"没有，我发誓。"

"对不起，我不是……"

"不需要道歉，"他说，"多找些人帮助，照顾好自己。"

我们之间的谈话到此为止，我回到亨利的车上。

"这个人是你说的来找我的人吗？"

亨利一脸茫然的表情。

"不是，我没说他是原住民，我说他是印度人①，应该是来自印度。"

---

① 译注：Indian 一词既可以理解为印第安人，也可理解为印度人，阿奇莫斯刚刚误会了亨利的话。

30

明尼苏达州，福特湖，
CFS 度假区
9 月 20 日，星期四

马默赛特教授正坐在登记处小木屋的沙发上，他来自，
没错，是印度北方邦，阿尔·帕西诺的发型让人很难判断出
他的年龄，此时他正坐在登记处小木屋的沙发上跷着腿，坐
在一旁的维奥莱特也是同样的姿势，巴克坐在他们两人之
间。马默赛特和维奥莱特面对门口方向，懒洋洋地将头靠在
沙发背上，看见我进来，维奥莱特立刻将头转向一边。

"以实玛利，"马默赛特喊道，"你看起来可真衰。"

"我生来就这模样。"我回答道。巴克湿漉漉的皮毛味道
弥漫在整个屋子里。"你来这里干什么？"

"莱克·比尔给我打了电话。他听说萨拉·帕琳今早在
奥马哈市给美国铬处理同行业联盟做了一次令人摸不着头脑
的政策演讲，他怀疑是不是出了什么事，她才故意在这个时
候制造这个不在场证明。"

"今天早上？"我看了看窗外，太阳刚刚落下。

"清晨之后，午餐之前。她的助理可真是会安排时间。"

"别扯远了。"帕琳的这一举动固然不同寻常，可我对马

默赛特教授因为莱克·比尔的一个电话专门赶过来同样感到十分惊讶。

他看了看手表，好像已经猜透了我的心思。

"你要在这里待多长时间？"我问道。

"不会太长，我还要赶去梅奥①。在伊利镇政府大楼那里，有莱克·比尔的飞机送我过去。如果你们愿意的话，我可以把你们送到明尼阿波利斯②。"

"维奥莱特跟你一起吧，我要去还车。"

他指指身旁的扶手椅说道："你先坐下来，我至少想听你说说这次旅行的事。"

我把所发生的一切都告诉了他，他很少打断我，最后他说："你可以将数码相机改装成被动夜视镜。"

我盯着他一言不发。

"如果你需要。"

我说："还能用主动夜视镜和胶带改装成被动夜视镜③。"

"不过成本要增加两倍。"

"费用可以报销。你对白湖怪兽有什么看法？"

马默赛特打了个哈欠，说："你怎么看？"

"湖里真的有什么见鬼的东西。"

---

① 译注：爱尔兰西北部的一郡。
② 译注：明尼苏达州最大的城市。
③ 译注：红外夜视镜分两种：主动式的和被动式的。主动式的就是夜视镜发出一束红外线，照到物体上再反射回来。当时，阿奇莫斯在白湖边就是因为使用这种夜视镜才被发现的。被动式的则是把物体自身发出的红外线放大转化为可见光。

"好吧。"

"如果那东西是机械的，那将是我所见过的最完美的机器。"

"同意。"

"这就说明，湖里的东西或许不是机器，也就是说，或许湖里真他妈的有什么生物存在。"

他皱着眉。"'真他妈的有什么生物'，你指的是一个非一般的动物的存在吗？"

"是的。"

"这又令人觉得难以置信。"

"当然难以置信，看似不合常理，但我真的看见了。"

"你看见了？"

"感觉到了。直觉告诉我，那不可能是别的东西。"

"所以……"

"所以我认为这就像夏洛克·福尔摩斯所说的那样，在没有其他解释的情况下，剩下的推测就成了事实。"

维奥莱特惊讶地看着我。

马默赛特说："这句话是福尔摩斯说的一句蠢话，你我曾经在去往慈济医院的路上讨论过这个问题。霍迪尼给柯南·道尔表演了一个变走手指的把戏，而柯南就真的认为他有巫术。①不管怎么说，这个结论当然是错误的，一定有其他解释。"

维奥莱特依然看着我，脸上没有一丝微笑，情况好像更糟糕了。

"对于这个问题会有一个合理的解释，"马默赛特说道，"事实上，我们甚至已经知道如何能够找出这个解释。"

---

① 译注：柯南·道尔是《福尔摩斯探案集》的作者，他晚年沉迷于通灵术。哈里·霍迪尼是美国著名的魔术师，作为柯南·道尔的朋友，霍尼迪曾对柯南·道尔沉迷于通灵术提出强烈的反对。

我转向他问道："是吗？"

"当然。为什么会有人对白湖存在怪兽的说法深信不疑，甚至专门乘小艇追寻它的踪迹？而且是晚上秘密进行的？看起来，雷吉并不相信怪物一说。黛比告诉你，她也不信。赫斯特博士在酒吧认识的那两位朋友相信白湖里有怪物，但两个人似乎都没有确切的证据证明那东西的存在。那么，那天晚上在船上的那个神秘人为什么会那么肯定？是不是有什么事情是我们不知道的。"

"我不清楚，"我说道，"会是什么事情？"

他摊开双手说："我也不清楚，我们甚至没有足够的证据证明，那天晚上在船上的那个人就是杀死小克里斯和波多米尼克神父的人。但我认为找到了那个人，或者说只要确定了那个人的身份，我们就能找出所有问题的答案。"

"你说得没错，"我表示赞同，"这件事交给我来办。"

马默赛特目光犀利地看了我一眼："我并没有指望你，以实玛利，我希望警察能够介入调查。"

"警察对这个案子已经追查了两年。"

"没错，我想，他们现在会将这个案子作为首要处理的案件。"

"没错，除非邓遭遇不幸的事情能够被压下来。"

马默赛特充满疑虑地说："为了保护帕琳吗？"

"或者泰森·葛罗迪，"我说道，"或者菲克夫妇，不管是他们中的任何一个，甚至为了保护邓以及邓周围的人，或者是邓的声望，或者为了保护他们所有人。"

马默赛特抽动了几下鼻子，说："我想这不太可能，就算有人想把这件事压下来，但情况已经超出了我们的控制，如果当初我知道这里会发生命案，我是不会让你卷进来的。"

"你担心事情不会就此结束？"

"我认为我们可以让公园娱乐管理局在白湖竖起'禁止游泳'的标牌。"

"干脆竖块'不要被猎枪击中'的牌子怎么样？"

"以实玛利，"马默赛特平静地说，"你真的认为你待在这里就能保证不会有人再出事了吗？"

哦，别来这一套了。

"警察会找出那晚船上的那个人，"他说，"生产那种两栖快艇的公司并不是太多，而且这种船的销量也不会太大。"

我并不打算就此退让。"你愿不愿意赌一把，那只船到头来或许属于小克里斯所有，就像那堆消失了的渔网和鱼叉一样？"

马默赛特点了点头："我想过或许有这种可能。"

"我要再去白湖一趟，去把那个家伙找出来，然后让他告诉我这一切到底是怎么回事，现在他或许就在白湖那里。"

"警察也会在那里。"

"或许有些警察，但在湖上展开大范围搜索的可能性不大，更何况如果帕琳亲自下了命令，警察更不会贸然行动，到时光是记者就能把雷吉扔在那里的几只小船挤得满满的。我们能想到这一点，那家伙自然也能想到，所以现在他或许又会回到那里。或许自始至终他从未离开过。"

"假设他（她）想到了这一点。"

"为什么只是假设？"我抗议道，"常人都会想到这一点，你也知道我的判断是正确的。"

"某些方面正确，不过……"

"我一个人去，不会有人再受到伤害。"

"除了你，以实玛利。你知道，你确实需要承担一些事情，不过是一些更重要的事。"

"不对。"维奥莱特突然发话了。

我们都看向她。

"不是一个人，我和你一起去，不管你他妈的到底叫什么名字。"

我注视着她，说："打消这个念头吧，不可能。"

"你欠我的。我们一起开始的，就要一起把这个任务完成，后面你还要回答我几个该死的问题。"

"太危险了。"

"要么两个人一起去，要么谁都不许去。"

"你阻止不了我。"

"你也阻止不了我，"她说道，"我的划船技术比你好得多。"

"可是……"

她为什么想要和我一起去?

我转向马默赛特："你都告诉她什么了?"

马默赛特摇了摇头，那表情我已经见识过无数次了：一脸失望但毫不意外。

"现在我也没什么遗憾的了。"他说道。

31

明尼苏达州，边界水域泛舟区
加纳湖和白湖
9月22日，星期六—9月23日，星期日

　　加纳湖边的躺椅上有一男一女两个警察，两个人几乎赤
身裸体。

　　有了亨利给我们的地图，这次行程缩短到了不足两天。
我们对亨利的要求是：帮我们画出最近的路程，不管这条运
送路线有多么难走。我们可以使用GPS，还有一只二十九
磅重的小船。

　　感谢上帝，前半辈子我千方百计想要回避的问题，却要
在这两天里硬着头皮去回答。

　　比如：

　　"你有没有为了恐吓别人而去杀人？"

　　"据我所知没有。"

　　"有没有失手杀人的？"

　　"没有。好吧，有一次给我帮忙的一个伙计杀了一个我
本不打算杀的人。"

　　"一个无辜的人？"

　　"未成年人。"

"还是个孩子？"

"大概和迪伦·艾恩茨年纪差不多。"

"但并不算无辜？"

"正如我所说的：未成年。"

"那个杀了人的家伙，你把他怎样了？"

"最后吗？把他杀了。"

"因为他杀了那个孩子？"

"因为他比较没用。"

"有没有杀过哪些人后觉得十分庆幸的？"

"庆幸杀了这个人？不，我宁愿从未杀过任何人。"

"但有时候，你看到有些人死了会觉得十分开心。"

"没错。"

"你有没有根本不问缘由就去杀人的？"

"有，我尽量去了解杀人的理由，但还是有那样的情况。有时候，我杀人只是因为大卫·卢卡诺让我这么做。"

"有多少次？"

"给我一分钟时间想想。"

"如果可能的话，你会杀了大卫·卢卡诺吗？"

"一分钟这么快就到了吗？我会那么做。"

"为了玛格德里娜，还是为了你的祖父母？"

"是的。"

"两者都有吗？"

"是的。"

"两者对你同等重要？"

"靠！"①

帕琳所用的帐篷在她离开时由她的保镖们带走了，除此之外，雷吉当时留下的营地基本上都比较完好，只是外围封锁犯罪现场用胶带围住了。此时这些胶带在风中抖动着，显得十分萧条。那两个警察在晒太阳，我和维奥莱特在讨论他们到底会不会在这里过夜。而我们必须趁着夜色从他们旁边划船经过，然后到达最远端的湖心岛。不过到了大约五点钟，公园娱乐管理局的水上飞机沿着湖面滑翔过来，然后停在当初帕琳的保镖们搭建的临时斜道上，那两个警察随后被接走了。

维奥莱特和我划着小船沿纵深方向，绕过犯罪现场的封锁胶带，穿过加纳湖，最终到达了湖心岛。我们沿着白湖岸边一直向前走到尽头，然后又返回岸边。

划船的时候我们彼此很少交谈，划桨的声音在两侧峡谷壁上反射回来，巨大的回音令人感到坐立不安。就和当时我们到达岩画所在的吉兆湖的情况一样，我已经被那声音折磨得快要崩溃了，我为自己能有如此大的忍耐力而感到疑惑。

这或许是因为我的注意力比较集中的缘故。在我们到达第二个转弯时，眼前的地貌是我们从未见过的。两侧的悬崖上布满了各种凹痕，大小足以容纳一只船，为什么我的注意力会从对白湖怪兽的思考转移到这里，连我自己都不清楚。这次回到白湖是在大白天，因此一切比我们预想的要顺利许多。

我们到达了白湖最远端，这里也是整个湖面最开阔的地方。周围的景色发生了变化，不再是悬崖耸立，取而代之的是三面环绕的茂密

---

① 对于这些问题的详细情况，请查阅乔许·贝佐著的《玩命死神》。

树林。此时我浑身已经被汗水打湿，但这绝非劳累所致。

　　一片带状树林沿着湖岸一线生长，树林的根部在湖底生长，这片树林能把我们的小船藏得严严实实，于是我们以最快的速度向这片树林划去。

　　太阳很快落了下去，景色和三天前别无二致。

　　湖面上升起的月亮看起来更加硕大，两小时后月光变得越来越明亮，不时地有浮云在天空中拂过，周围的景色也随之忽明忽暗。暗淡的夜色让你几乎看不清眼前的树枝，只能隐约感觉有树枝的地方比周围的色彩更加浓重一些。你能用耳朵分辨出前面的湖面，但眼睛完全看不清楚。

　　这是一种非常奇特的体验，虽然无法视物给我们带来了许多不便，但在心理预期的作用下，其他的感官系统变得异常灵敏。

　　在黑暗中你可以做的：

　　相互依偎寻求温暖。

　　彼此拥抱，将你的前额放在对方的肩膀上，驱除内心的烦躁和寒冷。

　　将手放在对方的大腿上，寻求更大的温暖。

　　彼此相拥躺在地上，像俄耳甫斯和欧律狄刻①、泰山和希娜②、华生和福尔摩斯那样缠绵，让彼此的体温温暖彼此赤裸的身体，在对方的

────────────

① 译注：俄耳甫斯是古希腊神话中一位著名的诗人和歌手，弹奏的琴声具有非凡的力量，欧律狄刻是俄耳甫斯的妻子。
② 译注：希娜是美国电影《森林女王》的女主角，该角色和泰山一样从小在森林里长大。

怀中战栗。

我是说，这只是你能做的其中一部分。

子时刚过，我们听到轰鸣声从树林深处传来，那是引擎的声音，接着我们听到在我们附近一艘两栖快艇拍打湖面的声音。我摸索出从CFS总部新带来的夜视镜，调整一下角度后开始观察那艘带有"佐迪亚克"字样的船，它从我们前方经过时，船底的轮胎还若隐若现。

开船的那个该死的家伙竟然戴了个面罩，但我觉得他并没有发现有人在偷偷监视他，因为他在引燃一个塑料管的炸药并扔向船后方时，并没有向四周仔细查看。

"是炸药。"我说。

"看见了。"维奥莱特也戴了一个夜视镜。

爆炸的声音差点让我们从船上翻下来。

如果有兴趣的话，我在这里可以稍微解释一下，使用炸药捕鱼的原理正是借助了水的不可压缩性。水中的鱼，尤其是在浅水区活动的鱼，如果碰巧出现在爆炸点附近，就像是处于牛顿摆最外端的小球，爆炸的力量向外传输，并最终被鱼的身体吸收，鱼的身体就会被炸碎，其原理如同在潜艇附近投掷一枚深水炸弹。

巨大的响动让小船变得异常难驯服，不过我们依然按照原定计划，紧紧跟在"佐迪亚克"的后面，我居然还有心情炫了一把这几天来高强度双人划桨训练的成果。

接着我又花了些时间进行反思：为什么刚刚没有考虑这些问题？比如，那个家伙的船上是否装有声呐系统，如果装了的话，他是否会发现后面有船在跟踪他。

"佐迪亚克"突然来了个 180 度急转弯，这一瞬间让我找到了刚才问题的答案，是的，那家伙的船上确实安装了声呐系统，而且更糟糕的是，那家伙正神色慌张地朝船头的捕鲸炮靠近。

我和维奥莱特确认了小船两侧的情况后将船停了下来，接着我们在夜视镜上贴了一层胶带，这样那家伙就不会发现我们。即便如此，那家伙的行动依然十分果断迅速。一道灼热的光随之映照在他的护目镜上，这足以说明任何问题：他将枪口指向我们并已经开火了。

我大声喊道："抓紧！"

我不禁担心凯夫拉①是否能够抵挡住捕鲸炮的袭击。

这个问题也只能在我的头脑中一闪而过……

---

① 见第 99 页注释①。

32

白湖
9月23日，周日

　　我面朝下栽进水里，喝了一大口水，周围的一切比刚刚变得更加真实，随之而来的是真切的威胁感，这种威胁既来自水下不明生物，也来自湖面上那个戴着夜视镜，还装备着猎枪和炸药的神秘人。

　　附带说一句，人的身体构造和鱼相比更具有可压缩性。

　　"维奥莱特！"我浮出水面后大声喊了一句。

　　我猜测自己之所以被莫名其妙地抛出这么远的距离，可能是因为小船在被捕鲸船击中的一瞬间发生了形变，船体的一部分随即又迅速恢复原状，而我因此就像置于弓弦上的箭一样射了出去。

　　"在这儿！"维奥莱特回应道。

　　我把头扎入水下，迅速地向她游去，周围实在太黑，根本看不清她的具体位置，我的衣服随着身体的运动在水中不合时宜地摆动着。我应该先把衣服脱下来，但是我不想再浪费时间，于是任其在水中缠绕着，只能安慰自己，留着这身衣服一会儿指不定还有什么用。

　　维奥莱特的一只手朝我这边伸过来，我一把抓住并把头露出水面，黑暗中几乎什么都看不清，但她的眼睛和头发在水面的映照下闪着光。

我对她说道："我们潜下去，拉着手，尽量向前游，坚持到憋不住再上来换气，别说话，按照我说的做，游到岸上去，好吗？"

"好的。"维奥莱特回答。

我们匆匆地亲了一下对方——这次的感觉和上次的绝对不同——然后潜了下去。水下一片寂静，耳朵微微有些发涨，我们像是等待着即将到来的爆炸将你炸个粉碎，或是从哪里蹿出来的猛兽一口将你的脑袋咬下来。不管哪件事先发生，结果对于我们而言只有一个。

这是一段漫长的距离，我们在水下尽可能地沿直线前进。维奥莱特捏一捏我的手，于是我们一起上到水面换气，接着再潜下去。这一次，我们一直游到双手能够触到河床的石头的地方，直到这时我们才确信已经来到浅水区域。我们再次把脑袋露出水面，恰好在这时，我们听到了雷管引信发出的类似响尾蛇的咝咝声。

我的第一感觉是炸弹并没有落在我们附近，因为我并没有感觉到炸弹落入水面或是引爆时溅起的水花，只是感觉到一股力量撞击着我的睾丸，撕扯着我的肌肉，同时让我的血压急速上升。我才意识到自己又沉入了水下，紧接着呛了几口水。

但这只是一瞬间，不能再耽误时间了。我和维奥莱特手脚并用地爬上了岸，接着身子一歪，一头扎进一旁黑漆漆的树林里，就再也站不起来了。

我们前方的道路就像分娩的产道一样狭长，中间时不时地伸出根小枝丫想把我们困在那里。我们步伐凌乱地朝林子深处走去，我挥舞着双手扫除前方横七竖八的障碍，甚至都不知道那些到底是什么东西。我能听到维奥莱特和我做着同样的动作，当我把手缩回来去抓她的手时，我能感觉到她的手和我的手一样，满是滑腻腻的鲜血。

我们就这样走了大约十分钟，但感觉走了有一个小时。在密林里穿行，什么都看不见，还要提防着被猎枪射杀，可想而知，这段路有多么漫长。

第一颗子弹就打在我们正前方的一棵树上，呼啸而来的声音就像是打出本垒打的棒球。第二颗子弹几乎蹭着我的脸过去，我都能感觉到子弹夹带着苔藓溅到了我的嘴里，还甩到了我的右脸和脖子上。

我和维奥莱特顺势倒了下来，倒下时正好脸对脸。

"这样不行，"我说，尽量不把嘴里的苔藓喷在她的脸上，"我们必须分开走，你往左，我还往前走，如果他去追你，我就绕回来跟在他后面。"

"如果他去追你的话，我也这样做。"

"不行，那样太危险，他会发现你的。"

"难道他就不会发现你？"

"不会，赶紧走。"

不管你们怎么想，这一次我们真的没有接吻，或许是因为我们两个都认为我会绕回来和她会面。不过离开时，她用手轻轻地抚摸了一下我刚刚被碎屑刮伤的右脸。

我继续向前狂奔，顺便脱掉了外罩，摸索了一下口袋里有什么可以对付那家伙的东西。这时我才发现，身上只有一台装在氯丁橡胶袋里的数码相机。如果我是马默赛特教授的话，或许这里就不会这么慌乱。

跳出自己的思维模式，完完全全地变成另一个人。我花了三十秒的时间将一半注意力集中于思考怎样将手里的相机变成夜视镜，是否应该拿掉里面的滤波片，还是要把其中的某个系统进行重置。我最终放弃了这个想法，因为我对电器设备完全不在行。

　　我所擅长的就是在林子里和疯子周旋，这一点我可没说假话。我向右绕圆周奔跑，这样或许能扰乱那家伙的周边视觉，感觉告诉我，我快要回到刚刚和维奥莱特分开的那个地方了。

　　因此，在听到下一声枪响时，我全身的血液几乎都要凝固了。

　　那声枪响并不是从我预想的位置传过来的，他没有跟着我，也没有跟着维奥莱特，那是从另一个方向传来的，听起来那地方离我这里还有很远一段距离。

　　就算他是跟着维奥莱特，我也无法确定我应该往哪里走，而且这么短的时间也很难赶过去营救她。

　　"嗨，杂种！"我一边扯着嗓子大声喊着，一边向传来枪声的方向赶去。一路上，交错盘绕的树枝让我无法加快脚步，就在这时，我听到了又一声枪响。

　　此时我决定将相机砸碎，倒不是因为这样做能有什么效果，而是因为我实在想不出任何办法，或许我应该干脆将相机扔掉。如果能正好砸中准备向维奥莱特开枪的那家伙的脑袋，那简直是太幸运了。

　　不过我最终还是放下了胳膊，因为我意识到，眼下无论怎么处置这台相机显然都是不合时宜的。

　　我现在要做的是重复我的咒语：

　　我他妈的是个该死的蠢蛋。

　　我将相机翻转过来，用手掌罩住镜头，对着我圆睁的眼睛按下了快门，闪光灯瞬间将我周围的一切都照亮了。

　　这是种很有趣的体验，我感觉自己仿佛浮在半空，稍稍停顿之后，身子好像继续向上升起。我穿过了一团树枝，前方开始出现一个小洞，接着我好像重新落了下来，踩在实实在在的地面上。

　　我继续向前走，现在虽然不能看清很远的事物，但起码行进速度比刚刚快了许多。我可以闪避那些树枝，而不会像刚刚那样脸被树枝刮得到处是伤；我也可以分辨出前方道路是否畅通，而不会像刚刚那样只能用手摸索；我甚至还弄明白了如何把相机设置成幻灯片播放模式，这样它的镜头就不会缩回去自动关机。

我听到附近又一声枪响，于是更加加快脚步，绕过一棵树后，我差点撞上那个开枪的家伙的后背。

我很奇怪他行动的速度为什么这么缓慢，只比刚刚我目不视物时前进的速度快了一点。他似乎是很从容地向前走着，仿佛终结者一样端着猎枪，戴着夜视镜悠闲地四处搜索，他好像已经适应了这种情况，不愿太过消耗体力。

他似乎还没来得及听到后面的响声，或是注意到我的相机发出的光。我很想就此结果了这家伙，只需要猛击他的第五节脊椎，手法绝对干净利落；但我觉得还是应该留住他的性命，因为假如维奥莱特已经死了，只有他能帮我解开疑问，而假如维奥莱特还活着，她也一定想要向他提出问题。

我从那家伙手中夺过枪，用抓着相机的手摘掉了他的夜视镜，并借着相机的亮光查看他的脸。

"哦，见鬼！"我大叫了一声。

竟然是麦奎林医生。

在返回的路上，维奥莱特戴着麦奎林的夜视镜走在前面，我手里举着相机走在后面，任由麦奎林被那些旁逸斜出的枝杈撞得七荤八素。我感觉有些冷，浑身都很痛，在把麦奎林的厚夹克递给维奥莱特的时候，我发现她浑身都是血。我应该将他的衬衣也脱下来一并给她，但想到像他这样年纪的人，任凭身体多么健康，都可能扛不住这样的寒冷，于是打消了这个念头。

我们登上了那艘"佐迪亚克"两栖船。

我开始问道："好了，现在告诉我，水里的到底是什么？"

"我不知道。"

我不再发问，揪住他的衬衣和他一起走到齐腰深的湖里，我用牙拔出从他的口袋里搜出的刀子的刀鞘，然后在他的肩膀上割了一刀，让鲜血流了出来，然后我将他按到水下。

维奥莱特打开船上的航灯从后面照过来，周围的景象清晰起来，这倒让我有些不太习惯。

"是什么？"我把他从水里拉出来又问了一遍。

"我告诉你，"他尖叫着，"快让我上岸！"

于是我把他拉上了岸。

他果然告诉了我。

8 号插曲

摘自: 编辑推荐奖得主:《科学》(Vol., 322, No. 1718), 2008 年
12 月 12 日

海洋生物学
真鲨属——你从未了解的!

所有规则都有例外,而公牛鲨(学名低鳍真鲨)可以称为例外中的例外。这种生物以其极强的攻击性而闻名于鱼类学领域(公牛鲨外形酷似大白鲨,只是身形更加短宽。1916 年 7 月间,泽西海岸共发生五起鲨鱼攻击人类的事件,人们据此创作出了小说及同名电影《大白鲨》,现在人们普遍认为这些攻击事件都是同一只公牛鲨所为),它也是唯一保留着板鳃亚纲属性的鲨鱼。这种属性使它能在海水和淡水两种环境中生存,甚至还能够捕食和繁殖。公牛鲨的这一卓越能力得益于它多样化的身体适应性,它的肝脏能够降低尿素的生成,尿素也可通过

腮进行代谢，可以自主调节排尿量使其增加二十倍，可以实现电解质正负转移的自由转换，即钠离子—钾离子—ATP酶通道的电解质运输。公牛鲨不同于其他真鲨属物种的第三个明显特性就是：其活动范围北至美国马萨诸塞州，南到非洲好望角，几乎环航地球一周。

尽管地理上分布广泛，但公牛鲨的数量极其稀少，因此他们一直都与其他不同物种放在一起进行研究。直到最近，人们才逐渐将在印度恒河、非洲赞比西河、美国密西西比河流域发现的鲨鱼并入低鳍真鲨进行研究（美国伊利诺伊州境内密西西比河流域发现的公牛鲨是迄今为止纬度最高地区发现的公牛鲨），这种划分通常是建立在解剖比对的基础上的。比如，尼加拉瓜湖鲨鱼，又名越南真鲨，在1961年的分类协议中被划分为低鳍真鲨类。

越南河鲨，即越南真鲨因其种群的稀少和岌岌可危，一直被排除在低鳍真鲨之外。戈登等人现在利用荧光终止法循环测序去比对野生越南真鲨和低鳍真鲨染色体组，发现两者的染色体组相同。各方学者因此推论，湄公河三角洲是公牛鲨出入印度洋和太平洋最北端的通道。

《试验海洋生物学和生态学》[①] Vol.356,236（2008）

[①]译者注：Journal of Experimental Marine Biology and Ecology，美国一本有关海洋研究的学术期刊。

33

白湖
9 月 23 日，星期日

　　"鲨鱼？"我说，"是条该死的鲨鱼？你听了雷吉那个疯狂的故事后，就在湖里放了条鲨鱼？"

　　麦奎林吐出了一口水，回答："那你希望是什么？一条龙？"

　　"不是，事实上，鲨鱼已经够糟的了，竟然是鲨鱼！"我对着维奥莱特大叫起来。

　　对于我竟然能如此轻而易举地想起并说出"鲨鱼"这两个字，我感到有些亢奋，过后想了想原因，我的情绪稍微低落了一些[①]，不过那一刻，我的感觉依然很棒。

　　"或许还不止一条，"麦奎林回避着我的眼神，说道，"最初湖里是四条。"

　　"最初？"维奥莱特很震惊。

　　"就是小克里斯·塞梅尔把它们买过来的时候。"

---

① 我认为原因是这样的：我所憎恨和恐惧的鲨鱼是几年前和玛格德里娜·尼耶莫洛娃一同面对的那群，我对那群鲨鱼念念不忘，就好像我对玛格德里娜念念不忘一样，这是白湖里的那条公牛鲨所不能比的。我怀疑是不是我对现实生活中的女人也是如此，尽管我和维奥莱特·赫斯特一同经历了这么多我或许从未经历过的奇妙旅程。关于这个疑问，我可能永远都没有机会找到答案了。

"你的意思是，你让他把这些鲨鱼买过来的时候？"我问道。

"不是你想的那样，如果真的会造成死亡，我也绝不会让小克里斯这么做。班吉和奥特姆的死是意外，我们当初认为这些鲨鱼绝对活不过第一个冬天。"

"那么，你们这么做到底想干什么？"

"我们想拍摄一些它们攻击生物的录像带，比如狗、鹿等，最好是麋鹿，但是那群公牛鲨当时可能体形还比较小，于是我们就拍摄了它们捕食水鸟的录像带。"

"我得说，你们这群人似乎玩得有些过火了。"

"那么，那些撕咬的痕迹呢？"维奥莱特问道。

麦奎林并没有回答她的问题，而是接着我的话说："我刚刚已经说过了，奥特姆和班吉的死是意外，那件事是在放入鲨鱼一年后发生的，我们认为那时湖里已经没有鲨鱼了。"

"那些牙印。"我重复了维奥莱特的问题。

他清了清嗓子说："是木板，二乘四米见方的木板，末端钉上一排钉子，我只需将最前端的撕咬痕迹伪造出来就可以了，这样它看起来就像巨型滑齿龙而非鲨鱼所为。"

"你是最先找到尸体的那个人？"我问道。

"不，当然不是。"

"那么你怎么……"

我意识到他是怎么做的了。

"你就是那个县验尸官。"

他点了点头。

"你对外声称他们是被船的螺旋桨打死的，接着将他们的伤口伪造成好像是被恐龙攻击致死的。或许这就是你计划中最重要的部分，但是因为有太多的人见过尸体，不过这正好可以成为支撑谣言的证据，此外这样做也向大家显示了你对谣言不屑一顾的立场。"

维奥莱特的表情充满了悲伤和厌恶，说道："你做的这一切就是为了愚弄大家。"

"你不会明白的。"

"告诉她。"我命令道。

"福特镇正在没落，我们要寻找出路，这是我的责任。"

"你的责任？"维奥莱特追问道。

"我是他们的医生。"

"你是小克里斯和波多米尼克神父的医生？"我继续道，"你半夜约你的病人们在河岸边见面，然后杀了你的同谋，让这场骗局再增加两个受害者。这很明显违反了医生的职业道德，你甚至后来假借被你杀死的一个病人的名义购置了一条船。"

"小克里斯决定必须抓住那些公牛鲨，我们也都同意了。"

"但是小克里斯和波多米尼克不愿意让奥特姆和班吉的死成为一个秘密，你因此干掉了他们，这样就可以让这个秘密永远不被人发现。"

"小克里斯和波多米尼克只是福特镇两千五百人当中的两个人。"

"所以，为了你的声誉就要牺牲他们？"

"我的声誉？"麦奎林医生抬起头，表情十分激愤，"我才不在乎他妈的什么名声，认识我的人不是酒鬼就是瘾君子，或者两者都是，你认为他们会记挂我，或是感激我吗？我一点都不害怕坐牢，我已经七十八了，或许都等不到审判我的那一天。"

"你看起来身体可没有那么糟。"

"我必须坚持，我是福特镇上唯一的医生，接下来也是这样，我不能撒手不管，你勉强能成为我休息的借口，所以你愿意接手我的工作吗？"

　　这的确是一个发人深省的问题，但已经不是我这辈子能考虑的问题了。

　　"你是对的，"我说道，"我郑重地拒绝你的邀请，我们先离开这里。无线电能用吗？"

　　"我可以把它修好。"维奥莱特说。

　　麦奎林说："等等。"

　　维奥莱特双腿叉开，坐在"佐迪亚克"的船帮上，开始鼓捣起来。

　　"你打算把我交给警察？"麦奎林问道，"算是对我的报复？"

　　"大概吧。"我回答。

　　"福特镇怎么办？"

　　"别担心，我保证来接我们的人会直接把我们带到伊利镇，我们可以直接跳过福特镇。"

　　"我的意思是，福特镇接下来会怎么样？"

　　"我也不知道。"

　　"你知道，你去过那里，你也看见了那里的人的情况。"

　　"是的……"我回答。

　　"我们依然可以帮助他们。"

　　"带你回去就是帮助他们，麦奎林。"

　　"胡扯！我们有机会让谎言变成现实，就是现在。班吉和奥特姆死了，那是我们都不想看见的悲剧，由此产生的谣言最终还是散去，接着那个中国人死了，也是我们不愿看见的，但你对此负有一定的责任，如果不是你们两个搅和，我那晚或许已经抓住了那些公牛鲨。这次谣言不会那么容易就能平息，现在这湖上已经发生了两起人命案。我知道，你翻看过奥特姆和班吉的尸检照片，加上这次的事件，相信这里一定会有大批观光客蜂拥而至。"

我盯着他："你是在开玩笑，对吧？"

"我对幽默不感兴趣，我有声呐设备和炸药，我们今晚就能把那些鲨鱼解决掉，绝不会有人知道它们的存在，之后随便你他妈的想怎么处置我都可以。"

"你怎么看，赫斯特博士？"我对维奥莱特问道。

"继续谎言和杀戮？"她回答道，"不，但是如果他再叫邓文书一次'那个中国人'，我或许会改变主意。"

34

白湖
9月23日，星期日

　　这次是阿尔宾探长亲自把我们送到了 CFS 总部。

　　一路上，我告诉了他我的真实身份，接着我跟他提到了几个人的名字。这些人虽然可能找不到我，但至少将来可以帮他解答一些关于我的问题。我认为他应该了解这些，因为这些事他迟早会知道。

　　我们暂且抛开阿尔宾对这件案子的介入不说，整个案件完全没有头绪。尸体不见了，缺少证人，邓的死因不明，枪击？还是鲨鱼袭击？我们也不确定这件事以后能不能查清楚，县检察官过后或许会放弃对雷吉谋杀罪的指控，而只对他的诈骗行为提起诉讼，这件事实施起来也不轻松。雷吉组织的这次活动出现了一些不可控制的局面，他的宾客们不顾他的规定携带了武器，更重要的一点是雷吉至今未收到任何报酬。而帕琳也不会提供任何让她和福特镇扯上干系的第三方托管证明①，不管她是否从雷吉那里收取了报酬。

---

① 雷吉的动机是另外一码事，我被询问了很多次有关雷吉的动机问题，而且我也有机会和雷吉当面讨论他的动机问题。我认为，他的计划并不算充满恶意，不管他的动机如何，这次行程对他而言都有利可图。雷吉曾说想要去柬埔寨的海滩生活，或许带上戴尔和米格尔，当然要实现这个梦想，他必须拿回当初编造骗局花去的钱，这笔钱可以看作他预存的，目的是为摆脱债务的困扰。他曾对小克里斯编造的骗局充满了崇拜之情，并觉得这次的机会或许能找到底是谁杀死了奥特姆·塞梅尔。我认为他说的

到时阿尔宾就会像个无助的小男孩，根本无法摆出一副正义卫士的架势指控麦奎林医生的所作所为会让福特镇接下来变成什么样子。当然，他也不会对我们能够找出始作俑者而对我们心存感激，尽管这一切我们现在还没有告诉他。

他带我们来到 CFS 度假区的码头，我和维奥莱特起初认为离开的时候，应该有机会和亨利、戴维、简以及所有 CFS 度假区的人说声"再见"，当然也包括巴克，我们现在先去房间收拾一下。

登记处所在的那间木屋此时看起来很萧条，那里值班的工作人员拿上我们房间的钥匙，我们四个人一起朝我和维奥莱特的房间走去。

推开房门的一刹那，我就感觉有古怪。我对这个房间的气味早已十分熟悉，而现在这里的味道改变了。

古龙水的味道，准确地说，是丹娜公司的轻舟古龙水——那帮亡命之徒最爱的须后水。

还有门口位置拉起的一条地雷拉发线，这条引线紧贴着房门不易被察觉。

我硬生生地收住脚步，可是我后面的维奥莱特并不知道发生了什么，为了避免撞在我身上，她绕到我旁边挤过去，将门向前推开了几寸。

一声爆炸，后来发生了什么，我就都不知道了。

这些话应该是真的。

他对法律的漫不经心以及对他的行为可能产生的后果的漠视（其行为将别人的生命置于可预见的危险境地），我认为这些不仅仅是因为贪婪的本性所致，当然，我不是精神病专家，但雷吉·特拉格的表现或许是因为在越南战场上经历的悲痛、震荡和所有非人的折磨，使他的世界观发生彻底改变，所有发生在自己或他人身上的后果——积极的或是消极的——在他看来都已经无足轻重。我认为，他这么做并非恶意，只是战争年代那种不计后果的行为的延续。

醒来时，我发现自己仰面望着天空，全身无法动弹。我能看见躺在身旁的维奥莱特，但没法儿看见阿尔宾和那个开房门的值班员。我想把身体挪到维奥莱特旁边检查她的脉搏，可是再次晕了过去。

第二次醒来时，我还是无法动弹，我的大脑不断搜索着如何能够抑制疼痛让自己活动起来，哪怕只是转一转脑袋，我尝试着说话，但一声都发不出来。

在我房间安装一枚炸弹——车里再安装一枚，我猜想是这样——这一定是 B 计划的内容。如果大卫·卢卡诺知道我在这里，他一定会安排人昼夜监视这里，然后在附近布置一队武装，保证接到消息后能在十分钟内赶到我这里。

他们应该早就到了。

见鬼，怎么这么长时间还没见到他们？

9 号插曲

明尼苏达州，福特镇
一小时前 [1]

"可怜虫！"军士长大声叫喊，"别在那儿傻愣着了！"

迪伦·艾恩茨知道他自我谴责的方式格外与众不同，自从小时候在朋友家看了《拯救大兵瑞恩》这部电影之后，他就有了这样的习惯。

这种方式比你所能想象出的都要奇特，他想象中的那个朝他大喊大叫的硬汉军士长和电影里的那个长得并不一样，这个人是迪伦依稀记得的父亲的模样。

"少尉帕特·弗洛伊德主义 [2]，"迪伦想象着军士长这样说，"我和那个意大利妓女的儿子一同服役。"

军士长的脸几乎贴在了迪伦的脸上，因为此时迪伦跨着单车斜靠在 53 号公路地下通道里散发着阵阵臭味的墙壁上。

---

① 我是怎么知道的，见 3 号插曲。
② 译注：Freudianism 即弗洛伊德主义，也就是弗洛伊德创立的理论，主要用来研究和治疗癔病，因此该名字很明显是迪伦假想出来的。

他点了一支烟，思考着这里竟然会成为他人生的转折点。

在他身后大约一千米的地方是瓦尔登·L.安斯沃恩高中，那里有英语老师彼得斯女士、历史老师兼象棋队教练泰尔宾先生。在他身后大约九千米的地方就是他母亲和继父的家，他前方两千米处的罗杰斯大道上就是黛比餐馆。

一切都发生了改变，但这并不是因为黛比找人把他痛打了一顿，要不是那个彪悍的医生及时出现，没人会知道发生什么事，真正的原因是黛比派他去了趟温尼伯。

温尼伯彻底颠覆了迪伦的想法，整个城市就像是一座人们想象中的花园。那里的人们精致而优雅，但不会令人心生畏惧，古老而宏伟的银行如同一座座矗立在河岸边的景观。

迪伦想象着福特镇的人沿湖而行的画面。"有什么好笑的，白痴？"军士长吼道。

迪伦想永远待在这里，即便不在温尼伯，也应该在一个和那里很像的地方。他在温尼伯遇到的每个人对他都很和善，即便他和马特·沃格姆混在一起。甚至瓦吉德——那个卖给他们麻黄碱的浑蛋，待人也很和善，虽然他有些傲慢，不愿意让他和马特在他的住处过夜，但至少和那些脸上带着刀疤的凶神恶煞的坏蛋有着天壤之别。

出入酒吧的女孩们也是如此。没错，同样是买毒品，但她们会说："你知道我们去哪里能买到一些？"她们个个健康活泼，脸上带着微笑，好像她们谈论的不是毒品，而是外面和煦的阳光。迪伦满脑子想的都是那些女孩，在这样的地方，你才真的觉得自己是活着的。

你必须决定用怎样的方式在那里定居下来。是回到黛比身边，指望着她不但不把你宰了，还能再派你到温尼伯来再一次背叛她，还是上完高中后搬到加拿大做一个守法公民，有可能的话甚至可以在加拿大军队里服役，如果那里有军队的话。

迪伦现在想的可并不是什么军队，他最需要的就是同时出现两个军士长。

现在他面前有两条路，他需要做出慎重选择，或许他应该和麦奎林医生商量一下。

在他前方，两辆黑色越野车从高速公路绕下来，一前一后地停在罗杰斯大道入口的红绿灯处。

起初迪伦看见这两辆车时并没有在意，直到绿灯亮起，这两辆车依然一动不动。这时候，站在地下通道阴影里的迪伦把身子向前探去，以便看得更清楚些。

第一辆车的司机下了车，他一身黑衣服，光头，身上有刺青，比他见过的那个野蛮医生身形小一号。那个家伙来到第二辆车旁边，让里面的司机摇下车窗，从他那里拿过地图仔细研究起来，接着他回到自己的车上，朝罗杰斯大道方向行驶过去。

不管他们到底搞什么名堂，迪伦都感觉黛比或许有麻烦，这就意味着他必须快速地做出决定。

"需要些什么，倒霉蛋？"电话那边的家伙说道。

迪伦手握着公用电话，站在磨盘比萨饼店外面。这家餐馆紧挨着高速出口，现在这里大门紧锁，迪伦小时候曾经光顾过这里几次。

"布莱恩，我要找黛比谈谈，就他妈现在。"

"什么事这么急？"

"赶快去把她叫过来，要不然以后让她知道我打过电话找她，而你在这里磨磨蹭蹭的，你绝对会被她宰了。"

"我也觉得她会这么做。"

不过，布莱恩似乎还是想得太乐观了，因为五秒钟后黛比才拿起电话。

"迪伦。"她的语气很柔和，好像希望他能够回来。回去送死，还是去温尼伯，现在真是难以抉择。

"黛比，我看见一帮家伙开着越野车往你那边去了。"

"什么时候？"

"刚刚，从高速上下来的。"

"政府探员？"

"不知道，其中一个脖子上还有刺青。"

"锡那罗亚派来的？"

"或许吧。"

黛比顿了顿，说道："迪伦，谢谢你，回来吧。"

"我会的。"

迪伦挂电话的时候，听到听筒里黛比的叫喊声："都他妈的醒醒，锡那罗亚的人过来了。"

迪伦把靠在墙上的自行车竖直，暗自琢磨自己刚才为什么会肯定那些人是锡那罗亚的人。

他们看起来和迪伦之前见过的锡那罗亚的人不同，锡那罗亚的人身材更矮小一些，而且总是一副疲态。

那么，他为什么会那样对黛比说呢？

"眼睛向前看，你这个瞻前顾后的家伙。"军士长警告说。

迪伦骑上自行车朝罗杰斯大道的黛比餐馆前进。他看见两辆车并排停在停车场，接着就像变魔术一样，餐馆的一扇窗户上出现了一条巨大的网状裂缝，随即"咔嚓"一声，玻璃碎了满地。与此同时，迪伦听到开枪的声音。

迪伦斜穿过柏油马路，失足掉进了一侧路旁的只盖着半块水泥板的排水沟里。

过了一会儿，枪声逐渐稀落起来，那声音让迪伦想起玉米在微波炉里膨胀爆炸的声音：砰—砰—砰—砰。中间的间隔时间越来越长。

很快，停顿时间达到了一分钟。迪伦趁机猫着腰穿过马路，朝餐馆这里张望。

现场十分惨烈。两辆车之间横七竖八躺着好几具尸体，一直延伸到餐馆前的台阶上，他们都是越野车上下来的人。迪伦看了看，不过，不管是活的还是死的人里都没有男孩。

"有人吗？"他冲着窗户大声喊道。

餐馆里白灰被烧灼的味道、火药味和鲜血的味道混合在一起，让他差点喘不过气来。他屏住呼吸清点了一下，共有八具尸体，就在刚刚他还觉得有十几个人死了，看来这骇人的场面开始让他的神志出现错乱。

迪伦走近了一些，将那些家伙戴的墨镜摘了下来。这些人看起来更加冷酷一些，有些人手里还拿着枪。迪伦向前走了一步，来到倒在最远处桌子旁的那个家伙身旁，用脚打开他身上的 Carhartt 夹克：里面有一个绑着尼龙带子的 MP5，那家伙身旁还有一张菜单。

这他妈的到底是什么情况？这帮家伙的目标如果真是这家餐馆，

不管是什么原因——或是抢劫或是杀人或只是吓唬一下——谁会在做这些之前先点餐？否则的话，除非有人往你的开胃菜里吐口水，你才会这样大动干戈。

迪伦把 MP5 从带子上解下来，然后小心翼翼地拿着它走到厨房门口，过道上到处都是血迹，厨房铝制的门上全部是弹孔。

"你干啥？蠢货。"军士长问道。

"把警报器关掉。"迪伦小声嘟囔着。

"这不是我要……"

"有人吗？"迪伦大叫了一声。

他用屁股撞开门，手里还举着 MP5。

五六个男孩——大多数都活着——围在黛比身旁，用手抱着她的身体，不知道她是死了还是昏迷了，只看见她一侧的身体全都是鲜血。

看到迪伦进来，男孩们不约而同地掏出枪指向他。

"是我，我回来了，别开枪！"迪伦正要说这句话。

突然，他感觉胸腔仿佛被填满了东西一样静止了，接着整个屋子旋转起来，地板重重地拍在了他一侧的脸颊上。

或许他们等不及就开枪了。

35

俄勒冈州，波特兰市
9月25日，星期二

"你应该告诉我，你是个杀手。"莱克·比尔说。

"我不能说。"

"你可以把逃亡的那一段隐去。"

"不是逃亡，只是有几个蠢货一直想要杀了我。"

"我已经察觉了，只是他们炸的是那位古生物学家，也就是我雇你来保护的那个人。"

对于他的话，我不知该如何回答。

我们此时就坐在他那间通体玻璃的办公室里。

"我听说，你今早去看她了。"他说。

"没错。"

"她怎么样？"

"好一些了。"

"她有没有说什么？"

"说得不多。"①

---

① 只是这么一些：
"嗨，陌生人。"
"你怎么样？"
"我感觉我的乳房里有些小碎片。"

"有没有谈到我？"

"没有，不过你这样问，我觉得挺可笑的。维奥莱特告诉我，你和她之间好像有着某种联系，但她也不明白那到底是什么。"

他盯着我说："这些事她跟你说过？"

"是的，我觉得很奇怪。我的意思是，我很了解她，对于这样的女人，我想不出任何放手的理由。"

莱克·比尔的表情变得很不屑："谢谢你关于我们之间关系的建

"是吗？真的还有？"

"是的，我的主治医生说，如果把这些碎片取出来会对我造成更大的伤害。"

"说得有道理。"

"以后你就知道了。"

"维奥莱特，我很抱歉。"

"又不是你把我炸伤的。"

"虽然不是直接的。"

"如果当初你没有阻止我走进那间屋子，情况或许会更糟。我不是说我很庆幸结果是这样，因为我还不知道我的乳房今后会变成什么样，但我不后悔。"

"那你怎么知道不后悔？"

"很可能是这吗啡点滴让我说了这些傻话，但是现在，我和你之间似乎找到了些平衡，这也不错。"

"这帮医生至少这点滴推慢些吧。"

"我能再见到你吗？"

"或许不能，我希望不能。"

"那么你要为这个希望努力了，要离开了吗？"

"是的。"

"继续躲？"

"不，我要去把那几个浑蛋找出来，让他们以后别再跟着我。"

"你的意思是把他们杀了？"

"如果有必要这么做的话。"

"别，我不想你这么做，我不想你再去杀任何人，甚至那帮想要把我们炸死的家伙。"

"我知道。"

"我这个样子确实是你间接造成的，那么你就必须听我的话。"

"这我是知道的。"

"但你不会照我说的做。"

"是的。"

"我到底应该说些什么、做些什么，才能让你改变主意？"

"不需要，好了，别哭。"

"去你的，你为什么总是看起来这么呆……至少，以后小心些好吗？"

"嗯。"

"好，为了我，你要记住：别被人杀了，那样你就太逊了。"

议，这就是你想要见我的原因？"

"不是，还有一件事，莱克·比尔，你吸烟吗？"

"不，当然不吸。"

"我可不这么认为，你介意有人在这里吸烟吗？"

"是的，整个校园①都是禁烟的，不好意思。"

我停顿了一下，继续说道："上次我来你这里时，看见你的办公桌上放着一只小烟灰缸。"

"我不记得了。"

"很小，粉色和金色，有些艳俗，就像是从哪里买来的纪念品，里面还放着一张名片，背面朝上。"

"那肯定是别人给我的，你想要说什么，是想问我要烟灰缸吗？"

"不是，我不需要。不过，我还不知道原来有人的名片可以用来点火。"

这句话让他一愣。

他接着说："现在你应该离开这里了。"

"你或许有兴趣听听我接下来要说的。"

"我对此怀疑。"

"好吧。"我站起身来。

"等一等，"他说道，"你是在指责我做了什么事吗？"

我重新坐了下来。

"是的，因为是你雇用了汤姆·马维尔和帕琳的团队一起去了白湖。"

"什么，"他很惊讶，"为什么？"

"他不应该向黑帮透露了我的行踪，如果这事真是他做的话。事

---

① 译注：莱克·比尔用的词语是 campus，这里照译。

实上，很可能就是他做的，不管是有意还是无意的，是他让那帮家伙发现了我，也因此差点杀了我和维奥莱特，这件事马维尔的嫌疑最大。"

"你认为是我让马维尔去的明尼苏达？"

"他去那里之前来过这里，带来的就是拉斯维加斯的纪念品烟灰缸。我的意思是，还有其他拿烟灰缸做纪念品的地方吗？再加上他那可以燃烧的名片。"

"你说得有些快。"

"如果你愿意，我有大把的时间给你解释。"

莱克·比尔审视着我，最后说："见你之前，我确实向他询问过他对于白湖怪物的看法，但因为我们的看法不一致，所以我又找到你。当他在福特镇出现时，我和其他人一样惊讶。我应该给他看看那封信和那盘录像带。"

"你是说，他是自己决定参加这次探险的？"

"依我看来，如果他真的为我工作，我有必要对你隐瞒这件事吗？"

"那么在我给你发邮件说他到达白湖的时候，你为什么不告诉我你们曾经见过面？甚至对维奥莱特也隐瞒了这一点？你见他时，为什么不让维奥莱特在机场接他？"

"我手下有很多人，平时考虑的事情也很多。"

"你说的这两点里都包括维奥莱特吧？"

莱克·比尔抿了抿嘴："把你该说的说完，然后离开这里。"

"好吧，马维尔来到这里时你本打算雇用他，但没有成功，或许是他拒绝了你，或许是他开价太高，你拒绝了他。于是，你雇用'沙漠之鹰调查组'的迈克尔·贝内特来完成之前你想要马维尔完成的工作。事实上，这个工作并不是让他查看白湖怪物的真假。我们逮到贝内特的时候，他正在偷拍我们，想要抓住我们上床的证据。后来你又回头去找马维尔，不论他开出什么价钱，你都答应了下来。你甚至付钱给萨拉·帕琳，让她把马维尔顺道捎过来，也好作为掩饰，这笔花费应该也不小。这也就表明，你已经知道帕琳会担任这次活动的仲裁，只是你并没有告诉我和维奥莱特，因为如果你说了，我们就会发现你似乎对谁是仲裁并不在意，继而也会发现你根本不在乎白湖怪物是真是假。你只是害怕那两百万美元落入雷吉·特拉格的口袋，除此之外，那个谣言对你毫无意义。你无非是想找个人监视维奥莱特·赫斯特。于是，你派她和一个男人深入密林当中，而这个男人和你完全不同，如果她真的和我上床了，那就证明她不可能会爱上你。"

莱克·比尔那张面无表情的脸看起来并不是太糟，只是也不算吸引人。

"这可太荒唐了。"他说道。

"不管怎么说，这件事看起来确实不太成熟，事实上，这更像是十几岁青春期的孩子才会干出来的事。"

"赶紧滚出我的办公室，滚出我的校园。"

"别再叫这里校园了，这他妈的就是个办公园区，你难道还指望在这里教法国文学吗？"

"出去，还有一件事。如果你敢对维奥莱特透露一个字，我立刻毁了你。"

"维奥莱特是我的朋友，我一定会把真相告诉她的。"

"这么说，你是想敲诈我？"

"不，我说过我会告诉她真相，我一定会这么做，不管你说什么或是做什么。"

他冷峻的目光逐渐柔和下来，眼里甚至充满了泪水，如果他是在演戏的话，我只能说他的演技还算不错。

"你不知道到底是怎么回事，"他终于开口，"让我去信任别人到底有多么困难。"

"那我真应该为你哭出条小河来，不过你拿钱买一条应该更快些。"

"我需要你帮助我，让我们在一起。"

"不必了，别那么看得起我。我不会在她那里挑拨你们之间的关系，但我也很确定不会帮你争取到她。"

"那……很公平。"他迟疑地说，接着就打住了。

"什么？"

"你和她是不是……在你们第二次去白湖那里的时候？"

"哦，真他妈的见鬼！"我说，"问她去！你想问什么都直接找她。或许她不会回答，但至少你能像个成年人。"

"你说得没错，我明白了，对不起。"

他颓然地低下头来看着桌子，或者是盯着自己的脚，这张透明的办公桌让你很难判断他的目光集中在哪里。

"你……还想多要些钱吗？"

"不，你付给我的已经够了，我现在想做的就是把它挥霍掉。"

尾 声

WILD THING

36

北达科他州，格林市
八个月后

　　我坐在窗前的扶手椅上，回想着《新英格兰医学杂志》《视觉冲击》板块里的图片，其中一张图片是两只手上各长出了只角[1]。就在这时，第一颗子弹击中了窗户玻璃。幸亏椅子下面安装了压力开关，我的身体落在地板上时，屋里的灯全部都熄灭了。

　　第二枪打进来时溅起了些碎玻璃，很明显，狙击手使用的枪比我预想得要重型，大概是奥地利卖给伊朗的斯泰尔50，不过这些仅仅是从"玻璃"上判断的。当然，我所说的"玻璃"是66毫米厚的凯维奈科斯[2]板，上面还安装了减震器。

　　窗户被打得惨不忍睹，好在我毫发未伤。我沿着地上贴的夜光氧化铁胶带，从椅子一直爬到活板门旁。子弹都是平行射入房间的，这是因为窗户上看似百叶窗的东西事实上是固定在地板和房顶的钢板，这样狙击手只能利用屋子对面地势较高的断崖向这里瞄准。这都是我一早设定好的，看起来

---

[1] 我到现在都无法确诊这到底是怎么回事。
[2] 译注：凯维奈科斯（Kevenex），一种由聚酯薄膜、绝缘纸、芳纶面料混合酚醛胶压制而成的板材，阻隔性较强。

他们准备这么做了。

我拉开活板门，探身下去，再将门关上。这个地下室用的是全美保险公司制造保险箱的材料，可以抵抗轻型飞机的撞击以及十个小时的化学燃油火焰。接着，我坐上一架摩托雪橇。

这是一条长约两百码的水泥隧道，是由莱克·比尔声称的一家秘密建筑公司为我挖成的，用雪橇滑行大约需要三十秒，隧道的终端是一个地堡，那里的空间十分狭小，我的杰罗尼莫海报挂在那里就铺满了整个一面墙。

我关上了第二道舱门，然后开启监控设备。

两个狙击手都到达了我预先设定好的位置，还有六个武装人员从狙击手"肩膀"一侧方向朝屋子靠拢，这样就可以避免狙击手的子弹殃及他们，或许外面还有更多的人。不过，训练这帮蠢材的公司很钟爱八人队形，因为这是海豹突击队"小艇搭乘组"的标准人员数，如果人数太多，反而会影响其他队员的行动。做杀手不外乎这几个原因：心理变态、军事素养再加上为了钱不顾一切的本性，或是想要成为007的英雄主义情结，不过这些人的交际能力往往都不会太高。

我从广角监视器里看见他们身上都用套索系着荧光棒，这是他们区别身份的东西①。这也无妨，我这里放着一桶荧光棒，旁边还有一罐紫外线反射型喷漆。有时候他们也会把这种东西涂在身上，既然没有用，那我就可以直接穿上防弹背心。

现在看来，最让我开心的就是那架直升机，它就在屋子的上方盘旋，监视器拍得十分清晰，不管我从屋子的任何出口出现，这个位置都能轻而易举地将我击中。直升机，包括驾驶员的费用都很昂贵。我

---

① 也就是把我和他们区分开来。

在屋子里早已准备好了够分量的 TATP①，一旦引爆，直升机绝对会玩完。

不过现在时机未到，TATP 的威力波及不到狙击手的位置，而那些向屋子这边靠近的家伙到现在还没踩上一发杀伤人员炸弹②。一旦有人踩上炸弹，我就会用一只手按下按钮，把屋子里的炸弹全部引爆，然后我再冲出去，把他们的残余力量都解决掉。当然，在此之前，我会利用在树丛里准备好的各种异光谱灯，让那帮家伙的夜视镜都派不上用场。

场面会比较血腥，我对此表示遗憾，不过，又不是我让这帮家伙来的，而我做的只是用个假名字申请了一个公证人许可证。但我留下的指纹和地址可都是真的，重刑犯为了申请获得枪支使用许可经常会这么做，那时候，我还担心这么做是不是太狡猾了。

我做的一切能够被法律所容忍吗？鬼才知道。如果算上邓，麦奎林的计划杀死了五个人，而我的明尼苏达之行让迪伦·艾恩茨，以及黛比·申耐克手下的四个男孩，还有八个被卢卡诺派来的倒霉蛋，都不幸丧命，而且还差点让维奥莱特·赫斯特、阿尔宾探长、黛比·申耐克以及阿尔宾的助手没命。没错，我有错，我的错误在于卷入了这场阴谋当中，但阻止这样的事情再次发生的唯一方法，要么是继续逃跑——这就意味着我要永远淡出人们的视线，无法再做医生，断绝和任何人的联系，并且每天都祈祷自己能比上一次走运一些；要么选择反击，狠狠地教训一下这帮浑蛋，让他们明白，大卫·卢卡诺的仇人不是好对付的。我是否要等到走投无路才这么做呢？或许现在我已经走投无路，所谓的绝路只是我们在心中划定的一条底线罢了。

①译注：一种炸药。
②译注：这种炸弹是专门针对人型目标来杀伤的，不用于摧毁建筑。

　　十一年来，我一直努力不去杀人，基本算是成功的，而且这些年来，我一直在做一些事来弥补之前的恶行。如果我的行为有什么被谴责的地方，我想，应该是这个行为能让我产生愉悦的感觉，而我现在已经隐隐有了这种感觉。

　　我把手放在炸弹起爆按钮上。

　　我的意思是，我为什么要自欺欺人呢?

（完）

致　谢

感谢特里·亚当斯、李根·亚瑟、瑞贝卡·巴译尔、马琳那·比特纳、萨布里纳·卡拉汉，感谢他们抽出时间阅读我的作品，还要感谢希瑟·费恩、费希尔·弗兰吉、纽约的哈谢特、销售员哈谢特、埃伦·哈勒、迈克尔·霍耶尔、马库斯·霍夫曼、芭芭拉·马歇尔、MB版权代理、米歇尔·麦戈尼格尔、阿曼达·麦克弗森、萨拉·墨菲，以及独立书店的数位工作人员，以及罗伯特·佩特科夫、迈克尔·皮奇、乔·雷加尔、迈克尔·斯特朗、特克赛尔、贝齐·乌里希、特雷西·威廉姆斯、克雷格·杨、大卫·杨、杰西·赞格、萨姆·赞格对这本书的出版所提供的帮助。

感谢本·达特纳、艾琳和迈克尔·戈登、卡西斯和克劳德·亨利夫妇、莫妮卡·马丁、乔·雷加尔夫妇、艾利森·赖斯，他们为我提供了办公场所和住处。

感谢罗伯特·巴译尔、卡西斯·亨利、鲍威尔连锁书店的赛斯·琼斯、约翰·曼宁、芭芭拉 A. 马修斯为我提供的相关研究资料。

我个人还要感谢克里斯塔·阿萨德、巴译尔一家、迈克尔·贝内特、马林那·比特纳、约瑟夫·卡斯顿、本·达特纳、雷·邓恩、戈登一家、卡西斯·亨利、丹·赫维茨、塔马·赫维茨、海伦娜·克罗巴特、伊丽莎白·奥尼尔、乔·莱因万、劳伦斯·斯特恩、大卫·休格、基科和玛利亚·托伦特、特克赛尔、贾森·怀特、约翰尼·沃以及赞格家的其他人。

此外，还要感谢洛蒂、贝拉和格蕾塔这三只狗。